赵琳娅◎著

20世纪英国小说精华阐释

图书在版编目（CIP）数据

行走于20世纪的英国文学长廊——20世纪英国小说精华阐述/赵琳娅著. —北京：经济管理出版社，2017.7

ISBN 978-7-5096-5251-0

Ⅰ.①行… Ⅱ.①赵… Ⅲ.①英语—阅读教学—自学参考资料 Ⅳ.①H319.4

中国版本图书馆CIP数据核字（2017）第168365号

组稿编辑：杨　雪
责任编辑：赵喜勤
责任印制：司东翔
责任校对：董杉珊

出版发行：经济管理出版社
　　　　　（北京市海淀区北蜂窝8号中雅大厦A座11层　100038）
网　　址：www.E-mp.com.cn
电　　话：（010）51915602
印　　刷：北京玺诚印务有限公司
经　　销：新华书店
开　　本：720mm×1000mm/16
印　　张：14.75
字　　数：219千字
版　　次：2017年9月第1版　2017年9月第1次印刷
书　　号：ISBN 978-7-5096-5251-0
定　　价：49.00元

·版权所有　翻印必究·

凡购本社图书，如有印装错误，由本社读者服务部负责调换。
联系地址：北京阜外月坛北小街2号
电话：（010）68022974　邮编：100836

目 录

绪 论 1

第一章 20世纪初的英国小说 11

第一节 财产束缚下扭曲的人性——《有产业的人》 16

第二节 英国中产阶级的全景图——《霍华德庄园》中的社会阶级性评析 28

第三节 工业文明的"照妖镜"——看《儿子与情人》中被异化之痛 36

第四节 从瘫痪到顿悟——《都柏林人》主题评析 47

第五节 冲破重重桎梏——《人性的枷锁》的主题解读 56

第二章 两次世界大战之间的英国小说 63

第一节 一座现代主义的里程碑——《尤利西斯》的现代性浅析 69

第二节 文化帝国之否定——对《印度之行》的殖民社会解读 78

第三节 顺从与叛逆——《到灯塔去》中的不同女性解读 86

第四节 未来机械世界的预言——《美丽新世界》带来的思考与批判 95

第五节 背离中的困惑——《一把尘土》的伦理解读 104

第三章 "二战"后至60年代英国小说 …… 115

第一节 一场反乌托邦盛宴——《动物庄园》的极权主义解读 …… 120

第二节 生存还是毁灭——评析《野草在歌唱》的权利话语 …… 129

第三节 一场真实的人性测试实验——《蝇王》中的人性主题解读 …… 139

第四节 小人物的愤怒与抗争——《幸运的吉姆》中愤怒的原因探析 …… 148

第五节 后现代小说的标杆——《法国中尉的女人》的后现代解读 …… 159

第四章 70年代以后的英国小说 …… 173

第一节 在孤独与散失尊严中寻找"自由"——《自由国度》的殖民主义解读 …… 177

第二节 通俗与高雅、写实与实验的融合——解读《小世界》的多重话语 …… 186

第三节 一曲生命的哀歌——《长日留痕》的对话性解析 …… 193

第四节 历史与文本的碰撞——《占有》的文学性分析 …… 200

第五节 印度历史的再书写——《午夜的孩子》的魔幻现实主义解读 …… 209

参考文献 …… 226

后 记 …… 229

绪 论

绪 论

19世纪末20世纪初,伴随着科学技术的迅猛发展,欧洲局势风云变幻,动荡不安。英国帝国主义已经到了最后阶段:对外殖民侵略更加疯狂,国内阶级矛盾激增,人民生活贫困,维多利亚时代的自信心与稳定感开始动摇,传统的权威观念及宗教信仰受到了怀疑,从而出现了普遍的精神危机及道德危机。与此相对应,在20世纪初文学领域中,一方面是传统手法的延续及对现实的抨击,另一方面是创作手法的革新与实验及这两方面的糅合和交叉,从而使英国文坛呈现出一派纷繁景象。

在小说方面,由于读者群习惯性的趣味,传统的势力仍是异常强大。狄更斯等创立的现实主义传统还在继续,但正如任何文学传统必然经过由盛而衰、由纯到杂的过程一样,这时的现实主义小说呈现出一种停滞状态。在题材上失去了尖锐的批判性,在技巧上也了无新意,剩下的只是有趣的情节,而后者正是多数读者喜欢的。

这一时期,现实主义的杰出代表有赫伯特·乔治·威尔斯、约翰·高尔斯华绥及阿诺德·贝内特。威尔斯在长达半个世纪的文学生涯中,共创作了50多本小说,还有短篇小说集及其他作品。他的早期作品及传世之作《时间机器》以及其后发表的一系列科幻小说奠定了他英国科幻小说创始人的地位,与法国的儒勒·凡尔纳一起并称为现代科学幻想小说的鼻祖。但是对他来说,幻想仅是手段。他借助幻想的形象、怪诞离奇的人物及夸张的手法揭示了资本主义社会的种种矛盾和危机。威尔斯把现实主义同科学幻想有机地结合起来,拓宽了现实主义的写作范围,展示了科学繁荣背后潜藏的危机。约翰·高尔斯华绥继承了英国小说幽默讽刺的传统,用犀利的笔触、厚重的风格、鞭辟入里的分析在《福尔赛世家》和《现代喜剧》三部曲中为我们提供了一幅英国资产阶级社会与家庭的广阔生活图景,揭露并讽刺了英国上层阶级和乡绅贵族的庸碌、浅薄、狭隘和做作。他特别关注文学作品的道德教谕作用，通过作品中人物性格的塑造，展示了他的善恶观。阿诺德·贝内特是个把英国题材和法国自然主义的写作技巧完美结合起来的典型。他深受左拉、莫泊桑等法国自然主义作家的影响。他的代表作《老妇谭》以照相机式的笔触详尽地记录了瓷都五城几十年间的风雨变迁，反映了19世纪末20世纪初英国经济和社会结构的发展变化。但他并未提出深刻的社会批评，反而流露了时间无情、人生徒劳的消极人生态度。亨利·詹姆斯是英国现实主义小说向现代主义小说过渡的承上启下的人物。他的作品是英国现代主义的先声。他一生创作了100多部长、中短篇小说，十几部文艺批评书籍。其中1885年发表的《小说的艺术》一文，综述了他对小说创作的一些原则性观点，认为小说是"直接地再现生活的艺术"，追求内容与形式的完美结合，对小说理论做出了重要贡献。此外，他在小说中首开心理现实主义创作的先河，拉开了现代主义的序幕，对以后意识流小说的兴起起了重要的铺垫作用。他还对小说的叙述技巧进行了多方面的探索，独创了"意识中心"的叙述方式，即以作品中某一个角色的观察和认识角度叙述故事。其主要作品有《华盛顿广场》（1881）、《淑女画像》（1881）、《鸽翼》（1902）、《金碗》（1904）等。约瑟夫·康拉德同詹姆斯一样，致力于风格的完美和形式的革新。他运用象征主义和印象主义同现实主义结合的创作方法，描写了一幅幅瑰丽迷人的异国风情和惊心动魄的冒险故事的画面，展示了人在特定环境里内心世界的轨迹。他1900年创作的《吉姆爷》及1902年的《黑暗的心灵》就是这一方面的代表作。同时，康拉德在作品里还对殖民主义的荒诞、野蛮的恶行进行了无情的揭露。E. M. 福斯特也是一位传统的现实主义向现代主义过渡时期的重要作家。他在代表作《印度之行》（1924）及其他重要作品，如《霍华兹别墅》（1910）等作品中阐述的探索人与人之间关系的主题及象征技巧的运用对现代主义小说的发展起了推动作用。福特·马多克斯·福特（1873~1939）也是20世纪初对小说改革进行探索的作家。他在其杰作《好兵》（1915）中采用了明暗对比的印象主义及时间转移的手法，通过人物内心的描摹，揭示了第一次世界大战前英国社会中的各种矛盾。

由于第一次世界大战的爆发带给人们的精神创伤及西方各种现代文艺

思潮和理论,特别是法国柏格森的直觉主义和"心理时间"概念及奥地利心理学家西格蒙德·弗洛伊德心理分析学说的传入,英国现代派文学在20年代达到了创作的高峰期。劳伦斯是把弗洛伊德的性心理学说运用到小说创作中的一个典范。他的《儿子与情人》(1913)也因此声名大噪。他以机器文明对人的心灵和本性的摧残和压抑作为切入口,从心理学角度深入探讨了人与人之间,特别是两性之间的关系。他的代表作《虹》(1915)与其姐妹篇《恋爱中的妇女》(1920)就是将社会主题与个人主题完美结合的开拓之作。他在其引起轩然大波的《查特莱夫人的情人》(1929)中更把性爱提到了一个令人瞠目的高度,可以说引起了一场西方道德领域的革命。詹姆斯·乔伊斯的出现标志着英国意识流小说的真正崛起。他的《青年艺术家的肖像》是20世纪英国文学中别树一帜的作品。它运用了现实主义、自然主义、象征和意识流技巧来表现青年艺术家斯蒂芬·迪德勒心理和精神的成长过程,代表了作者从传统到革新的进一步转变。其经典力作《尤利西斯》(1922)的问世使意识流小说达到登峰造极的地步。他运用新颖独特的表现手法,把史诗、神话同现实结合起来,借古讽今,描绘了一幅现代社会光怪陆离的生活历史画卷,揭示了人物精神上的空虚和混乱。他的最后一部小说《芬尼根的苏醒》中意识流技巧的运用和语言形式的革新把意识流小说这种形式推向了绝境,使之成为20世纪最令人望而却步、不愿问津的一部小说。弗吉尼亚·伍尔芙是英国意识流小说的另一杰出代表,也是英国现代文史上最重要的女作家。她从理论上对传统的现实主义创作方法提出了猛烈的挑战,主张小说家应深入到人的内心世界中去表现它的主观世界,把表现自我同反映现实完全对立起来。她的代表作《达罗卫夫人》(1925)以一日为框架,详细描述了英国上层社会一位太太十几个小时的内心活动,奠定了她作为重要意识流小说家的地位。她在此后的《到灯塔去》(1927)、《浪》(1931)等重要作品中,继续不遗余力地进行小说艺术风格的创新和改革。她的心理时间、内心独白手法的运用及意识流的角色转换极大地丰富了小说创作的空间,对当时和以后的作家产生了巨大影响。

现代主义到了20世纪三四十年代影响已逐渐衰退,取而代之的是具有鲜明现实主义色彩的左翼文学和社会讽刺小说,其中最杰出的讽刺作家有奥尔德斯·赫胥黎和伊夫林·沃等。赫胥黎在《克鲁姆庄园》(1921)、《旋律与对位》(1928) 中以冷嘲热讽的笔触刻画了上层中产阶级社会及其知识分子的精神危机。他把笔下的人物作为自己思想的传声筒,一方面针砭时弊,一方面转向神秘主义,寻求宗教的启示与感悟。他的《旋律与对位》在结构布局上别具一格,成为他最出色的作品。伊夫林·沃的第一部小说《衰亡》(1928) 为他赢得了讽刺小说家的声誉。在以后的创作中,如《一捧尘土》(1934),他运用出色的讽刺技巧及其他文体手段鞭挞和揭露了生活中荒诞无稽的现象。他的战争三部曲《荣誉之剑》以"二战"为题材,塑造了"反英雄"的角色,具有明显的现实主义色彩,同时又暴露了他的资产阶级立场。乔治·奥威尔是这一时期政治倾向最鲜明的一个作家。他的政治讽刺作品《动物庄园》(1945) 及《一九八四》(1949) 猛烈抨击了斯大林时期社会主义的所谓弊病,并阐述了他自己带有浓厚资产阶级个人主义色彩的、非马克思主义和反共产主义的社会主义观点。他作品的积极意义体现在他对极权主义的抨击具有警世作用。这期间一直活跃在文坛上的另一重要现实主义作家是格雷厄姆·格林。他在战前就发表了多部小说,主要有《权力与荣耀》 (1940) 等。战后主要作品有《事情的实质》(1948)、《风流情了》(1951)。他在书中以揭示主人公无辜与罪恶的矛盾心理为主题,阐明了他带有天主教色彩的善恶观。

20 世纪 50 年代在英国文坛上出现了一批出身低微,对现实极为不满的青年作家。他们被称为"愤怒的青年"。金斯利·艾米利是其中的一位代表作家。他的《幸运的吉姆》(1954) 以轻松、诙谐的口吻塑造了一位喜剧式的"反英雄"角色,抨击了"二战"后英国文化界的现状。他反实验主义的创作观点为英国文坛带来一股新鲜空气。他以后又连续出版了《拿不准的感觉》(1955)、《结束》(1974) 等,探讨了道德问题及两性关系的冲突。《老魔鬼》(1986) 为他赢得了当年的英国布克奖。这一时期崛起的重要作家还有安格斯·威尔逊、威廉·戈尔丁和艾丽丝·默多克。威尔逊 50 年代的主要作品《盎格鲁-撒克逊态度》(1956) 及《爱略特夫人的中年》(1958) 具有现实主义的风范。但他以后发表的《仿佛是魔术》(1973) 等却明显地转变了创作方向。他的《燃烧的世界》(1980) 已不再是纯粹的社会小说，而具有了审美倾向。威廉·戈尔丁被誉为20世纪最具独创性的作家，他不受任何正统观念或形式的约束。他的《蝇王》（1954）以现代寓言的形式，阐述了人性之恶的主题。他在20世纪80年代发表的一组航海小说《通过礼仪》（1980）等是他最优秀的作品。他把现实同幻想结合起来，汲取民众和诗歌神话的营养，探讨人类状态的悲剧性。为此，《通过礼仪》于1980年为他赢得英国小说布克奖。他还在1983年获得了诺贝尔文学奖。艾丽斯·默多克是一位多产作家。其创作生涯一直延续了几十年。她的创作手法主要沿袭现实主义传统，其哲学、美学观点，特别是她的善恶观贯穿于她的作品中。她深受法国存在主义哲学的影响，如她1954年发表的《在网下》就是一部哲学探索小说。后来她又认为存在主义不能令人满意地解释人的存在及行为，因为它忽略了人的内心世界。情爱是她小说的一个重要主题，如《布鲁诺的梦》（1969）、《大海、大海》（1978）、《书本与情谊》（1987）。其中《大海、大海》荣获1978年英国小说布克奖。穆莉尔·斯帕克的出现，壮大了英国天主教小说家的创作队伍。她在对书中人物揶揄的同时，惟妙惟肖地展示了他们的心态。其代表作《吉恩·布罗迪小姐的青春》（1961）将个人生活与探讨人的道德本质有机地结合在一起，其叙述技巧独特、新颖，为她赢得了国际声誉。她后期的小说，诸如《不得打扰》（1971）、《有目的的游荡》（1981）等更具有实验性，描写的社会范围也更广。

20世纪60年代末70年代初，随着国际政治局势的动荡、西欧"反文化运动"的兴起及法国"新小说"派对小说形式的改革，英国小说也进入了一个实验型的时代。除了上述几位50年代出名的作家后期作品中对艺术和现实的关系、对小说形式所做的探索性实验外，最具代表性的作家是多莉丝·莱辛和约翰·福尔斯。多莉丝·莱辛1962年发表的《金色笔记》以全新复杂的叙述结构讲述了一个故事中的故事。它貌似分散的内容和形式恰恰表达了作者想要揭示的寻找自我完整的主题。约翰·福尔斯1969年发表了《法国中尉的女人》。他调动现实主义以及各种实验手段，站在20世纪现代社会的角度对维多利亚时代的特点和时尚进行了重构和解构的评析，而又以维多利亚时代的观点对现代社会进行了俯瞰。这一试图在传统和现代之间建立一座艺术桥梁的努力对以后的英国小说家产生了巨大影响。这一时期，实验小说大量涌现，有的甚至真走向了极端。最典型的是 B. S. 约翰逊。他的《阿尔伯特·安杰罗》(1964) 在书页中留下了许多孔，以使故事能从叙事的一部分"漏"到另一部分。他于 1969 年出版的《不幸的人们》是一部装在盒子里、由 27 张书页组成的书。读者可以随意组合其顺序。他认为这是一个混乱、分崩离析的世界，因而不会有连贯的故事。

20 世纪 60 年代的小说家们把小说形式推到了边缘，因而 70 年代相对来说比较疲软，更像是 80 年代疾风劲雨前的过渡期。其明显的特点是转回到了历史小说的创作，如 J. G. 法雷尔的《帝国三部曲》和保尔·斯格特的《统治四重奏》。随着不受现实主义传统约束的新一代作家的崛起，从 70 年代中叶到 80 年代，英国小说创作进入了一个黑色幽默时期。马丁·艾米斯、金斯利·艾米斯的儿子和伊恩·麦克尤恩是这一时期同时崛起的青年作家。马丁在他的第一部作品《雷切尔文件》(1973) 及《死婴》(1975)、《成功》(1978) 中，从描写毒品、死亡、变态和暴力等颓废现象入手，对现代社会进行了辛辣的调整和批评。他 80 年代的《钱：自杀者的绝命书》(1984) 确立了其在文坛的地位。在这部小说以后的《伦敦原野》(1989)、《时间之剑》(1991) 中，他的黑色幽默色彩更加浓烈。对金钱的崇拜、道德的沦丧、自我的丧失、精神的混乱，无一不是他批判的主题。伊恩·麦克尤恩同马丁一样，描写的主题大多为性、死亡、疯狂及暴力等，但他更注重揭示人物精神的荒原和内心的恐怖。他的主要作品有短篇小说集《始而爱情，终而仪式》(1975)、《被单之间》(1979)、小说《水泥庭院》(1978)、《时间里的孩子》(1987)、《天真的人》(1990)、《黑狗》(1992)。1998 年，他的《阿姆斯特丹》荣获英国小说布克奖。萨尔门·拉什迪是一位出生在印度的英国作家。他以印度政治历史和社会状况为题材的小说《午夜的孩子们》(1981) 确立了他在文坛的地位，并获得 1982 年布克奖。他在小说中把现代主义、后现代主义及魔幻现实主义等技巧全部糅合在一起，为 20 世纪后期的英国小说开创了一个新时代。他 1988 年发表的《撒旦的诗篇》由于其对伊斯兰教创立的讽刺及对霍梅尼本人的影射激怒了伊斯兰世界，并遭到死亡通缉。朱利安·巴恩斯是一位深受福楼拜影响的小说家。他被有些评论家誉为最具有国际性的青年一代小说家。他1984年发表的《福楼拜的鹦鹉》引起了评论界的广泛赞誉。他把小说主人公对婚姻复杂性的兴趣同对法国作家生平和工作的创造性探究结合起来,对所有历史和知识的哲学性质提出了质疑。他的《十又二分之一章世界史》(1989)中各种文体相互交错,把小说形式又推向了另一个极端。20世纪90年代初,英国小说又呈现出了同19世纪末类似的异彩纷呈的局面。

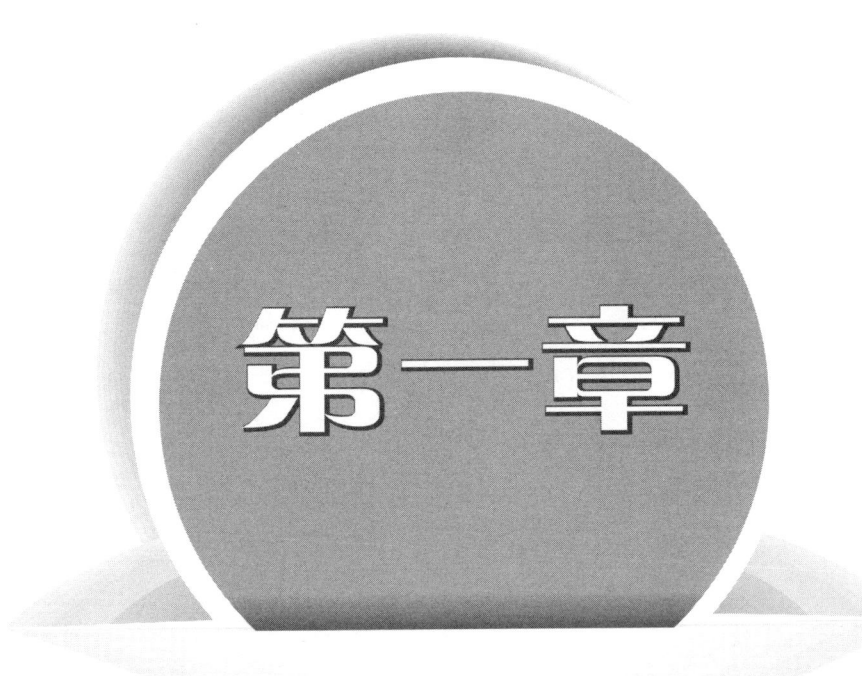

第一章

20 世纪初的英国小说

第一章 20世纪初的英国小说

19世纪末20世纪初,科学技术迅猛发展,欧洲局势动荡不安,世界格局风云变幻。曾经有"世界工厂"之称的大英帝国在19世纪70年代后经济发展逐渐缓慢下来,进入到帝国主义的最后阶段。这一时期,英国对外疯狂加大殖民侵略,国际帝国列强之间的矛盾加剧。而国内人民生活又更加艰难贫困,阶级矛盾日益激化。维多利亚时代建立的民族自信心与社会安全感开始动摇,出现了普遍的精神危机和思想道德危机。在思想上,一些人坚持传统的价值观念,另一些人鼓吹新的反传统理念;一些人坚持宗教信仰,另一些人宣扬精神已经荒芜的现代理念。与此相对应,在20世纪初的文学领域,以道德、批判现实以及大众化为特点的维多利亚时代小说传统开始变得毫无生气,一些追求新颖和更复杂的创作手段慢慢形成,也就是现在人们所说的现代风格的小说。传统的权威观念和宗教信仰遭遇新时代反传统意识形态的挑战,两方面的糅合和交叉,使英国文坛呈现出传统与现代、写实与实验交相辉映的局面。

20世纪初,英国不少小说家创作出以"幻灭"为主题的小说,最为典型的是托马斯·哈代(Thomas Hardy,1840~1928)。哈代的小说一直以故乡多塞特郡和该郡附近的农村地区作为背景,早期作品描写的是英国农村的恬静景象和明朗的田园生活,后期作品明显变得阴郁低沉,其主题思想是无法控制的外部力量和内心冲动决定着个人命运,并造成悲剧。他的《德伯家的苔丝》(Tess of the D'Urbervilles)和《无名的裘德》(Jude the Obscure)讲述了英格兰南部农村青年男女走投无路、陷入绝望的悲剧故事。

与此相对照,海外题材的小说作为英国当时海外扩张的折射,基调并不那样灰暗,如拉迪亚德·吉卜林(Rudyard Kipling,1865~1936)的《吉姆》(Jim)宣扬了英雄主义的可能性,带有帝国主义色彩。约瑟夫·康拉德的小说展示了西方扩张主义转型的历史过程,并对此进行反思。《黑暗的心》（Heart of Darkness）表现出他对西方，特别是比利时帝国主义的扩张、对民族剥削和压迫的不满。《吉姆老爷》（Lord Jim）里的故事发生在东南亚马来地区，主人公执着于道德理念，因自己的过失常常遭受良心的谴责，为了赎罪，最后导致悲剧性结局，作品包含着对带有殖民主义色彩的英雄主义的批判。康拉德在小说布局、叙述角度及象征手法等方面有意识地进行一系列革新，他的小说成为英国现代主义文学的先声。题材范围进一步扩大，是这个时期小说创作的特点。

阿诺德·本涅特（Arnold Bennett，1867~1931）的《老妇谭》（Old Wives' Tale）等自然主义小说描绘了英格兰北部生产陶瓷的工业城镇生活。威廉·萨默塞特·毛姆（William Somerset Maugham，1874~1965）的创作也深受法国自然主义影响，他的长篇小说《人性的枷锁》（Of Human Bondage）展现了主人公摆脱精神枷锁的过程。赫伯特·乔治·威尔斯（Herbert George Wells，1866~1946）创作的《时间机器》（The Time Machine）等一批科幻小说，将科学幻想与社会批评结合起来。约翰·高尔斯华绥（John Galsworthy，1867~1933）在《福尔赛世家》（The Forsyte Saga）中以批判的眼光揭示了资产阶级的家庭和社会关系。E. M. 福斯特（E. M. Forster，1879~1970）的《霍华兹别墅》（Howards End）针对英国社会经济与文化、富人与穷人、男性与女性之间日益尖锐的矛盾冲突，探索建立"联结"关系的途径。在《印度之行》（A Passage to India）中，他将"联结"的思想运用于英帝国与殖民地关系这一更大的国际范围。柯南道尔（Arthur Conan Doyle，1859~1930）塑造了智力超凡、逻辑严密、个性鲜明的福尔摩斯这一著名侦探形象。在柯南道尔的侦探小说中，犯罪威胁了社会秩序的稳定，侦探的作用是通过破案来恢复平衡和稳定。

20世纪初，本涅特、威尔斯、高尔斯华绥坚持维多利亚时代的现实主义传统进行创作，用写实的方法记载社会转型时期资产阶级社会和家庭发生的变化。但他们很快就受到现代主义文学的挑战。按照弗吉妮亚·伍尔芙（Virginia Woolf，1882~1941）的说法，1910年是英国小说从传统现实主义到现代主义变化的重要年份。第一次世界大战无疑加速了这一变化。战争中，大批无辜青年充当炮灰，白白丧生。"一战"之后，不少英国人对文艺复兴以来人文主义有关人性、人类前途的基本观念乃至基督教文化传统的信念发生了动摇。社会思想观念的深刻变革，促使现代主义文学蓬勃发展，英国小说也面目一新。D. H. 劳伦斯（D. H. Lawrence）是煤矿工人的儿子，他将视线投向两性关系，对西方文明的缺陷进行反思。《查泰莱夫人的情人》（Lady Chatterley's Lover）曾因为大胆的性爱描写而在英美两国被查禁。他的《儿子与情人》（Sons and Lovers）、《虹》（The Rainbow）、《恋爱中的女人》（Women in Love）等小说将社会批评与性心理探索巧妙结合起来，猛烈抨击资本主义工业文明。作为对现实主义文学的反拨，现代主义文学追求心理真实，注重直接观察人物的心理活动，直接体验人物的内心感受，在内心世界这面镜子上折射出丰富多彩的外部现实。出生于书香世家的伍尔芙的突出成就是意识流小说。她的《达罗卫夫人》（Mrs. Dalloway）和《到灯塔去》（To the Lighthouse）等作品突破传统的时空观，将意识流手法运用得出神入化，还体现出女作家对于女性存在的历史及现状的独特反思。来自爱尔兰的詹姆斯·乔伊斯（James Joyce, 1882~1941）被认为是继莎士比亚后英语文学史上最伟大的作家，他的旷世之作《尤利西斯》（Ulysses）给英国传统小说带来一场革命。《尤利西斯》情节简单，主要记载迪达勒斯、布卢姆和布卢姆的妻子莫莉三个人物的日常琐事。小说实际上只写了爱尔兰首府都柏林一天里的事情。这一天是1904年6月16日，乔伊斯与他未来的妻子娜拉曾在这一天首次幽会，除此以外，它是都柏林历史上最普通不过的一个日子。乔伊斯在小说中力图展现生活的本质和对人的精神世界的探索，《尤利西斯》因此被有的评论家誉为表现了西方"现代社会的全部生活和全部历史"。《尤利西斯》的成功在于意识流描写表面上纷纷扬扬，漫无边际，实际上结构齐整，周密严谨。

第 一 节
财产束缚下扭曲的人性——《有产业的人》

一、作品概述

《有产业的人》是英国作家约翰·高尔斯华绥的经典长篇小说，是世家小说《福尔赛世家》三部曲中的第一篇作品。故事讲述了发生在英国资产阶级大家庭福尔赛家族的故事，书中所描写的福尔赛世家正处于由兴盛到衰落的转折时期，它的主要特征是"紧抓住财产不放，不管是老婆，还是房子，还是金钱，还是名誉"。

《有产业的人》主要讲述了正值青春妙龄的女主人公伊琳，在一个音乐会上被福尔赛家的少爷索米斯一眼看中。从此，索米斯千方百计对伊琳穷追不舍。尽管伊琳并不喜欢索米斯，但在她那位经济拮据、自己也想改嫁的后母的帮助下，一年以后，伊琳嫁入福尔赛家，成了索米斯太太。伊琳的美貌让家里所有人倾慕，她成了旋涡的中心，她的美强烈地"扰乱"了这个资产阶级大家庭。然而，富裕的索米斯与贫穷绝美的伊琳之间缺乏爱情基础。当伊琳想要离开索米斯时，索米斯绝不肯放手，因为资产阶级的道德观念与财产意识让他把妻子视为私有财产。为了挽回岌岌可危的婚姻，索米斯决定请才华横溢却一贫如洗的艺术家、建筑师，福尔赛家族长房孙女琼的未婚夫波辛尼为他在伦敦郊外的洛宾山建造一座别墅，从而把伊琳隔离起来，金屋藏娇。没想到此举却给伊琳与波辛尼创造了机会，两人双双坠入爱河，加剧了夫妻之间的矛盾。另外，索米斯与波辛尼在建造别墅的过程中也是矛盾重重。索米斯从财产角度出发，指望花最少的钱得到最好的东西，而波辛尼从一个艺术家的角度一心想把洛宾山别墅建成最完美的建筑，因而在建筑过程中一再超支。伊琳在得知索米斯为了400镑的房款要将波辛尼告上法庭而不惜置他于破产的境地后，摆出了与索米斯决裂的姿态，拒绝与他同房。索米斯为了"行使对于财产的最大权利"，挽回婚姻，伺机强奸伊琳，致使伊琳迈出了离开资产阶级家庭与爱人私奔的一步。而就在此前一晚上，受到伊琳被强奸的刺激，波辛尼神志不清，丧生于马车轮下，波辛尼死后，伊琳只得回到她曾经渴望离开的家。小说结束于伊琳回家后绝望悲伤的画面，表面看来索米斯获得了短暂的胜利，但很显然，他们夫妻之间的裂痕已经无法弥补。这条线索展现了作者对财产意识的批判，对美与爱等自然人性的渴望，以及两者的对立造成的悲剧结局。

小说同时还讲述了福尔赛家族长房乔里恩父子从绝交到和解的过程。14年前，小乔里恩为了爱情抛下妻子与年幼的女儿及整个资产阶级家庭与一个法国女教师私奔，老乔里恩迫于舆论压力不得不与儿子绝交，却时时思念他。在孙女琼恋爱后，孤独的老人决定寻找儿子。而小乔里恩私奔后，面对巨大的生存压力，在经过14年的磨炼之后，他不再像年轻时那么冲动，那么愤世嫉俗，逐渐接受和理解了现在的社会秩序和道德，成为一个"半福尔赛"。父子在几次见面后，老乔里恩修改了遗嘱，把小乔里恩确定为主要财产继承人，并在索米斯婚变后决定买下洛宾山别墅与儿子同住，共享天伦。乔里恩父子的圆满结局，体现了高尔斯华绥对财产与美的矛盾的思索，在他看来，只有矛盾双方相互体谅、包容、调和，才能取得共赢的局面。

二、索米斯——孤独的胜利者

索米斯·福尔赛是《有产业的人》中的主要人物，贯穿整个福尔赛世家编年史小说，小说通过索米斯这一艺术形象，渗透高尔斯华绥对维多利亚晚期英国资产阶级的财产意识的批判。按照当时的标准，索米斯的一切行为特征都符合社会准则，是一个标准的绅士。他出身于庞大的福尔赛家族，是第二代二房詹姆士的独子。福尔赛家族第二代已经在当时的国际大都市站稳脚跟。家族成员都是有钱、有地位，并在伦敦拥有豪华住宅和多处房产。人人都拥有体面的职业，个个都持有各种股票与公债，从事房地产的投资。老大乔里恩曾是茶商，还同时担任几家公司的董事长；老三斯悦辛刚从房产拍卖部退休；老四罗杰专门从事房地产的经营；老五尼古拉经营矿产、铁路、房产；老六悌摩西早年从事出版业，持有公债，拥有稳定的收入。索米斯的父亲，老二詹姆士是一名律师，拥有股票、房产、律师事务所，经济实力雄厚。索米斯既是詹姆士的主要财产继承人，又是毕业于名牌大学、受过高等教育的律师。他处世稳重，精明强干，而且还颇有品位，收集名画，从事房地产的投资，收入不断上升。在个人生活上，索米斯衣着一丝不苟，不喝酒，不欠债，不赌博，不说下流话，不粗暴，不乱交朋友，不在外面过夜。俨然一个人人称道的谦谦君子，是第三代福尔赛中最有出息的人，福尔赛家族精神的继承者。

索米斯这样一个绅士，却又是小说全面批判的对象，因为他内心根深蒂固的"财产意识"。在小说中，索米斯是个"有产业的人"，这种"财产意识"在当时英国的资产阶级中具有普遍性。然而，这也使索米斯成了一个悲剧性的人物：他费尽心机娶来的妻子并不爱他，四年痛苦的婚姻生活中饱受妻子的冷淡和敌视，因为妻子要分居，他想通过在郊外建造一座新居来挽救自己岌岌可危的婚姻，结果妻子却爱上了建筑师波辛尼。而与波辛尼的经济纠纷使妻子与他彻底反目，正式分居。束手无策的索米斯想以强奸妻子的方式来挽回俩人的关系，没想到却使妻子离家出走。波辛尼因此在精神混乱中死去，索米斯又落得个迫害者的罪名。虽然最后妻子返回家中，但他却只得到"一具空壳"。

索米斯的悲剧性贯穿于整个福尔赛世家编年史小说，在第二部《进退维谷》中，索米斯已经与妻子分居12年，经过12年独居生活的索米斯盼望有个儿子兼继承人，为此经历了与伊琳痛苦的离婚过程，继妻分娩时遭遇难产，他面对要孩子将失去妻子，要妻子将再也不能有孩子的痛苦选择。最后还只得到个女儿，使他不得不在临终的父亲面前撒谎。在第三部《出租》中，索米斯的独女弗蕾不幸与伊琳的独子乔恩一见钟情，乔恩鉴于上一辈的恩怨放弃了这段姻缘，造成弗蕾一生的遗憾。两家的恩怨延续到福尔赛编年史小说的第二部《现代喜剧》，小说的最后弗蕾因无法得到乔恩产生轻生的念头，索米斯为了挽救女儿的生命被自己心爱的名画砸死。纵观索米斯一生的不幸,其根源在于他强烈的财产意识,把冷冰冰的商业原则应用到家庭生活中。

索米斯追求伊琳的过程实质上是一个财产意识驱使的商业运作过程,体现了财产意识与人类追求爱情的自然本性的对立:在索米斯与伊琳的关系中,索米斯实际上是把伊琳看作"物",认为娶回家的伊琳自然归他所有,妻子的美貌是他在全伦敦人面前炫耀的资本,他对伊琳的感情不是爱,而是一种占有的欲望。以一个律师的精明,他一眼就看出伊琳的继母是自己的好帮手。伊琳是已故的穷教授海隆的女儿,尽管生得美貌,却没有财产。她在父亲死后与继母一起生活,继母在伊琳身上花的钱要超出伊琳一年50镑的津贴,而且这位继母自己也想嫁人,深感身边这个绝色继女的妨碍。索米斯经常去探望伊琳,每次都要向她求一次婚,为达到目的不择手段,不达目的绝不罢休。福尔赛家族执着坚忍的性格在这里得到充分的体现。正因为如此,伊琳从一开始就对索米斯有一种发自本能的厌恶。即使在同意嫁他时,脸上仍带着那种落寞而乞怜的神情。小说用"屈服"一词描述伊琳对这门婚事的应允,预示了两人的婚姻暗藏的危机。

在我国的文学评论中,索米斯历来被认为是一个"恶"的资产阶级典型,他"利欲熏心","集中体现了资产阶级的自私、贪婪、虚伪和暴虐"。① 索米斯对伊琳的追求过程不能简单地以"恶"来概括。尽管索米斯为了得到伊琳费尽心机,但他们的婚姻是得到了伊琳的亲口应允的,为此他花了一年多的时间。索米斯对伊琳的追求更多地体现了一个生意人的精明强干,因而是"冷冰冰"的,完全没有一点"人类温情的乳油"。他们的婚姻矛盾体现了资产阶级财产意识与人类追求爱情的自然本性的对立。索米斯夫妇的矛盾体现在日常生活中的方方面面,索米斯务实,他一丝不苟的着装是为了维持在众人面前的体面;不洗澡绝不出门,因为这是一种时髦。而伊琳则爱"美",她得体的着装只是为了美本身,洗澡纯粹是为了消受一下凉爽和在水中能照见自己美丽的身体。索米斯满以为婚礼的钟声响过之后,一切都应当是幸福和快乐的了。没成想,得到的却是伊琳暗藏的深刻厌恶和

---

① 侯维瑞. 英国文学通史 [M]. 上海:上海外语教育出版社,1999:577.

长期的冷淡。他顶多只能占有她的肉体，甚至连这一点都很勉强。

索米斯使用错误的方法去解决自己的婚姻危机，试图以建造洛宾别墅来挽救婚姻，这一举措更加失败的结果是对财产意识的深刻讽刺。在建造洛宾别墅的过程中与波辛尼的矛盾体现了财产意识与艺术的对立。索米斯把伊琳对自己的冷淡归咎于自己的侄女——福尔赛家族长房乔里恩的孙女琼，认为是琼向伊琳灌输的不良思想影响到他们夫妻的感情。为此他萌生了在乡下建造房子的念头，以为只要搬到乡下去，把伊琳隔离起来，让伊琳为了装饰房子而忙碌就能稳住伊琳的心。这种夫妻间的矛盾根源于他们价值观念的根本对立。作为一个商人、律师，索米斯在经济、法律、财产利益方面有着清醒的头脑，能一眼看出事物的本质所在。然而这种以财产作为衡量一切事物的标准的价值取向，使他不能从人性、人情的角度来思考自己的婚姻，更不可能以爱的方式化解夫妻矛盾。他无法看到自己的婚姻危机的根源，不能理解妻子对自己的冷淡和敌视。对夫妻矛盾错误的判断使通过建造洛宾别墅来挽救婚姻从一开始就染上荒唐的色彩。

索米斯筹建房子和选择波辛尼做建筑师的思量过程，精彩地体现了他在财产意识的支配下一切以利益为出发点，实现利益最大化的资产阶级本质。建造房子的本意是为了挽救婚姻，但索米斯作为一个有着强烈财产意识的资产阶级，绝不会为此在财产上吃亏。他建造房子，还因为一所好房子是一项上等的投资，可以给自己带来可靠的收益；同时还会成为族中唯一在乡间拥有住宅的人，成为众人眼热的对象。他请波辛尼做建筑师，体现了他追求最大利润的资产阶级本质。波辛尼是琼的未婚夫，因为一贫如洗而不能与琼完婚，琼正急于为他寻找大展身手、改变经济状况和社会地位的机会。琼又是伊琳的好友，请波辛尼做建筑师既讨好了琼，又不致招到伊琳的反对。而索米斯请波辛尼做建筑师最根本的原因还在于波辛尼没有钱，不出名，却才华横溢，具有一流建筑师的实力，请波辛尼造房子，实质上是花四等的价格，买到一流的人才。而且波辛尼有一股子傻劲，不会斤斤计较，让索米斯觉得他在钱上面容易对付。

索米斯选择建筑师的思量过程为他与波辛尼在建房过程中的矛盾埋下伏笔。在财产意识的驱使下，索米斯不但想以四等价格买到一流人才，还想以最低的价格买到一流的房子。最初，波辛尼许诺："花个八千镑，我可以给你造一座宫殿！"① 索米斯便认为这是最后的约定，当图纸设计好后，预算升到了八千五百镑，米斯已经感到大为恼火。等到房子实际建造时，账目差不多比原来规定的要超出七百镑，双方终于闹翻了。此后双方以书信的方式约定在总价不超过一万二千镑的前提下房子的内部装修由波辛尼全权做主。房子装修结束后，波辛尼又超支了四百镑，索米斯为此将他告上了法庭。小说指出，索米斯与波辛尼的矛盾反映了艺术与财产之间的古老矛盾——创造者与所有者不统一。波辛尼作为创造者"忠实于自己所创造、所信仰的房子的形象，不愿意受到障碍，因陋就简"。而索米斯从所有者的角度出发，指望用"十二个先令买到十三个先令的东西"，获得更高的利益。"他生活上的一切安排都是靠精密计算来的"，他在一件事情上计议好花多少钱，就绝不能容忍实际上花得更多。

　　索米斯与波辛尼的诉讼把艺术与财产的对立推向高潮，然而索米斯状告波辛尼的行为不同于19世纪现实主义所批判的"恶"。索米斯与波辛尼之间有约定，是波辛尼一而再地违背约定，从某种角度来看，索米斯状告波辛尼有他站得住脚的理由。然而"四百镑"对于一个"有产业的人"来说不过是区区小数，却足以将波辛尼置于破产的境地，财产意识扭曲了索米斯人性的一面，而这正是他与伊琳根本对立之处：

　　"难道说，你预备要他在这个可恨的房子上赔出四百镑来吗？"

　　"是的。"

　　"你知道他一个钱都没有吗？"

　　"知道。"

　　"那么你比我平日想象的更加卑鄙！"

　　在进行以上对话后，一向"温柔和顺"的伊琳从此锁住了自己的房门，夫妻二人从此"永远决裂"了。索米斯建造洛宾别墅的本意是挽救自己的婚姻，但在费尽心机之后却得到与妻子"永远决裂"的结果，这是小说对财产意识的讽刺，是对"有产业的人"最大的讽刺。在妻子与他分居后，

---

① 约翰·高尔斯华绥. 有产业的人 [M]. 周煦良译. 上海：上海译文出版社，1978：56.

索米斯试图通过强奸来挽回妻子，他把妻子视为财产。这一行为是社会无法对付的罪行。无论是从法律上来说，还是从习俗上来说，伊琳是索米斯合法的妻子，是神圣结合的伴侣。索米斯似乎有权把妻子视为财产，把妻子的美貌，甚至身体当作自己财产的一部分。他的所为只是"行使了丈夫的权力"，"做了一个男子汉应当做的事情"，是合法的。索米斯甚至以"那些在离婚法庭上时常受到法官嘉许的人"的角度冷静评判，认为"他只不过是在竭力保持婚姻的神圣，防止她放弃自己的职责"，甚至以为这是"做了夫妻和好的第一步"。这里，高尔斯华绥提出了"妇女对自己身体权利的问题"。他用"可怕吞声啜泣"描述索米斯的行为对伊琳深深的伤害。就连索米斯自己，也在事后"愧悔交集"，心里一直有种"古怪而令人受不了的感觉"。无视女性意愿的性行为，哪怕是发生在夫妻之间，也是不可容忍的罪恶。索米斯不仅不能以此挽回妻子，反而给当事人以沉重的打击。其直接后果是造成了波辛尼的死和伊琳的离家。波辛尼的自杀源于这令人绝望的打击，这是对一个恋爱中的男人最可怕的心理打击。波辛尼在黑夜的大街上喃喃自语，横冲直撞，消失在伦敦的浓雾里，当晚被马车撞死。第二天一早，伊琳放弃了她对这个家庭残存的最后一丝希望，离家出走，迈出了与整个社会、家庭、法律、道德决裂的一步。小说最后，在波辛尼缺席的情况下，法庭判索米斯胜诉，由波辛尼赔偿超出的三百五十镑。又因为波辛尼已经在伊琳离家的前一天晚上死去，离家后的伊琳走投无路，只得返回家中。表面上看，整个婚姻危机索米斯获得了全胜。而实际上，索米斯得到的只是一具胜利的空壳。法律上的胜诉因为波辛尼的死去而不可能兑现。伊琳纵然回了家，很显然，他们夫妻之间的裂痕已永远无法弥补了。正如高尔斯华绥自己所说，"索米斯一生的悲剧是一个简简单单的，无法控制的悲剧"，小说对索米斯的批判没有局限于对人物个人品质的批判上，而是深入地挖掘出滋生财产意识、形成索米斯性格的社会根源。把对索米斯的批判指向造就福尔赛性格的社会。

三、波辛尼——特立独行的牺牲品

在这样一个唯利是图的资产阶级社会里,波辛尼无疑是以一种对立的角色出现在读者眼前。他不拘一格、心不在焉,老乔里恩的男仆都评价他像个"半驯服的海豹"。波辛尼去拜访安姑太时戴了一顶旧的灰色软呢帽,就这件事情在福尔赛家族里传得沸沸扬扬。这一举一动在福尔赛家的眼中显得异常出格,有失于面对大家人户的礼仪之风。维多利亚时期工业化的过程中经济快速增长,中上层阶级的地位不断提高,凭借积累财富中上层阶级显现了自身的重要地位。虽然削弱了贵族阶级的势力,但是自中世纪以来,学习绅士风度的精神从没有退化过。福尔赛一家人都认为英国上流社会的人是绝不会戴那样一顶帽来拜访像福尔赛家族那样的大世家。这种行为让他们瞠目结舌,因为对福尔赛一家人来说这种行为"连想都不会想到"。

自从波辛尼踏入福尔赛家门的那一天开始,他就变成了整个家族所戒备的对象,唯恐他的入侵危及整个家族的利益。虽然作者没有正面透露波辛尼的任何动机,但是可以通过他对安姑太的态度、他对拥有巨大财产继承权的琼漫不经心的样子、他对伊琳看似一见如故的感情以及当他听说伊琳被索米斯履行了作为丈夫的权利时悲痛欲绝,甚至精神恍惚,当天夜里就在伦敦雾蒙蒙的街上被马车撞死。在生意场上精明能干的索米斯请波辛尼来建房子,他完全打好了如意算盘,不管是从监工,还是资金各方面都做好了仔细的考量。最主要的原因还是在收费不高的情况可以盖一幢一流的房子。虽然索米斯认为在他的管控和监督下这个带着一股傻劲、对钱又不是斤斤计较的建筑师可以帮助他完成自己的愿望,但是波辛尼作为创造者"忠实于自己所创造、所信仰的房子的形象,不愿意受到障碍,因陋就简"。波辛尼自从与索米斯签下合同开始建房以来都是以一种主导者的姿态引导着整个房子的建造以及装修。最初,波辛尼许诺"院野花个八千镑,我可以给你造一座宫殿"。索米斯咬定这是最后的约定,当图纸设计好后,预算升到了八千五百镑,索米斯大为恼火。等到房子实际建造时,又比原来的超支了四百镑。波辛尼自始至终都是以创造艺术品的心态来看待自己的工作。在完全出于自愿的情况下，他帮索米斯选了一个风景宜人的建房基地，索米斯生怕价钱太贵。波辛尼却说"价钱滚它的，老兄。你看看景致"！索米斯最终还是招盘全收，决定在波辛尼建议的地方建一座房子。

小说中福尔赛的人有钱、有地位，以为自己的价值观是评判一切的标准。与没钱、没地位的下等人加以区分，把他们视为另类。如果发现这些另类并不依自己的规约或意愿来行事，这些富尔赛人就开始变得焦躁不安并试图以自己所拥有权力加以管控和规训。他们无法理解这些另类，最容易解决的办法就是将其视为庸俗和低级加以归纳和抛弃。这样的一个过程，也是一个不断使用压迫性策略对他者进行收编、同化、驯化的过程，一个自我对于他者施行主观暴力的过程。虽然福尔赛大家族的各成员之间也没有什么好感，也有许多不同之处，但是面对这样的异己之徒，他们都紧密地团结在一起；当面临共同灾难时，都能攘臂而起，就像田里的牛看见一只狗跑来，都挨肩立着准备冲而上把侵略者踏死一样。波辛尼能与福尔赛家族的长房老乔里恩的孙女琼订婚，这已经对凡事都以金钱衡量的福尔赛家族来说是一大新闻。但是这则新闻也不足以使他们如此忧心忡忡，因为福尔赛家族历史上也有女儿嫁给贫穷家庭出身的男人。波辛尼与以索米斯为代表的自私自利、唯利是图、具有极强占有欲的中上层阶级形成了鲜明的对比。他自始至终无论是对事业还是对爱情都秉持着追求个人幸福的原则。他对中上层阶级对待任何事都以金钱来衡量成功与失败的论调用他的实际行动投以鄙夷的目光。

四、伊林——挑衅传统的失败者

在小说《有产业的人》中，福尔赛家族的妇女们无疑都扮演着传统赋予她们的这种角色。在英国人的传统观念中一直奉行男尊女卑的思想，甚至到 19 世纪末，女人都不是作为"人"而存在的。在家庭里，未婚女子受父兄管束，无个性发展的自由；已婚妇女受丈夫役使，充当生产的机器。既不能离婚，也不能带走孩子，更不用说对家庭财产的支配权了。索米斯的太太伊琳，有着异国风情的美丽外表，她优雅的举止、不凡的品位、高雅的情趣使得众多男人因她的美色而沦陷。伊琳的父亲去世之后，在索米斯热烈的追求以及自己不愿同继母一起生活的情况下勉强嫁给了他。结婚没多久，伊琳知道自己犯下了严重的错误。在好朋友琼的劝说和鼓励下，她毅然决定从此冷漠索米斯，并拒绝履行妻子的职责。不仅如此，还要求分房。这件事在福尔赛家族里传开之后便引起了一场轩然大波。詹姆士对伊琳的举动表示难以理解，并肯定这种想法一定不是她自己的主意。他把伊琳有悖于传统的行为归结于她到至今都没有孩子所以胡思乱想的结果，而且是因为她跟琼走得太近。伊琳在琼的订婚仪式上遇见波辛尼。后来索米斯请波辛尼建房子以来，伊琳和波辛尼的感情日渐升温促使了她对索米斯更加决绝的态度。与此截然相反的是福尔赛家的妇女在传统规范的约束下都扮演着"家庭天使"这一角色，索米斯认为自己一直都履行着好丈夫的角色，不酗酒、生活检点、工作勤勤恳恳，对伊琳更是呵护有加，送过她各种昂贵的礼物，但是伊琳对索米斯的各种献媚视而不见，对于他的一切不闻不问。福尔赛的人对伊琳有悖常理举动惴惴不安。尤其是索米斯的父亲詹姆士惶恐伊琳任何不理智的行为有可能危及索米斯的荣誉和地位。伊琳的美色使得男人们无法自拔，她为了追求个人的幸福无视传统规范，提着所剩无几的属于自己的行李奔向波辛尼时，她给索米斯留下一张纸条，"你和你家里人给我的东西我都没有拿"①。这件事情使得原本疑心她把所有珠宝拿走了的拜金主义者大为惊奇。伊琳抛弃优越的生活，留下索米斯送过的一切礼物，投向一个一无所有的男人。在当时社会的人们眼中是极为不可思议的事情。当詹姆士听见伊琳和他儿子索米斯闹分离时，他想所幸她没有钱——一年只有五十镑的一个穷鬼！他想起那个逝世的海隆教授带着鄙视，他总算没有留给她一点遗产。在他的观念里永远都不会想到后来没有一点遗产的伊琳还是离开了他的儿子。这一切显得伊琳与福尔赛家族的人格格不入，她的美色使得索米斯无法自拔，并把福尔赛家族名誉弄得

---

① 郭俊，梅雪芹. 维多利亚时代中期英国中产阶级中上层的家庭意识探究 [J]. 世界历史，2003（1）：24-25.

岌岌可危。伊琳也同样经过几番周折之后最后还是摆脱了索米斯的控制。当她不顾社会舆论的压力、不顾法律对于想要离婚的妇女的一切不利因素、不顾经济基础的约束，抛下一切准备与波辛尼私奔的那一刻，波辛尼与伊琳就在福尔赛家族看来是一对需要时常保持监视和警惕的极具危险的人物。

五、结语

财产意识是福尔赛家族乃至整个英国资产阶级立足社会的根本。第一代福尔赛杜萨特大老板从一个石工升做工头，晚年迁到伦敦继续从事建筑事业，能够在死后遗有三万镑的财产给十个女儿，靠的就是财产意识。第二代的福尔赛凭借父亲打下的基础，各自建立自己的产业，并跻身于英国伦敦体面的有产者行列，靠的也是财产意识。财产改变了福尔赛家族的社会地位，是他们立足社会的根本。财产意识扭曲了福尔赛们作为人的最自然的本性，压抑了他们对美、对爱和幸福生活的向往。

作│者│介│绍

约翰·高尔斯华绥（John Galsworthy，1867~1933）1906年完成《有产业的人》，获得广泛好评，他也因此被公认为英国第一流作家。1932年，高尔斯华绥"为其描述的卓越艺术——这种艺术在《福尔赛世家》中达到高峰"而获得诺贝尔文学奖，和威尔斯、阿诺德·贝内特并称20世纪英国现实主义小说三杰。

1867年8月14日，高尔斯华绥出生于英国萨里金斯顿希尔。除他之外，他的父亲约翰和母亲布兰奇·贝利·巴特利特还有三个孩子。高尔斯华绥曾在伦敦附近的著名私立男子公学哈罗公学就读，因足球踢得好和善于越野赛跑，他在该校赢得了荣誉。而后，他进入牛津大学新学院攻读法理学，1889年他的学习成绩名列第二。1890年，他取得了律师资格，但他没有兴趣去积极从事法律工作。在以后的几年里，他周游世界，部分原因是为了学习海洋法，部分原因是接受其父亲的力劝——逃避一桩不适当的爱情纠葛。在旅行期间，他首先遇到了约瑟夫·康拉德，此人以后成了他的朋友和文学导师。1895 年，高尔斯华绥返回伦敦时，他和堂兄亚萨·高尔斯华绥的妻子艾达间的爱情有了发展。艾达和亚萨不和，但和高尔斯华绥倒是情投意合。在艾达的鼓励下，高尔斯华绥决心从事专业写作。

高尔斯华绥的父亲是一位带着维多利亚女王时代特征的道德家，也是高尔斯华绥的经济支柱，不可能容忍自己的儿子同亲属之妻胡来，他不能让离婚和再婚之事发生。因此，在他的堂兄 1904 年死去之前，高尔斯华绥同艾达之间的关系一直处于隐蔽状态。1905 年，艾达和高尔斯华绥这对情人终成眷属。他们成婚的那一天正是前一年艾达和亚萨离婚的那一天。随着感情生活的稳定和事业方向的确立，高尔斯华绥便专心致力于写作和其他改革事业。财富独立了，搞写作、耗时于自己所选择的工作，他就有了不考虑商业意义的自由，他一直过着英国中上流社会人士的富裕生活。除了文学创作，他还花费时间，用文章和金钱来支持多种慈善事业。他支持资助的包括反对戏剧检查制度、废除牢房中的单独拘禁、不得虐待动物以及战争中禁用飞机。他特别关心"笔会"的工作，"笔会"是个国际性的作家组织，他本人是创始会员并担任了第一任会长。他生前做的最后一件事是捐赠诺贝尔奖金，用于建立"笔会"信托基金。

高尔斯华绥几乎每年都要出游，他经常出访欧洲大陆和美国，奥地利是他最爱去的地方。第一次世界大战期间，他年事已高，不能服役，就将自己当时的全部收入捐献给了战争机构，并在法国的一个医院里服务了将近 6 个月。战争结束后，高尔斯华绥继续过着写作和旅行的生活。尽管拒绝了 1917 年授给他的爵士头衔，高尔斯华绥还是赢得了众多的荣誉。他拥有曼彻斯特大学（1927 年）、剑桥大学（1930 年）、牛津大学（1931 年）、普林斯顿大学（1931 年）的荣誉学位。1929 年，他还获得过殊功勋位。

差不多在谢世前两年，高尔斯华绥的健康状况就开始恶化了，因为怕艾达焦心，几乎到病危时他才找医生看病。1932 年，病情已不容忽视，脑瘤终于被诊断出来。高尔斯华绥未能去瑞典接受诺贝尔奖。1933 年 1 月 31 日，在颁奖后不到两个月，他就在汉普斯特德格洛夫洛奇与世长辞了。

高尔斯华绥的作品以 19 世纪后期和 20 世纪初期的英国社会为背景，描写了英国资产阶级的社会和家庭生活，以及盛极而衰的历史。他的作品语言简练，形象生动，讽刺辛辣。他一生共创作了17部长篇小说，26个剧本以及12本短篇小说、散文、诗歌和书信集。他的成名作是1906年发表的《有产业的人》（The Man of Property）。这部小说在1911~1926年再版过好几次。1922年他完成了以《有产者》为第一部小说的三部曲《福尔赛世家》（The Forsyte Saga）。1906年，小说《有产业的人》的出版使高尔斯华绥成为爱德华时代青年一代的偶像，向神圣保守的维多利亚传统挑战的先驱。第一次世界大战以后，高尔斯华绥继续创作，长篇三部曲《福尔赛世家》后两部《进退维谷》、《出租》为其赢得世界声誉；从此奠定了他在英国文坛上的地位和声誉。

第 二 节
英国中产阶级的全景图——《霍华德庄园》中的社会阶级性评析

E. M. 福斯特是20世纪英国最杰出的小说家之一，他的主要作品多发表于20世纪初到"一战"爆发之前，这个时期也正是英国城市化如火如荼的阶段。作为一个人文主义的代表作家，他的作品所关注的是人与人之间的关系，尤其是英国中产阶级内部的关系。他的小说《霍华德庄园》用自成一格的语言，极富表现力和洞察力地再现了当时英国中产阶级的社会生活。

一、作品概述

故事发生在1910年的英国。施莱盖尔姐妹玛格丽特和海伦以及兄弟蒂比居住在伦敦。一次，海伦结识了家境殷实的威尔考克斯一家，不久便到他们的霍华德庄园别墅小住。在那里，海伦与威尔考克斯的小儿子保罗相爱。她把这事告诉了姐姐玛格丽特，引起了家里不安，并被家里接走。几个月后，海伦偶识了伦纳德·巴斯特。此时，威尔考克斯太太恰巧搬到施莱盖尔家对面居住。玛格丽特前去拜访，赢得了威尔考克斯太太的好感，不久，威尔考克斯太太去世。去世前，她写下遗嘱把霍华德庄园赠送给玛格丽特。威尔考克斯先生和儿女们不愿承认这份遗嘱，并毁掉了它，而玛格丽特对此一无所知。一天，巴斯特的妻子米基到玛格丽特家来大闹。晚上，巴斯特登门道歉。这个青年赢得了玛格丽特姐妹的喜爱。在此之后，玛格丽特从威尔考克斯先生口中得知，巴斯特供职的保险公司面临倒闭。于是，两姐妹劝巴斯特另谋职业，他接受了她们的建议。

玛格丽特租住的房子要被拆毁。威尔考克斯先生帮她租到了房子，并向她求婚，玛格丽特答应了。但威尔考克斯的孩子们表示反对。这时，巴斯特已转到了一家银行工作，但是不久他被裁员了，海伦知道后十分内疚。与此同时，威尔考克斯与玛格丽特在谈论如何把一部分财产分给孩子们。一天，威尔考克斯和玛格丽特一起参加他女儿多莉的婚礼。这时，海伦领着穷困潦倒的巴斯特夫妇到来。之后，玛格丽特要求威尔考克斯帮助一下巴斯特。威尔考克斯勉强答应。但这时，米基认出威尔考克斯竟是她以前的"情人"，并对他嘲弄。威尔考克斯离去，并要与玛格丽特解除婚约。之后，冷静的威尔考克斯向玛格丽特请求原谅并得到了原谅。随后，玛格丽特按照威尔考克斯的要求，告诉海伦，说她无法帮助巴斯特夫妇。对巴斯特怀负疚感的海伦爱上了他。对姐姐不满的海伦前往德国。之后，玛格丽特与威尔考克斯成婚。婚后，海伦始终不肯回到伦敦。终于有一天，海伦回到伦敦。当玛格丽特见到海伦时，她发现海伦竟已怀上了身孕，而孩子竟然是巴斯特的。随后，玛格丽特向威尔考克斯要求让海伦在霍华德庄园住上一夜，不料被拒绝。他告诉玛格丽特，海伦会长住下去，而他的儿子查理才是庄园的继承人。玛格丽特再次与他发生冲突。此时，查理得知海伦孩子的父亲是巴斯特。在他看来，这是对威尔考克斯家族的侮辱。巴斯特在霍华德庄园探望海伦时，被查理杀死。巴斯特的死令玛格丽特受到巨大的震动。

第二年的夏天，在霍华德庄园里，老威尔考克斯宣布了对自己财产的处理：所有的财产都将分给子女们，而霍华德庄园将赠给玛格丽特，并且，在她去世之后，它将被送给海伦生下的孩子戴维。终于得到了霍华德庄园的玛格丽特陪同老威尔考克斯来到室外的草地上，为他的子女们送行。在她的追问下，老威尔考克斯向她承认了当年他夫人立下的遗嘱。

二、后工业时代的英国社会

19世纪初，英国工业的发展持续加快，机器被更广泛地应用于人们的生活中。毫无疑问这种新文明加快了人们生活的节奏，便利了人们的生活，但同时它也让人们陶醉于物质生活的享受并且逐渐淡化对精神生活的追求，从而更倾向于注重物质财富的积累。《霍华德庄园》正是福斯特对20世纪初英国中产阶级的精神生活及物质生活的探索和研究。1901~1910年，英王爱德华七世在位，称作爱德华时代，《霍华德庄园》就是这一时代的产物。此时的英国已经完成了工业革命，步入了后工业城市化的转折时期。城市化给后工业、后维多利亚时期的英国带来了许多不同的变化。其中一个巨大变化就是机动车辆的剧增。第二个显著变化就是城市空间的膨胀——城市与乡村的结合部出现了大片的郊区。郊区化也使城市空间不断扩展，同时城市文化空间也在不停地扩展。在咄咄逼人的城市文化面前，乡村英格兰和自耕农传统的处境岌岌可危。

工业文明对传统社会的冲击使得爱德华时代注定是一段动荡的岁月。如同伍尔芙所言："人与人之间的一切关系——主仆之间、夫妇之间、父子之间——都变了。人的关系一变，宗教、品行、政治、文学也要变。"[①] 城市的出现伴随着英国城市化的进程，英国乡村与城市之间出现了城市郊区。郊区生活又反过来形成了既完全不同于传统的自耕农，又与纯粹的城市居民不同的新的社会群体。一家又一家的自耕农渐渐都被迫离开世代生息的土地涌进城市，按照新的生产关系被分化成新的不同社会阶层。但就其社会地位，经济状况和职业而言，他们仍属于内涵扩大了的中产阶级这个社

---

① 李乃坤. 伍尔芙作品精粹 [M]. 石家庄：河北教育出版社，1990.

会阶层。

福斯特小说中新型的城市人是被讽刺、挖苦的对象。他们要么自信十足，俗媚浅薄，毫无想象力可言；要么敏感困惑，软弱无力，沉溺于幻想。城市型的中产阶级已经疏离了乡村英格兰，在身体和心智上变得堕落，不可救药。习惯了城市生活的英国人置身于生疏的乡村生活时会感到无所适从。威尔考克斯一家是典型的城市人，他们一进入乡村世界，就会产生身体、心理和情感上的不适感。最具有讽刺意义的是威尔考克斯一家对房子的态度。对他们来说，房子的使用价值并不重要，而重要的是展示主人的财富并使之增值。因此，他们翻来覆去不停地购买、出售或出租房产。他们与房子之间无法建立人与栖居之所特有的情感，因此也就不能建立人与自然之间的亲密关系。

伴随着英国城市化的进程，英国乡村与城市之间出现了城市郊区。郊区生活又反过来形成了既完全不同于传统的自耕农，又与纯粹的城市居民不同的新的社会群体。一家又一家的自耕农渐渐都被迫离开世代生息的土地，涌进城市按照新的生产关系分化成新的不同社会阶层。但就其社会地位、经济状况和职业而言，他们仍属于内涵扩大了的中产阶级这个社会阶层。因此《霍华德庄园》中三个不同的家庭分别代表了城市中产阶级内三个不同的群体，三种不同的生活处境和生活方式，三种不同的价值追求。

三、物质至上的中产阶级人物

福斯特原本希望英国中产阶级不同层次之间的交往都能遵循真诚原则，但可惜的是，以威尔考克斯为代表的"有产业者"的物质至上原则成为影响这种沟通的主要障碍。威尔考克斯一家生活在不断扩大的城郊地区，他们是新崛起的城郊居民，靠生意挣得一份家业，并凭此跻身中产阶级这一社会主导阶级。威尔考克斯全家人居住在女主人祖传的乡下老房子——霍华德庄园里。除威尔考克斯太太外，全家人都热衷于追求财富和物质享受，对文化与传统之类的事物毫无兴趣，是典型的物质生产和工商文化的化身。他们只讲收益，不理会情感和精神生活，自鸣得意地表示自己不会为内心劳神的，对雇员、仆人和其他社会上的弱者更是生硬粗暴，冷酷无情。在他们眼里，金钱就是一切，其他的都不重要。

施莱格尔一家和威尔考克斯一家（威尔考克斯太太除外）有着截然不同的生活方式。施莱格尔姐妹靠遗产过着宽裕的生活，是典型的爱德华时代闲适的自由主义知识分子。她们同情社会改革，鼓吹妇女权益，热爱文学艺术，对现代科技心存怀疑，对威尔考克斯们忙忙碌碌的"物质生活"不以为然。她们注重的是精神追求和内心生活，是精神生活的代表，是文化的化身。威尔考克斯一家则是英国典型的商人家庭，是十足的物质生活的代表。施莱格尔姐妹意识到，威尔考克斯们看起来理直气壮，事业兴隆，就像由他们支撑起来的第一次世界大战前的英帝国一样，似乎不可一世，但内心却潜藏着巨大的危机和根本的欠缺。随着与威尔考克斯的交往，玛格丽特开始意识到自己完全遁入精神生活的做法是不可取的。一方面，她意识到亨利所代表的工商文明对传统文化构成威胁，对其产生了抵触情绪；另一方面，她也更真切地体会到经济力量的重要作用和脱离这个力量自身将面临的困境。她曾告诫海伦，千百年来，假如英国没有威尔考克斯之类的人辛勤劳作，你我就不能安安心心地坐在这里；也不会有火车、轮船供我们文化人乘坐，甚至不会有田园土地，只有野蛮蒙昧，甚至还不止如此，没有他们的精神，我们将永远处于原生质状态。正是意识到精神与物质，内心生活与外在生活，外部自然与内在自然之间的相互依存和密切联系，玛格丽特决心把两者结合起来，通过婚姻来弥补双方存在的不足和缺陷，实现内与外的统一。玛格丽特和亨利的婚姻象征着商业和文化的融合，物质生活和精神生活这一对矛盾的化解。精神生活是人与社会发展的重要组成部分，没有精神支撑的物质生活必然是腐化堕落的，但缺乏经济基础的精神生活必然是不稳固的。施莱格尔姐妹之所以能够有闲读书、聊天、出入音乐会而成为文化和精神的化身是因为有家庭的物质支持。对忙于求生的下层人士而言，施莱格尔式的高雅生活脱离了他们的日常生活现实。

以玛格丽特为例，她是受过良好的教育，积极参加上流社会文化活动，精神世界丰富，思想独立的新女性。她与妹妹在威克汉老巷独撑门户时经常把所有来聚会的人吸引在身边，形成沙龙文化主持人的女性身份。玛格丽特是家庭凝聚力的核心，形成了一套自己待人接物的习惯。玛格丽特和威尔考克斯先生没有儿女，而玛格丽特没有生育的最大原因可能是她自己并不想要（文本中写到了玛格丽特对威尔考克斯先生的吻的态度，又写了她在接受求婚时就说自己不想要孩子，而且还描写到她去查尔斯家吃饭看见小婴儿的不好感觉）。玛格丽特再一次游离于传统之外。可以说她对于威尔考克斯先生的感情是出自非常高尚的目的——连接。很多论文都指明了连接的象征意义，但是就玛格丽特的行为看来，她与威尔考克斯先生的结合委屈了自己，海伦看出了这一点，因此和她越走越远。而玛格丽特则沉溺于这样的自我牺牲和奉献中，在理想的层面上认为自己是在精神上对威尔考克斯先生进行引导。这种幻想支撑着玛格丽特献身于对社会规范的符合，成功地完成了里维耶所认为的女性气质的伪装，即成功地从威严的家长式的身份转化成为在家庭中作为从属部分的柔弱妻子的角色。她开始习惯于听从亨利在所有的事情上的主导。由此，玛格丽特以剥离姐姐身份的代价与威尔考克斯家族建立了具体的连接关系，并在这个基础上将自我客体化，开始作为主体而存在。这一部分的玛格丽特为了遵循社会对于女性的定义，规范了自身的个性以符合社会总体的期待。因此，她感到了与妹妹海伦的隔阂和疏离所带来的痛苦。与海伦的再次重逢成为玛格丽特成长的又一次契机。她在之前一次次与霍华德庄园擦肩而过的过程中不断自我完善，推迟了进入霍华德庄园的满足感。

巴斯特这一角色分裂为城市文化自我和英国自耕农型的古老、历史的自我。他试图努力与城市型英国人的过去认同，努力寻找将人与土地联系在一起的生命之根、历史之根。巴斯特家族源于英国传统的自耕农，由此许多批评家常含混地将巴斯特归入下层社会，甚至认为他是属于工人阶级这个社会阶层。这种对巴斯特阶级地位的异端显然与文本细节不符，也暴露出对新型城市社会中新的阶级分层的茫然无知。那位年轻人巴斯特位于上流社会的最边缘。他还没有坠入深渊，但是他能看见它。他认识的人中间不时有人掉下去，然后就再也没有什么价值可言了。

在以中产阶级为主体的20世纪初，中产阶级这个概念远比历史上任何时候都具有更丰富的内涵。巴斯特属于城市中产阶级，但是他在这个阶级边缘挣扎。因此,他的社会地位极不稳定。他不像施莱格尔那样靠股息生活的文化人,也不像威尔考克斯那样富有的实业家,但是他也不是像杰姬那样生活在贫穷的深渊中的人。巴斯特出生于体面的下层中产阶级家庭,可是他的个人命运却通过杰姬这个女人与威尔考克斯一家和贫困的下层社会连在了一起,通过音乐和书籍与施莱格尔一家和中产阶级兜售的文化、文化品位和价值标准联系在了一起。巴斯特是新生城市职员阶层的新型中产阶级的一员。他向往文化,但文化对于他就像同情他的施莱格尔姐妹一样,仅是他倾羡的对象,却绝不可能加强他的社会地位。富有象征性的人物巴斯特的出现大大扩展了小说的世界,在物质与精神,商业与文化两极对立中加入了受剥削的第三极。他作为"自耕农"的后代被工业化的浪潮卷入城市,只能与妻子聚在伦敦一座很不起眼的、昏暗的公寓楼地下室里,挣扎在贫困线的边缘。他向往文化,羡慕施莱格尔姐妹身上洋溢的那种修养和气质。他读罗斯金的《威尼斯之石》,听贝多芬的第五交响曲,希望一下子灵光地得到文化。他渴望接受高雅音乐会的熏陶,却因是否多花一便士买张节目单而犹豫不决。他想通过艺术来改善自己,拓宽视野,然而贫穷的困扰使他对文化的追求成为对自己的嘲讽。尽管如此,想象的火焰仍在他心灵深处闪耀。有天晚上,他逃出伦敦幽闭的空间,在萨里郡乡间的旷野里整整走了一夜。历险给他带来的并不纯粹是自发的快乐,因为只有在夜幕的掩护下他才有勇气越过城市与乡村之间那道看不见的界限,借着微弱的星光在夜色中捕捉自然朦胧的轮廓。一旦返回伦敦的都市社会,他就不得不扮演起城市型的身份角色。巴斯特作为20世纪才有的小人物既不拥有物质也不具备文化。具有文化的海伦却把巴斯特作为虚拟的物质生态的化身。她告诉巴斯特所在的保险公司濒于破产是出于自我对物质的渴求在他者身上的体现,也是渴望和不同阶层建立和谐关系的体现。后来,海伦出于同情委身于巴斯特并怀上了他的孩子。小说最后继承霍华德别墅的就是海伦的孩子,这个孩子作为不同经济成分和不同文化理念的结晶,代表了消除社会阶层、经济以及文化差别以及矛盾的年青一代,是物质生态和精神生态的完美结合。

四、结语

福斯特在小说中触及了他所处时代最严肃的话题：在一个高度物质化、商业化和集权化的社会里，谁才能不辱使命，继承英国的伟大传统。答案不是威尔考克斯家族，也不是施莱格尔家族。前者太庸俗市侩，充满太多的阳刚之力。后者太脱离现实，充满太多的阴柔妩媚之气。巴斯特则将威尔考克斯精神，施莱格尔精神和伟大的自耕农传统连接在一起，与海伦一起赋予英格兰民族新的生命。这个新生命既是霍华德庄园的男性继承人，也是英格兰的希望。这实际上说明了福斯特式的英国特性不是中产阶级，也不是下层阶级，而是依靠传统精神将各种矛盾、冲突的文化力量重新融合在一起的理想国。

现代世界是一个秩序混乱的世界。人类希望解放自己，发明了机器，但机器文明却成了压抑人性的头号大敌。人类追求真理、追求科学，但科学的高度发达又使人类对几千年的信仰产生怀疑。《霍华德庄园》正是福斯特试图将城市文化与乡村文化进行联结的载体，是现代文明与传统文化的交会融合之所在。但是，随着传统农业文化的衰落，主导城市文化必然战胜残余的自耕农传统文化，英国拥有了另一个城市型的身份。英国的中产阶级队伍也随之发生了巨大的变化，中产阶级进一步分化成上层中产阶级、中层中产阶级和下层中产阶级。三个阶层的中产阶级都面临着各自的迷茫与困惑。福斯特在小说中热切地希望边缘化的中产阶级主体能够从当代城市文明的废墟中站起来，回归土地、回归自然，恢复旺盛的生命力。

作|者|介|绍

爱德华·摩根·福斯特（Edward Morgan Forster，通称 E. M. Forster，1879~1970）是 20 世纪英国著名的小说家、散文家。其作品包括六部小说，两集短篇小说集，几部传记和一些评论文章。他的长篇小说几乎都反映英国中上层阶级的精神贫困，在每部作品中主人公都试图通过挣脱社会与习俗的约束来求得个人解放。福斯特的作品语风清新淡雅，虽然人物的个性很容易把握，但命运安排往往令人不可预测却又自然而然。20世纪80年代以来的《印度之行》、《看得见风景的房间》、《天使不敢涉足的地方》、《莫里斯》和《霍华德庄园》都被成功地搬上银幕，使福斯特的作品得到了更为广泛的流传。虽然这些作品反映的都是20世纪初英国的社会状况，但其表达的自由、平等与人道的精神对正在走入21世纪的人类社会仍有实际的借鉴意义。

E. M. 福斯特1879年1月1日生于伦敦。父亲是建筑师，福音派信徒，强调一个人应有道德责任感。母亲则比较随和、宽容。幼年时父亲去世。少年时，入肯特郡坦布里奇学校。这是一座"公学"，在这里的经历使他对英国"公学"十分反感，因为这种学校训练出来的学生"体格发育好，头脑也比较发达，但心灵全不发达"。1897年进入剑桥大学国王学院学习，与新实在论哲学家穆尔和古典学者狄金逊交往，生活在一种自由主义、怀疑论、崇拜南欧和古代文明的文化气氛中。开始创作后，他成为英国文学史上著名的布卢姆茨伯里派的一员，强调爱、同情、敏感、美的创造和享受、追求知识的勇气，实际上是流行在上层知识分子中间的人文主义精神。他反对基督教，但不反对宗教精神。第一次世界大战期间，他被派往埃及亚历山大城，在部队中任文职。1912年和1922年先后两次游历印度。1946年剑桥大学国王学院聘他为荣誉研究员。1970年在考文垂逝世。

第 三 节
工业文明的"照妖镜"——
看《儿子与情人》中被异化之痛

一、作品概述

《儿子与情人》是劳伦斯基于20世纪初人的异化已成为西方现代派作

家普遍揭示的主题之一的事实而创作出来的一部优秀作品。小说通过对夫妇间、母子间、父子间、男女间的感情纠葛与冲突的描写，深刻地揭示了产生种种异化的原因——资本主义工业文明。

小说主人公保罗的父母莫瑞尔夫妇，两人是在一次舞会上结识的，可以说是一见钟情，婚后也过了一段甜蜜、幸福的日子。但是，两人由于出身不同，性格不合，精神追求迥异，在短暂的激情过后，之间便产生了无休止的唇枪舌剑，丈夫甚至动起手来，还把怀有身孕的妻子关在门外。小说中的夫妇之间只有肉体的结合，而没有精神的沟通和灵魂的共鸣。父亲是一位浑浑噩噩的煤矿工人，贪杯、粗俗，常常把家里的事和孩子们的前程置之度外。母亲出身于中产阶级，受过教育，对嫁给一个平凡的矿工耿耿于怀，直到对丈夫完全绝望。于是，她把时间、精力和全部精神希冀转移、倾注到由于肉体结合而降生于人世间的大儿子威廉和二儿子保罗身上。她竭力阻止儿子步父亲的后尘——下井挖煤；她千方百计敦促他们跳出下层人的圈子，出人头地，实现她在丈夫身上未能实现的精神追求。她的一言一行、一举一动不但拉大了她和丈夫之间的距离，并最终使之成为不可逾越的鸿沟，而且影响了子女，使他们与母亲结成牢固的统一战线，共同对付那虽然肉体依旧光滑、健壮，但精神日渐衰败、枯竭的父亲。母亲和孩子们的统一战线给孤立无援的父亲带来了痛苦和灾难，也没有给莫瑞尔家里的任何其他一个人带来好处。发生在父母身上那无休止的冲突，特别是无法和解的灵与肉的撞击重演在母亲和儿子的身上。相比之下，夫妻之间的不和对莫瑞尔太太来说并没有带来太大的精神折磨，因为她对丈夫失去了信心，而且本来就没有抱多大的希望。而与儿子，尤其是与二儿子保罗之间的情结，那种撕心裂肺的灵魂上的争斗则给可怜的母亲带来了无法愈合的创伤，直到她郁郁寡欢，无可奈何，离开人世。对丈夫的失望、不满和怨恨使莫瑞尔太太把自己的感情、爱怜和精神寄托转向了儿子，或者说，莫瑞尔太太把自己经历过的精神磨难和一心要解决的问题"折射"到了儿子的身上，于是一场灵与肉的冲撞又在母子之间展开。没有让母亲扬眉吐气的大儿子死后，二儿子保罗就逐渐成了母亲唯一的精神港湾，也成了母亲发泄无名之火和内心痛苦的一个渠道。她爱儿子，恨铁不成钢，一个劲儿地鼓励、督促保罗成名成家，跻身于上流社会，为母亲争光争气；她也想方设法从精神上控制儿子，使他不移情他人，特别是别的女人，以便满足自己婚姻的缺憾。这种强烈的带占有性质的爱使儿子感到窒息，迫使他一有机会就设法逃脱。而在短暂的逃离中，他又常常被母亲那无形的精神枷锁牵引着，痛苦不已。母亲的这种性变态使儿子心酸、惆怅，无所适从。有了母亲，保罗就无法去爱别的女人。在母亲几乎是声嘶力竭地哀叹"我从来没有过一个丈夫"、一个"真正"的丈夫时，保罗禁不住深情地抚摸起母亲的头发，热吻起母亲的喉颈。这种"恋母情结"在很大程度上变成了一种"固恋"，使他失去了感情和理智的和谐，失去了"本我"和"超自我"之间的平衡。因此，保罗的情感无法发展、升华，他的性心理性格无法完善、成熟，从而导致了他一生的痛苦和悲剧。

和女友米莉安的交往过程也是年轻的保罗经历精神痛苦的过程。他们由于兴趣相投，接触日渐频繁，产生了感情，成了一对应该说是十分般配的恋人。然而可悲的是，米莉安也过分追求精神满足，非但缺乏激情，而且像保罗的母亲一样，企图从精神上占有保罗，从灵魂上吞噬保罗。这使她与保罗的母亲成了针锋相对的"情敌"，命里注定要败在那占有欲更强，又可依赖血缘关系轻易占上风的老太太手下。幼年时期的"恋母"情结，使保罗成了感情上和精神上的"痴呆儿"。他虽然爱恋着米莉安，但却不能像正常的血肉之躯一样理直气壮地去爱她。这不但使自己陷入了困境，也给米莉安造成了巨大的精神痛苦。保罗见不到米莉安的时候会感到闷得慌，可是一旦跟她在一起却要争争吵吵，因为米莉安总是显得"超凡脱俗"或非常的"精神化"，使保罗觉得像跟母亲在一起那样不自在。当然，保罗只要跟别的女人在一起，灵魂就会被母亲那无形的精神枷锁控制着，感到左右为难，无法获得自由。在他和米莉安俨然像一对夫妇在亲戚家生活的日子里，保罗得到了米莉安的肉体，而在精神上，保罗仍然属于自己的母亲。米莉安只是带着浓厚的宗教成分，为了心爱的人做出了"牺牲"。所以，在那段日子里，他们也并没有享受青年男女之间本该享受到的愉悦。实际上，肉体间的苟合，只是加速了他们之间爱情悲剧的进程。保罗身边的另一个名叫克莱拉的女人同样是一个灵与肉相分离的畸形人。她生活在社会下层，与丈夫分居,一段时间内与保罗打得火热。保罗从这位"荡妇"身上得到肉体上的满足。然而这种"狂欢式"的融合,是一种没有生命力的、转瞬即逝的结合。由于从米莉安身上找不到安慰,保罗需要从心理上寻求自我平衡,需要从性上证明自己的男性能力。由于从丈夫身上得不到满足,克莱拉也需要展示自己的魅力,从肉体上寻求自我平衡。在这一次次灵与肉的冲撞后,小说中的主要人物一个个伤痕累累,肉体和精神均遭受了巨大的摧残。保罗的父亲在家里、在亲人面前永远成为格格不入的"边缘人"。保罗的母亲在精神上从来没有过一个"真正的丈夫",只能从儿子身上寻找情感的慰藉,而这种努力又常常被其他女人所挫败,后来心理、生理衰竭,得了不治之症,早早撒手人寰。米莉安虽然苦苦挣扎,忍辱负重,但并没有得到保罗的心,保罗直到摆脱母亲的精神羁绊,可以与她重归于好,永结良缘时,最终还是狠下心拒绝了她的求婚,孑然一人,继续做精神上的挣扎。只沉迷于肉体欲望的克莱拉也很快结束了与保罗的风流,回到性格粗俗、暴戾、无所作为的丈夫身边。可以说,在这些灵与肉的冲撞中,我们看到的是一个个沮丧、可悲的失败者,找不到一个最终的赢家。其实,在人们赖以繁衍生息的大自然被破坏,在人性被扭曲,在人类的和谐关系不断被威胁的社会中,灵与肉的争斗本来就是残酷无情的,到头来谁也成不了赢家,成不了一个完整的、有血有肉的人。

二、异化的家庭关系

在《儿子与情人》中,莫瑞尔一家人的关系是异化的。包括莫瑞尔夫妇之间关系的异化以及他们与子女之间关系的异化。

作为丈夫的沃尔特·莫瑞尔虽出生低微,又未受过什么正规教育,但他年轻时英俊潇洒,强健有力,热情友好,有着男人应有的阳刚之气。妻子格特鲁德出身中产阶级家庭,从小受过良好的正规教育,是位很有教养、很体面的女子。然而,长年累月危险繁重的体力劳动加之肮脏、黑暗潮湿的井下工作环境使莫瑞尔先生慢慢变得性情暴躁。每天下班后,他所做的第一件事便是到酒吧喝酒,借酒浇愁。回到家后,他少言寡语,或躺下睡觉，或常常为一点儿小事大发雷霆，打骂妻子、孩子。他已失去了做人的尊严，变得冷淡麻木。在家里，没有心情去爱别人，因而也得不到爱。妻子蔑视他，儿子憎恨他。他遭到家人的疏远。经常独来独往，甚至吃饭都得一人单独吃。莫瑞尔一个人粗鲁地吃饭，故意弄出好多声响，没人跟他说话。他一进屋，家庭生活就退缩并消失，成了一片静默。不过他不在乎这种疏远。这种没有爱、没有欢乐的家庭生活，起早贪黑的工作重压使这位曾经潇洒的男人日益沉沦，最终走向毁灭。资本主义工业文明不仅产生了个人的自我异化，也使个人与个人间的关系异化了。人与人之间只存在着某种强制性的联系或赤裸裸的金钱关系。这种异化关系体现在资本家与工人之间的关系上则尤为明显。资本家像操纵机器一样控制着工人，不顾工人的死活。长期超负荷的劳动和肮脏的工作环境使大批工人生病甚至死亡。而资本家完全不顾这些，他们唯一的目的就是追求物质财富。机械文明的压抑造成人与人之间的隔阂，彼此间冷漠无情。即使是家庭成员之间也互不理解，无亲情可言。即便是生活多年的夫妻也不能互相理解。家庭成员之间的关系如同其他人际关系一样被一种强烈的占有欲所异化了。除了占有金钱、财产外，人们还想从金钱和肉体上占有他人。在妻子格特鲁德眼里，沃尔特仅意味着工资，意味着生活费用的来源。格特鲁德出生在中产阶级家庭，年轻时有着自己的理想，婚后她想把丈夫改造成她理想中的人物：体面、大方、有教养。但工业文明对人的异化已使沃尔特丧失了自己的个性，因此妻子对他已失望。夫妻间无共同语言，更谈不上共同的兴趣爱好。

莫瑞尔夫妇原本可以如传统的夫妻一样组成一个和谐美满的家庭幸福快乐地生活。在小说的语境中两人之间却充满了争吵和不理解。瓦尔特·莫瑞尔是个出身低微、未受过教育的煤矿工人；莫瑞尔太太则出身于中产阶级，是个受过教育的清教徒。受教育程度的不同使两人无法交流，当莫瑞尔太太想跟丈夫说心里话的时候，她看得出来丈夫是恭敬地在听，但却听不明白。价值观的不同更加导致了彼此间不断的疏远。莫瑞尔先生是个安于现状的人，对他来说，眼前的感受便是一切。他从不攒钱，却喜欢花钱喝酒；莫瑞尔太太则将金钱看得极为重要，她追求的是物质丰富的中产阶级生活,她想攒钱改善自己的生活。莫瑞尔先生习惯于撒谎,他很少去教堂,莫瑞尔太太却是个清教徒。世代相传的"高度道德感"使她不能容忍自己丈夫的任何过错,包括喝酒或撒谎。当两人之间最初的激情消失殆尽后,莫瑞尔将自己对生活和现实的不满强加到了自己妻子身上,他"开始不把她当回事儿,家的新鲜感已经没有了"①。莫瑞尔太太则开始鄙视起自己的丈夫来了,她觉得自己的丈夫没有长性。于是,"夫妻间展开了一场斗争——一场可怕的、残忍的、非以其中之一的灭亡而告终的斗争"。她为了使他负起责任,履行义务而斗争。他们的关系日渐疏远。她不能满足于他可能有的一点好处,而要求他做到他应该成为的样子。所以,在竭力将他塑造成为他力所不能及的高尚人的同时,她却把他毁了。她也伤害了自己,把自己弄得遍体鳞伤。

　　莫瑞尔夫妇之间关系的异化导致了母亲与儿子间关系的异化,他们之间的感情超越了传统的母子之情。对丈夫的失望以及威廉夭折的打击使莫瑞尔太太将全部的爱都投注到了保罗的身上。她占有式的爱渐渐发展成了"恋子情结"。每当保罗和米莉安在一起的时候,她总是焦躁不安。她不喜欢米莉安,因为她可能将保罗从自己身边带走。在母亲眼里,米莉安不像普通的女人,还能让她在儿子心里有一席之地。她认为米莉安要一个人独吞她的儿子。而保罗打小就对母亲有着莫名的情感。保罗喜欢和妈妈睡在一块儿。对保罗而言,和所爱的人同睡该是一件最惬意的事了,心灵的温暖、安全感和宁静,触摸对方带来的极其舒服的感觉,能让身体和灵魂得到恢复。他对母亲的称呼是"亲亲"、"小鸽子"、"小妇人"等称呼恋人所用的字眼儿。莫瑞尔受伤住院的时候,他常常高兴地对母亲说,他现在是这家里的男人了。他唯一的理想就是在家附近的某个地方一星期挣上个三十到三十五英镑;等父亲死后,就同母亲一块住在一所小房子里,作作画,高兴时就出外走走,从此快快乐乐地过日子。保罗对自己母亲的情感是典型的"恋母情结"。

　　母亲与保罗形影不离,他们之间的爱远远超出正常的母子间的爱,事

---

① 劳伦斯. 儿子与情人 [M]. 辛红娟,赵敏译. 北京:燕山出版社,2003:14.

实上他们在扮演着典型的恋人角色。母亲极端嫉妒保罗同异性交往或发展关系。跟儿子在一起母亲心里感到愉悦。对于保罗来讲，母亲如此地爱他，他更是以爱回报。他感到母亲就像他自己选择的女朋友一样令他兴奋不已。保罗甚至宁愿永远与母亲厮守。这种扭曲的、异化的母爱严重地束缚了保罗的身心健康成长。使他同两位女性的交往都以失败告终。母亲处处使保罗处于被支配地位，他让儿子去实现自己无法实现的梦想。他使儿子在心理和精神上迷恋于她、依附于她。她破坏了儿子个性的完整与独立。她同儿子间扭曲的母子关系使得保罗在心理上变态，在精神上沉沦，一个既谙熟绘画艺术，又懂法语的青年男子本可以快乐地生活，成就自己的事业，而他却未能如此。在母亲死后，保罗有种解脱感。然而他又觉得茫茫人世间唯有母亲是他的支柱。母亲对儿子超乎寻常的爱抚及母子间的朝夕相处，再加之母亲对父亲日复一日的冷漠和轻蔑潜移默化地影响着保罗，致使保罗日渐疏远父亲。父亲只希望儿子长大后继承自己做矿工的职业。这与母亲心目中所培养孩子们的理想截然相反。保罗心目中理想的父亲形象早已消失得无影无踪了。在他眼里，父亲酗酒成性，脾气暴躁，待人粗鲁，动辄打骂妻子、儿子。因此，在父子间无任何亲情可言。儿子无视父亲的存在，憎恨父亲，他甚至默默地祈祷父亲早早死去。这种父子间的关系异化的根本原因仍然是资本主义工业文明摧残的结果。对母爱过分依恋的保罗无法摆脱母爱的羁绊，致使他在同女性接触的过程中，他那种"恋母情结"始终未能实现正常的健康转移。

  以上两种关系的异化使莫瑞尔彻底成了家里的局外人。"家里所有的孩子，尤其是保罗，都站在母亲一边，特别反对父亲。"莫瑞尔太太和子女之间分享着彼此的快乐，莫瑞尔先生则像个被遗忘的人，他唯一的存在价值就是赚取为数不多的工资交给妻子养家。"家里什么事都没他的份儿，什么事也没人说给他听。孩子们单独和妈妈待在一起时会告诉她一天中发生的所有事，什么事只有告诉妈妈才算数。可父亲一进来，一切都中断了。对于这个家，他就像一台运转极佳的机器的障碍……""父亲与家庭成员之间简直没法谈话。他是个局外人。"也正因为如此，莫瑞尔经常用荒唐的行为博取别人的关注。

三、扭曲的恋人关系

　　畸形的母爱使保罗与米莉安和克莱拉的交往全部以失败告终。第一个使保罗着迷的女性是居住在威利农场附近的名叫米莉安的女孩。那时保罗已经十六岁，长得很美，脸色红润，举止稳重，眼睛常突然睁大，仿佛心醉神迷一般。保罗通过绘画和教授法语同米莉安接触，并加深了解。米莉安对保罗有着炽热的情感。她是个腼腆、清高而又浪漫的女孩。同她进一步的接触使保罗发现，米莉安只追求与保罗精神上的结合，任何肉体上的接触都会使她感到十分厌恶。对保罗来讲，当他与米莉安在一起时，常常想起自己的母亲，她无法全身心地投入。而母亲又嫉妒保罗同米莉安的交往。一旦发现保罗同米莉安在一起，母亲就感到不舒服。母亲受不了，容忍不了这个女人。这使保罗与米莉安的关系注定会失败。保罗与米莉安之间是纯精神的恋爱。米莉安是个狂热的宗教崇拜者，她虔诚的宗教信仰让她觉得这世界要是不能成为一座修道院，或没有罪恶与性关系的乐园，那就必定是个丑恶的地方。她对保罗的感情建立在宗教层面的"自我牺牲"上。对保罗的爱是她与上帝之间的事，她要成为一个牺牲品，但不是为保罗，也不是为自己，而是为上帝。"可是，主啊，如果爱他是您的旨意，那就让我爱他吧——正像基督那样，为拯救人类的灵魂而献身。"之后，她便沉浸在自我牺牲的狂喜中，认为自己为上帝而牺牲，与赐予众多灵魂幸福的上帝是一致的。保罗对于米莉安的感情可谓爱恨交织，同米莉安交往使他增强了洞察力，加深了领悟力，可是自己的母亲却不喜欢米莉安。这使他夹在自己最亲密的两个女人之间，他开始恨米莉安破坏了他的安闲和自然。最终，保罗意识到，两人之间的爱情只是精神上的，他不能给予米莉安肉体上的激情，所以他们不能按常理相爱。

　　保罗接触的第二位女性是克莱拉。她是米莉安的朋友，是一位有夫之妇。她比保罗大七岁，同丈夫分居了。同这样的女人接触倒使保罗的母亲心安些。一来她不会完全占有保罗，二来保罗同她接触甚至同居也不会招来太多的非议。可保罗又觉得同克莱拉接触，除了使他得到肉体上的满足外，找不到一点他同米莉安那种精神上一致的感觉，他们间缺少精神上的沟通，缺少共同语言。最后也只能分手。保罗与克莱拉之间的关系同样是异化的。跟米莉安分手之后，保罗"那长期受到米莉安净化的性本能却变得格外强烈。他跟克莱拉说话的时候，常常会觉得一腔热血，越流越快……"仿佛他几乎马上就跟克莱拉在一起了。经过情欲之火的洗礼后，两人体验到了强烈的"激情"，然而"他们几乎并未因此而更加亲近，就仿佛他们是一股巨大力量的盲目的代理人"。克莱拉后来对保罗说："似乎你只有在晚上才爱我—白天你就不爱我了。"她知道自己从来没有完完整整的得到过保罗。"他的某个至关重要的部分，她从未把握住；她也从未尝试着要去抓住它，甚至也不想去了解它是什么。"① 保罗跟克莱拉之间充满了争斗。为了使他离不开她，克莱拉将希望寄托于激情，但是他们再也没有体验到那最初的激情。他们的欢爱变得越来越机械，毫无奇妙的魅力可言。克莱拉对保罗的吸引从来都只是肉体上的，他们之间的关系是建立在肉体上的。

劳伦斯在《论文艺》中指出，男人需忠于自己的男子汉之道，女人需忠于自己的女人之道，男女之间的关系应该自然而然地形成。劳伦斯认为男女之间的关系不应是一方的妥协或牺牲，也不应该是双方争斗至死，男女双方应该各自寻求与对方结成真正的关系，达到灵魂与肉体的和谐。在《儿子与情人》的文本世界中，保罗与自己的恋人，不管是米莉安还是克莱拉，都没有自然而然地形成男女关系。他们之间的关系是异化的。

资本主义工业文明不仅使家人之间、恋人之间的这些最亲密的关系异化，也影响了普通的人际交往。人们不懂得如何建立友谊，也不知道他们跟朋友间的关系是异化的。米莉安一家人无法与外人建立起一般性的感情和寻常的友谊。在他们眼中，寻常人又浅薄，又渺小，根本微不足道。于是他们就连最简单的社会交往也不习惯，笨拙得令人烦恼，简直好像活受罪。但同时他们又自认高人一等，因而对人轻慢无礼。莫瑞尔太太与牧师希顿的友谊证明了自己的高雅，也保证了自己儿子的前途。在洼地区，莫

---

① 劳伦斯. 儿子与情人［M］. 辛红娟，赵敏译. 北京：燕山出版社，2003：347.

瑞尔太太几乎没有什么朋友，她唯一交谈甚欢的人就是公理会牧师希顿了，而小镇上地位最高的人莫过于牧师。这位牧师最终成了保罗的教父，并教会了他法语，使他成功地应聘到了在乔丹工厂的工作。米莉安与克莱拉之间也是一种利用关系。米莉安将克莱拉介绍给保罗是为了考验他对高尚事物的欲望是否能战胜他对低俗事物的欲望；克莱拉则为了讨好莫瑞尔太太在背后议论米莉安，说自己讨厌的是米莉安身上那种死打烂缠的那份德性。

四、异化关系的原因

　　世界大战、经济大萧条、机器化、非理性主义等极大地冲击了支撑现代西方人的精神世界的传统观念，并导致了社会思想领域的剧烈震荡。尼采的"上帝死了"这一惊世骇俗的呼喊，把西方社会严重的信仰危机呈现在人们面前。萨特的存在主义哲学使人们看到了现实世界的荒诞。弗洛伊德的潜意识理论使人们看到了人性中最丑陋、阴暗的一面。在劳伦斯生活的年代，资本主义工业文明的蓬勃发展给人们带来大量物质财富的同时也带来了巨大的精神危机。社会的高度工业化提供了无数的机会，人们越来越多地依赖理智、意志和努力来争取更高的社会地位，获得承认和成功。教育和文化的普及开拓了人们的视野，让他们窥见了也给他们保证了工业社会的无限可能性，但同时也使他们与传统的生活方式"分离"。向着名利世界猛进的人们开始有意或无意地压抑和忽略自己对情感生活的需要，他们的精神和肉体趋于分裂，他们丧失了自己的个性。人与人之间的严重疏离，冷漠以及交流障碍更造成了个人强烈的孤独感和被遗弃感。工业文明剥夺了普通家庭的欢乐和幸福，使夫妻之间充满矛盾，父母、子女之间关系异化，更使年轻人失去爱的能力。这一切便是劳伦斯《儿子与情人》中莫瑞尔一家的真实写照。

　　莫瑞尔一家代表着许许多多生活在下层阶级的普通大众，对于他们而言，工业文明不是福音，而是危机。丈夫们在煤矿中失去了自己的活力，磨灭了自己的情感，工作对他们而言只是一种谋生的手段，而不是满足或自我肯定。妻子们失去了自己的温顺，极端的不安于现状使她们对自己的

丈夫充满失望，夫妻之间不断的矛盾与冲突造成的唯一后果便是夫妻间的疏远与冷漠。他们所组成的家庭也因而没有任何幸福与和谐可言。异化的文明容不得任何人性的东西存在，家庭、恋人、朋友这些人世间最温暖的东西终将成为它的陪葬品。

作 | 者 | 介 | 绍

戴维·赫伯特·劳伦斯出生于英国诺丁汉郡。他的父亲是一位煤矿工人，而他的母亲则出身于中产阶级家庭。正因如此，他的父母关系非常恶劣。这对他后来的创作产生了深远的影响。1902年，劳伦斯患上肺炎。他的工厂职员的职业刚刚开始便因此而结束了。劳伦斯开始接受教师职业培训。起初，他在自己家乡教授矿工的孩子们。后来他重返校园接受教育，并于1908年取得诺丁汉大学颁发的教师资格证书。

在克罗伊登执教期间，劳伦斯的一些诗作引起了《英国评论》的编辑福特·马多克斯·休佛的注意。劳伦斯的短篇小说《菊花香》就发表在这本杂志上，并在伦敦引起了反响。于是一位伦敦的出版商开始向劳伦斯约稿。这是劳伦斯作家生涯的开始。1910年，劳伦斯出版了他的第一部长篇小说《白孔雀》。此后不久，他的母亲就病逝了。有传闻说劳伦斯为了减轻母亲病重的痛苦而故意加大她服药的剂量。劳伦斯和他的母亲关系非常亲密。他最著名的作品之一《儿子与情人》（1913）曾引发西方评论界关于"恋母情结"的巨大争议。母亲的去世是劳伦斯人生中的重大转折点。

母亲去世之后。劳伦斯肺炎复发，很快恶化成肺结核并差点要了他的命。在身体稍微好转的时候，他便决定彻底放弃教师职业，做一名专职作家。1912年，劳伦斯和他在诺丁汉大学的现代语言学教授的妻子弗丽达·冯·里希托芬私奔至德国。第一次世界大战爆发后，两人返回英国，并于1914年7月13日结婚。由于在"一战"中德国和英国是交战国，劳伦斯夫妇始终生活在官方的监视之下。他们的生活非常贫困。1915年，劳伦斯最优秀的作品《虹》一出版就因淫秽而被禁。他们甚至被指控在康沃尔海岸向德国潜艇传送谍报信息。

战争之后，劳伦斯开始了他所谓的"原始朝圣"计划。他偕同妻子离开英国，开始四处旅行，并且在有生之年仅短暂地回国两次。他们旅行的足迹遍布法国、意大利、斯里兰卡、澳大利亚、美国和墨西哥。他曾梦想在新墨西哥建立一个乌托邦式的社区。他在新墨西哥居住了几年后，却又因肺炎复发而不得不回到欧洲，并开始写作《查泰莱夫人的情人》。这部风靡整个西方世界的小说最初在佛罗伦萨以私人名义出版。

1930年，劳伦斯死于法国旺斯。他的妻子则返回他们曾经居住过的新墨西哥。不久以后，她把劳伦斯的骨灰也埋葬在那里。劳伦斯在英国的旧寓所如今是一所博物馆。劳伦斯是最富想象力的作家。他如不过早地逝世，肯定会有更惊世的作品问世，也许更会被列为禁书。

第 四 节
从瘫痪到顿悟——《都柏林人》主题评析

一、作品概述

爱尔兰作家詹姆斯·乔伊斯在英国文学史上有着重要的地位。作为后现代主义的先驱和代表，他的象征主义和"意识流"对世界文坛产生了巨大的影响。乔伊斯一生都致力于长篇小说和戏剧创作。乔伊斯的早期作品《都柏林人》，是一部包含15篇故事的短篇小说集，其中的每个故事都是一则戏剧，讲述一个灵魂的挫折和失败，每个故事都发生在可爱、肮脏和瘫痪中心的都柏林。前三个故事以自传的形式大体上表现了主人公从童年到青年的成长，接下来的七个故事都是有关成年人的生活，后四个则是有关社会生活的，最后一个故事《死者》（The Dead）则是全书的归纳和总结。故事由简单到复杂，从不知名的小男孩到青年人到成年的盖布瑞尔所有的故事合在一起展示了道德堕落的全过程，以灵魂的死亡结束，具有艺术上

的统一性和统一的整体结构。这本短篇小说集向人们展现了处于英国殖民统治下的爱尔兰社会,成功地再现了19世纪末20世纪初英国殖民下的爱尔兰社会。

乔伊斯在这本集子中塑造了形形色色的人物形象,有青春期男孩、中年酒鬼、政府小职员、大学讲师、年轻商人,当然还有若干女性形象——穆尼太太、基尼太太、老妇人玛利亚等。

二、依芙琳——意识觉醒、行动迟疑

依芙琳是一位19岁的年轻姑娘,为养家糊口她不得不四处奔波。她在百货店上班,辛勤劳作,回家后还要忙家务,照顾父亲和两个弟弟。女主人公的父亲专横凶悍,女总管也对她百般刁难,这使得她的生活非常沉闷,单调得令人窒息。后来,她有机会认识了一位名叫弗兰克的外国水手,两人私下交往,相互关爱。依芙琳想永远地离开爱尔兰,与水手弗兰克远走高飞去阿根廷首都布宜诺斯艾利斯(Buenos Aires)开辟新的生活。但是,依芙琳发现自己仍然爱她不感恩的父亲,并对自己离开年迈的父亲和两个未成年弟弟的想法感到十分愧疚。她想到了母亲去世时的情景,她曾答应母亲尽力支撑这个家。在临行前的那一刻,依芙琳瘫痪了、害怕了,最终没有离开都柏林。她发现自己没有勇气奔向她梦寐以求的自由。同时,她也对即将面对的未知生活感到担忧。在人生的十字路口,她只能"祈求上帝指点迷津,告诉她该做什么"。① 她曾经多么期盼新生活,沐浴着爱,享受着幸福。但是在最后时刻,她犹豫了、放弃了,逃离了那艘开往希望的船,留在了岸上,留在了她原来的生活中。"她迫不得已地向他抬起苍白的面孔,像是一只孤独无助的动物。她双眼望着他,没有显示出爱意,也没有显示出惜别之情,仿佛是路人似的。"② 在这最后一刻的退缩中,伊芙琳的麻痹暴露无遗。

---

① 詹姆斯·乔伊斯. 都柏林人 [M]. 王逢振译. 上海:上海译文出版社,2010:38.
② 詹姆斯·乔伊斯. 都柏林人 [M]. 王逢振译. 上海:上海译文出版社,2010:39.

依芙琳虽19岁,但思想却像个小孩,因为她的个性受到了压抑。她整天在百货店努力干活,还要受到老板的挑剔,回到家也忙个不停。她没有身份,也没有自主权。作为家里的女人和经济来源,她有许多责任。她放弃了自己在经济上的独立,完全听从父亲的安排。同时,她也放弃了为自己打算的权利,放弃了追求爱情的权利,甚至放弃了决定自己命运的权利。批评家们将依芙琳描述为"发育不良的典型"。

读伊芙琳的故事,读者可以明显地体察到她的家庭生活并不温暖。就像她母亲生前所做的一样,依芙琳也在竭尽全力维系这个家,这成了她无法摆脱的负担。虽然父亲不打她,却专横无理,强迫女儿工作,又将其工资据为己有,不仅不体恤她为支撑这个家所做的牺牲,反而加以奚落嘲讽。如何做一个感恩的孩子,依芙琳的母亲树立了一个令人寒心的榜样:做所有别人期待她做的事情。我们知道,依芙琳的母亲过着一种牺牲自我的生活,最后几乎发疯而死。在她生命行将结束时,她成了一个真正的爱尔兰人,呓语着爱尔兰本地土话。这种无意义的话表明她的牺牲也是没有意义的。依芙琳母亲的一辈子,除了疯癫什么也没得到。我们知道,依芙琳的未来将和她的母亲一样,在平凡的生活中牺牲了一切,甚至和她母亲一样发疯。显然,依芙琳有种种理由离开这个家。依芙琳长大成人,到了谈婚论嫁的年龄,我们观察依芙琳与水手弗兰克的交往中的表现,可以说她明显是被动的,即使弗兰克采取主动,依芙琳似乎只将弗兰克作为逃避的手段,只想将自己粗鲁的"保护者"换成一个善良的人。她缺乏勇气和力量去摆脱重压而获得自由。她太害怕以致不敢离开爱尔兰,并且觉得自己的情人也有某种潜在的危险。仿佛人间所有的惊涛骇浪在她心头激荡,而弗兰克在把她拉进波涛中。她短暂的爱情和激情很快就消逝在她愚蠢的坚持和怯懦中。

"顿悟"(Epiphany)一词源于基督教,意思是初生的耶稣在东方三贤面前的突然显现,是乔伊斯把该术语引入小说领域,并赋予新的意义。"顿悟"是《都柏林人》中的15篇故事在写作上的一个共同特点,是乔伊斯真正具有新意的理论观点。那些主人公在受尽挫折之后,终于在某一关键时刻豁然开朗,看清了自己的处境,从中悟出人生的本质,得到了精神上的启示。

依芙琳的"顿悟"是不彻底的,她还处在相对蒙昧的状态中而不能自拔。她想逃离令人窒息的生活,逃离沉闷乏味的都柏林,但却过分害怕而未能离开这个瘫痪的中心。这种逃离的最大障碍是心理上的。她并没有真正被剥夺自由,只是没有勇气去把握自由。很明显,依芙琳有了一个机会逃离。"逃跑,她必须逃跑!弗兰克会给她带来生活,甚至还有爱情。但眼下就要生活,为什么她要备受不幸?她有权享受幸福。"可是,经历工作尤其是家庭生活的重压与不幸,她仍然不敢迈出陷阱半步,去追寻幸福的爱情和充满希望的未来。她麻木了、瘫痪了,这是一种生活状态的停滞。但她的瘫痪会让她付出惨痛的代价。她宁愿面对一个肯定但却凄惨的将来,也不愿选择一个不肯定但却富有希望的将来。这样她一生可能走的就是重复母亲的悲惨生活。她的内心受着严苛的道德伦理的约束,这就是依芙琳所理解的"敬老爱幼"吗?难道一个人在任何情况下都只应该为他人着想并且无条件服从其意志?依芙琳错了!她的滥施淫威的父亲、吹毛求疵的老板,还有更大范围的严酷的宗教、社会怎么就不应该为她可爱的女儿、无私奉献的员工、痛苦挣扎的子民稍微考虑、体贴并且做出改进?难道依芙琳不该猛醒并付诸行动吗?可是,令人遗憾的是,她选择了沉默,选择了继续忍耐,选择了一个无尽痛苦的将来。

在乔伊斯的作品中,那些不招人喜爱的角色通常批评离开祖国的爱尔兰人,最通常的论调是这些移居国外的人都是爱尔兰的不肖子孙。乔伊斯自己也是移居国外的人之一,在《依芙琳》中,他把这种指责还给了他们:于是我们看到的不是忘恩负义的孩子而是忘恩负义的父亲,依芙琳令人窒息的家庭生活就像爱尔兰一样,成了"陷阱"的代名词。最终,伊芙琳还是留了下来,我们对她缘何做出"留"的抉择可以有多种不同的解释:她并不爱弗兰克;她对弗兰克不了解、不信任;她对一无所知的未来充满了恐惧;她不够坚定,性格上存在一定的弱点;她无法违背对母亲的承诺等。但不管怎么说,我们都可以看出伊芙琳是一个善良、单纯的少女,让她做出私奔、离家出走的决定是过于艰难了。依芙琳这样可爱、可怜甚至有些迟钝的年轻女子在19世纪末20世纪初受天主教和英国的殖民统治两股强大的力量造成精神瘫痪的都柏林、爱尔兰是相当多的。回顾历史可知，19世纪末的爱尔兰在政治和经济上还处于英国的严密控制之下。以爱尔兰民族主义者帕纳尔为首的民族自治运动和以诗人叶芝为首的爱尔兰文化复兴运动都没有达到预期的效果。社会中弥漫着一种悲观的气氛，天主教影响渗透到社会文化的每一个领域，整个爱尔兰都陷入一种精神上的瘫痪状态，一种麻木疲软、死气沉沉的状态。在乔伊斯看来，都柏林人的不幸在于他们只能按僵化固定的模式去生活，缺乏勇气去摆脱常规的桎梏，没有决心为美好的理想而奋斗。从童年、青少年、成年直至步入社会生活，都柏林人在心理上、行动上都处于麻木、瘫痪状态。伊芙琳在意识上已觉醒，但在行动上却迟疑，她的"顿悟"是不彻底的。这一方面说明爱尔兰社会的精神瘫痪状态对人的麻痹和桎梏之深，另一方面也说明对于女性来说最难挣脱的恐怕是社会性别话语在女性自身的内化作用，或者女性追求幸福的愿望不一定依靠男性来实现。

三、阿拉比少年—— 从朦胧走向成熟

《阿拉比》是《都柏林人》中的第三篇，是乔伊斯童年时情感经历的写照。故事的叙述者"我"（下文用"小男孩"）十四五岁，刚刚进入性朦胧期。出于对朦胧的爱情和理想的本能追求，小男孩渴望在阿拉比市场为自己心仪的姑娘曼根的姐姐买件礼物。经历了朝圣般的曲折旅途之后，小男孩终于到达了心目中的圣地——阿拉比。但是，在那里耳闻目睹的一切瞬间击碎了他浪漫的想象，使他猛醒过来，陷入深深的痛苦和愤怒之中。

故事发生的背景是小男孩居住的名叫北里奇蒙德街的死胡同。那是一条"体面的"、中产阶级聚居的街道，除了学童们放学回家那段时间外，平时很寂静。死胡同的尽头有一幢无人居住的两层楼房，一个教士死在这屋子的会客厅里。由于长期关闭，房子里弥漫着霉味；厨房后面的废物间里乱七八糟全是废纸。屋子后面有个荒芜的花园，中间一株苹果树，四周零零落落蔓生着几株灌木；在一丛灌木下面，那位死去的教士留下的一只生锈的打气筒被丢弃在那里。街灯的光线"微弱"，巷子"昏暗"而"泥

泞",房屋在冬天的晨曦中"阴沉着褐色的脸,互相凝视着对方","幽暗阴湿"的花园门口一个个"灰坑"发出怪味,"黑黝黝的"马厩散发着马粪味。这是一派毫无生机、令人压抑的景象。但是,这景象并没有泯灭孩童们的天性,常在附近玩耍的孩子们居然能从这单调的环境中发现些许魅力和奇观来。这样的背景描绘给读者提供了一个可供参考的对象,帮读者判断紧接着出现的阿拉比市场是否更富于想象。

阿拉比是曼根的姐姐推荐的去处,进而成为小男孩为摆脱旧的生活空间而幻化出的一个新世界。但是,它显然不是宣示西方人对中东的浪漫而理想化的理解的一块招牌,而只是一个徒有虚名的、在都柏林街头随处可见的那种令人失望的市场,与小男孩生活的街道的境况并无什么两样。除了金钱以外,很难把它与别的东西扯上关系。就是在这个地方,小男孩回归到了严酷的现实,让他顿然意识到:日复一日刻板、麻木的生活与人们头脑中那种浪漫的东方意象实在是毫不相干。

小说以一个处于青春期的小男孩为主人公,对故事的展开有很大作用,因为这个年龄的孩子最富有浪漫的想象,对爱情最为敏感,情感也最为炽烈。在一个卑琐无趣、禁锢想象力的环境中,小男孩居然还萌生了美丽的梦想,不得不说是孩子的天性使然。他凭着一时热情去苦苦追寻,就像旧时的骑士那样登上唯美爱情之船去获取能与心仪之人相匹配的礼物。当追寻失败时,小男孩心目中那个朦胧虚幻的世界变得清晰起来,于是他便迈出了走向成年的第一步。这就是乔伊斯着力表现的"精神顿悟"。奇怪的是,就在他要进入成人世界的关口,读者倒期待他的成长能以某种形式停息下来。因为当他还是个小孩时,他还能从他人世俗的行为和北里奇蒙德街那单调的街景中体味出些许魅力来,而一经看清阿拉比市场的真面目,他原先体味到的那种神秘的魅力便烟消云散了。

在去阿拉比之前,少年经历了一系列考验。漫长的等待,恶劣的天气,火车的延误,心情的忐忑。当最终赶到阿拉比集市时,少年感受到的是"做完礼拜之后弥漫在教里的那种静寂。""差不多所有的货摊都已关闭,大厅的一半都黑乎乎的。"这种让他熟悉而又陌生的环境让他"好不容易才想起为什么来到这里"。他此时失望而又不甘心,试图进一步寻找些有价值的东西不愿空手而归。少年无意中听到一家瓷器店的女老板和店铺门口两个年轻男士之间的谈话。庸俗无聊的对话充满浅薄的调情意味,让少年突然不知所措。在短暂的停留之时,"货廊传来灭灯的喊声,大厅上面的部分完全黑了来下"。黑暗中的少年脑海中却立马变得清醒,"看见自己成了一个被虚荣心驱使和嘲弄的动物,于是双眼燃烧起痛苦和愤怒。"他在那一刻看清楚了现实和幻想之间的差距,心中圣洁的爱情,其实和这个黑暗嘈杂的集市一样市侩虚伪。阿拉比集市和少年长年生活的街道一样,由无数底层的俗不可耐的平民组成,梦幻般的爱情在这样沉闷的社会环境中只是可望而不可即的海市蜃楼。

阿拉比市场那位女郎和她的两位男同伴之间那一段无头无尾、没有背景的无聊对话影射的是生活在都柏林的那些无知而又墨守成规的成年人的精神状态。对小男孩来讲,女郎和曼根的姐姐同属于他梦境中的那个新世界,这让小男孩莫名其妙地产生一种惶恐感和距离感。可以想象,男孩定然会下意识地把女郎和她的追求者们之间的亲密关系拿来与自己和曼根的姐姐的神圣关系相比照。而颇具讽刺意味的是,"那位女郎还有她的男伴们怎么也不会想到自己正处于神圣的、被人关注的地位,他们只顾沉溺于轻浮的打情骂俏,这似乎玷污和贬损了小男孩几欲进入却屡遭阻止的那个神秘的世界"。可见,正是他们那庸俗的打情骂俏激发了小男孩的"精神顿悟",让他回到了极不愉快的现实当中。

曼根的姐姐在故事中是很重要的,事件都是因她而起。她一移动身子,裙子便摇摆起来,柔软的辫子左右挥动;她有一只银手镯;因为要做静修,她不能去阿拉比市场。虽然这几乎就是读者所能了解的一切,但读者可以推断,与其说是曼根的姐姐本人迷住了小男孩,倒不如说是他对她的欲念或者说一种朦胧的爱的意识迷住了他。透过曼根的姐姐,读者可以想见故事结尾时的小男孩不但因为他的爱的欲念幻灭而心痛,而且还为自己如此傻里傻气地轻信他人而羞愧。可以肯定,从此这孩子对世界的看法便不会再那么浪漫了。从这个意义来说,他的"追寻"也并非毫无结果,用杰罗姆·曼德尔的话讲,"小男孩的'追寻'是成功的,因为它实现了愿景和顿悟"。

四、结语

乔伊斯在《都柏林人》中将15个故事按照四个阶段，即"童年、青少年、成年和社会生活"的顺序展开叙述。作者对这些故事做了精心的安排，描绘出不同年龄、不同职业的人们的瘫痪状态，由此反映出当时都柏林人的瘫痪已深深地渗透到了社会的各个层面。《都柏林人》中的主人公们都深陷孤独和空虚，生活在绝望中，无法找到人生的价值。他们似乎都已经习惯于忍受压迫，早已失去了逃离压抑状态的勇气。乔伊斯曾经对《都柏林人》的出版商这样说过："我确信如果你不让爱尔兰人通过我这磨得光亮的镜子看一看他们自己，那就是在阻碍爱尔兰的文明进程。"[①] 他想通过让都柏林人克服自我压抑的状态，改变他们看待自我的方式，从而唤醒整个爱尔兰民族。在他的小说中，主人公们总是经受了许多折磨和幻想的破灭，在某一刻出现瞬间的顿悟。

作｜者｜介｜绍

詹姆斯·乔伊斯，爱尔兰作家，诗人，出生于1882年2月2日，逝于1941年1月13日，被喻为20世纪最伟大的作家之一，詹姆斯·乔伊斯所开创的"意识流"写法，影响了世界现代文学的发展潮流。詹姆斯·乔伊斯的代表作品有《尤利西斯》、《芬尼根的守灵夜》、《都柏林人》、《青年艺术家的自画像》。

詹姆斯·乔伊斯的生平因为他的文学成就，而被详尽记载下来，他出生于爱尔兰的都柏林，父亲是一个坚定的民族主义者，而母亲则是一个虔诚的天主教徒，他是这个家庭的长子，身后还有一群弟弟妹妹，因为长期殖民统治的原因，当时爱尔兰岛内物质贫乏，但是詹姆斯·乔伊斯年少聪

---

① Eric Bulson. The Cambridge Introduction to James Joyce [M]. 上海：上海外语教育出版社，2008：33.

颖，父亲对这个长子充满厚望，经常节省开支给长子买书阅读。詹姆斯·乔伊斯从小就到天主教会学校接受教育，还进入了都柏林大学学习哲学和语言，也是在进入大学的次年1899年时，詹姆斯·乔伊斯正式走上了文学的道路，他在英国文学杂志上发表了关于易卜生戏剧的评论，得到了易卜生的赞许。

1904年开始，詹姆斯·乔伊斯开始创作短篇小说集《都柏林人》，在爱尔兰文坛崭露头角，也开始形成了自己的写作风格，"意识流"技巧已经运用到了这部小说集里。詹姆斯·乔伊斯生平，以1922年创作的《尤利西斯》为最顶峰，这部小说后来影响了众多现代作家。1940年后，詹姆斯·乔伊斯搬到了苏黎世，晚年遭受病痛的折磨，于1941年因十二指肠溃疡穿孔而亡。

詹姆斯·乔伊斯作品的特点，就是他独创的"意识流"手法，在《尤利西斯》、《芬尼根的守灵夜》等作品中，这种风格贯穿始终，通过个人独白、心理白描等手法，充分挖掘人物的内心世界并由此展开，这种强烈的个人风格"意识流"手法，深刻影响了现代文学史的发展方向，因此詹姆斯·乔伊斯被喻为20世纪最伟大的文学家之一。

詹姆斯·乔伊斯作品中包含他从小就怀有的民族主义情感，詹姆斯·乔伊斯出生于爱尔兰的都柏林，那时爱尔兰是欧洲地界上唯一一个殖民地，前后分别被意大利和英国统治国，这种环境下的爱尔兰人大多具有民族独立的愿望。而詹姆斯·乔伊斯更是深受影响，因为他的父亲就是一个坚定的民族主义者。也因为詹姆斯·乔伊斯对爱尔兰民族发自衷心的热爱，让他赢得了爱尔兰人民的热爱。

詹姆斯·乔伊斯对后世的影响，可谓意义深远，詹姆斯·乔伊斯独创的"意识流"手法，影响了后世诸如托马斯·品钦、塞缪尔·贝克特、威廉·博罗斯等众多年轻作家，他的影响力甚至超越了文学范畴，在史诗巨作《芬尼根的守灵夜》中，詹姆斯·乔伊斯甚至自创了"夸克"一词，后来被物理学家默里·盖尔—曼吸纳用来命名一种新发现的粒子。

詹姆斯·乔伊斯对后世的影响，在他的祖国爱尔兰表现得更为直接，因为詹姆斯·乔伊斯对爱尔兰民族命运的由衷关怀，让爱尔兰人民很尊重

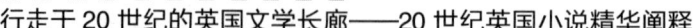

这位大文学家,现在的 6 月 16 日,就是《尤利西斯》中的主人公布鲁姆发生日常活动的当天日期,被爱尔兰政府定为"布鲁姆日",是仅次于国庆日的节日。詹姆斯·乔伊斯最后一部史诗巨作《芬尼根守灵夜》,耗费 10 年时间写就,至今在文学界都是一个特殊的存在,因为《芬尼根守灵夜》艰深难懂,里面有 30 多种语言,还有詹姆斯·乔伊斯自创的语言,所以这部小说让很多人都望而却步,至今争议不断。

第 五 节
冲破重重桎梏——《人性的枷锁》的主题解读

一、作品概述

菲利普天生跛足,自幼失去双亲,自卑深深植根于他的生活中。他在伯父凯里牧师和伯母路易莎的抚养下长大,伯父对其较为冷淡,但伯母悉心照料,给予他母亲般的温暖。菲利普自幼酷爱文学,在伯父的书房里找到寄托。伯父伯母希望菲利普到牛津学习神学,以后成为神父,把他送到一所宗教气氛浓厚的寄宿学校学习。在那里,虽然菲利普崭露了学习的天分,但生性腼腆的他并不能融入学校生活中,也因为跛足受尽嘲笑。随后,菲利普不顾伯父的反对,远赴德国海德堡求学,在那里结识了英国人海沃德和美国人威克斯,开始对神学产生质疑。在一个假期回到英国家中时,菲利普同威尔金森小姐互生情愫但并不真心相恋,在回到德国后便逐渐停止通信。之后,菲利普到伦敦成为一名会计学徒,但他对枯燥的生活感到厌倦,很快就转而到巴黎学习艺术,在巴黎学了两年绘画。在巴黎,菲利普结交了一些朋友,其中有毫无天分、脾气怪异的普莱斯小姐。普莱斯小姐暗中喜欢菲利普,后来因为穷困无助和绝望而自杀。

菲利普最终意识到自己在艺术上资质平平,不会有所建树,正赶上伯

母的死讯传来，菲利普回到英国，并决定去伦敦学医。在伦敦，菲利普爱上了女招待米尔德丽德，但米尔德丽德并不喜欢菲利普，而且天性自私，拒绝了菲利普的追求，同他人发生关系并怀孕。在追求失败后，菲利普转向女作家诺拉的怀抱。之后米尔德丽德被人抛弃，又找到了菲利普，菲利普同诺拉分手，努力接济米尔德丽德。但米尔德丽德随后恋上了菲利普的朋友哈利并再次离开。

当菲利普再次遇到米尔德丽德时，发现她再次被抛弃，成为妓女。此时的菲利普已不再爱她，但因为怜悯而收留了她。米尔德丽德试图引诱菲利普未果，一怒之下逃走。后来菲利普知晓她孩子病死，再次沦落风尘。

菲利普后来因投资南非矿山失败而破产，不得不在商店里打工。但最终因得到伯父死后留下的遗产而再次回到医学院，取得医生资质。后来菲利普同多次帮助过自己的公司职员阿瑟尔尼的女儿萨莉相恋，并得知她怀孕的消息。菲利普果断放弃之前游历的计划，同萨莉订婚。

二、冲破感情的枷锁

主人公菲利普的生活经历，包括他逃脱种种压抑人性的枷锁并追求自由，寻找人生意义，不断成长的经历极具代表性。菲利普面临的人生枷锁包括不合理的教育制度及基督虚伪教义的禁锢，对性爱的盲目狂热和沉溺，对伯父的经济依赖，生活的窘迫以及因跛足造成的心理压抑。归纳起来，主要是情感枷锁、金钱枷锁及宗教枷锁三个方面。其中尤其要指出的是菲利普面临的情感枷锁。

对菲利普在感情上的纠葛，经历的矛盾、挣扎，小说中用了很大篇幅进行描述。整部小说以菲利普的感情生活为主线，描写了他大半生在感情上受到的折磨。他一生爱过四位女性，其中同女招待米尔德丽德和普通职员的女儿萨莉的爱情对他的生活产生重大影响。菲利普在和朋友到一家点心店喝酒时认识了女招待米尔德丽德。虽然这个面色苍白，故作风流的姑娘庸俗浅薄、轻佻放荡，菲利普却陷入情网不能自拔。他求爱情而不得，于是置理智而不顾，放纵地顺从本能的冲动，沉溺于女招待的肉体。就像魔鬼附身一样，他成了感情的奴隶，学业荒废，并不顾自己有限的经济来源，在女招待身上大肆挥霍，以博得她的青睐。正当她态度有所好转，使他感到一线希望时，她却嫁给一个德国推销员，这使得菲利普恢复了冷静，庆幸自己从激情的兽爪中得到解脱。后来米尔德丽德被抛弃后又来找菲利普，菲利普旧情复萌，慷慨地为她解除困境，收养她的婴儿，给她们提供食宿并满足她的一切奢望，不料她再次欺骗了他，与他的一个老同学私奔。一年后，菲利普在街头碰上了已沦为妓女的米尔德丽德，不禁感到痛心，他再次伸出援手，将她与孩子临时安顿在他狭小的居室中，待她找到正当职业后另做安排。此时他对她的感情业已死去，只剩同情、怜悯以及朋友的道义感。他鼓励米尔德丽德与过去不光彩的生活决裂，重新做人。但她厌倦了街头生活，不想再为生计奔波，当她发现自己已失去控制他的力量时，勃然大怒，趁他不在时将他居室中的衣物毁坏殆尽，然后不辞而别，消失在伦敦街头的茫茫人海之中。菲利普最后一次见到她时，她已病入膏肓，此刻菲利普发现自己已一贫如洗，交不起学费，也无法继续学医，只得露宿街头。他一天天排在长长的失业者队伍中，一次次碰壁，后经朋友的帮助在一家公司谋到顾客接待员的差事。不久伯父去世，留给他500英镑，使他得以在医校恢复学业获得文凭。在爱情方面也得到了报偿。他爱上那位好心朋友的长女，一个纯朴、天真、健壮的姑娘，决定婚后到渔村当医生。

　　小说通过对米尔德丽德和菲利普之间关系的描述，绘出种种复杂的情感纠葛和情感与理智、欲望与自控、自由与束缚等矛盾。菲利普一次次克服了对米尔德丽德的着迷，然而却又一次次地陷入情网，他明知她不值得追求，却又不顾一切追求她。为她荒废学业，耗尽钱财，他在感情和理智的斗争中煎熬。同时，在与另一位女性诺拉的关系上，他佩服诺拉助人为乐、顽强自立、理智聪慧，但他不爱她，只是利用她的可贵品质为自己服务，却给她带来痛苦。他同时受到良心和邪恶的支配，明知诺拉使他幸福快乐，还要抛弃她，明知米尔德丽德只能使他痛苦，但还是渴望她。可贵的是，菲利普迷途知返，在经历了感情的折磨后最终找到了归宿。纯朴、善良、健康、坚强的姑娘萨莉默默地爱着他、关心他、帮助他。开始时菲利普忽略了她，相处久后，他为她的纯朴善良感动，逐渐喜欢上了她。他发现她才是那个能给他带来幸福的人，她能给他一种内心的和谐、平静。菲利普为了和萨莉结婚终于放弃了酝酿已久的去西班牙的打算，决定和她结婚后到渔村当医生，为穷人治病，过平静的生活。小说中两位女性米尔德丽德和萨莉形成了鲜明对比，前者自私自利，放荡邪恶，对菲利普一味地索取、利用；而后者既温柔善良，又健康、能干。在菲利普落魄失意的时候，她给他以温暖和家的感觉，她像天使一般，宁静、完美。菲利普摆脱米尔德丽德的阴影，决定和萨莉共度一生，这标志着菲利普在感情、心理上的成熟，也标志着他从对性爱的盲目狂热沉溺中解脱出来，能够运用理智去追求健康、美好的感情，寻找一个合适的伴侣，这是对人性弱点的一次重要的超越，也是他摆脱人生枷锁，寻求人生意义的关键一步。

三、摒弃宗教的信仰

菲利普面临的又一沉重枷锁是虚伪的宗教。他不幸九岁丧母，自幼由当牧师的伯父威廉抚养，后来又在附属于教会的皇家公学念书，所以他是在浸透着宗教气息的环境里长大的。然而，他很早就切身体会到宗教的虚伪。从温暖舒适的母爱中一下子被投入了冷漠残酷的陌生世界，伯父陈腐专横，满口仁义道德，心里却自私不堪，爱财如命。菲利普深感不幸，便以读书解忧，但书籍所激发的幻想又使现实显得更加惨痛。不久，菲利普进入寄宿学校，因腿部畸形而受尽嘲弄讥笑，遂变得孤独不合群。他十二岁那年，学校里掀起了一股笃信宗教的热潮，菲利普显得十分虔诚，他先是在《福音书》里看到，而后又在大教堂牧师布道时听到关于"信念能移山"的基督信条；圣诞节回到家里，再经过伯父的一番解释说，"诚心可以移山"，菲利普对上帝具有回天的神力这一点深信不疑。年幼天真的菲利普信以为真，便每天热烈而虔诚地祈求万能的上帝在新学期开始那天早上醒来时赐他一双好腿。随着指定日期的临近，他愈加心诚。到了开学的前一天晚上，他冒着严寒，赤裸着身子，跪在光秃秃的地板上向上帝作祷告，可是他的跛足依然如故。上帝对他的祷告无动于衷。他旁敲侧击地询问伯父:"假如你祈求上帝做某件事,心也够诚的,结果事情却没发生,这说明什么?"牧师回答说:"只能说明心还不够诚。"① 菲利普想起保姆给他讲过的关于捉鸟的故事:如果能在小鸟尾巴上撒上一把盐,就能轻而易举地将鸟逮住,可惜谁也没法挨近小鸟。想必"信念"也是如此:谁也没法心诚到足以挨近上帝,于是他得出结论:伯父一直在耍弄他。如果说菲利普这时还只是朦胧地意识到宗教信仰的虚妄,那么,等他年事稍长,有了选择判别的能力,便自觉发出"人何必非要信奉上帝"的呐喊,毅然与求教决裂了。在家庭与学校安排他以宗教为一生职业时,他终于做出大胆的叛逆行动。他出走德国海德堡学习德语和法语,几经周折后,又到巴黎学美术。在寓居巴黎习画期间,进一步摒弃了以基督教义为基础的道德伦理观。

贯穿整部小说的还有经济方面的枷锁。菲利普对伯父的长期经济依赖,在商店当巡视员的辛苦奔忙,以及行医时目睹的种种贫困惨状,这一切都使菲利普感到没有钱,人就变得吝啬、狭隘,不能自由发展。小说中作者毛姆借菲利普之口把金钱比作"人的第六感官",借以说明金钱对人类的束缚。

菲利普在摒弃宗教信仰,摆脱窒息他的情感、金钱枷锁的同时,艰难地寻求着人生的意义。他热爱生活,对未来充满憧憬,不愿为了"侍奉上帝"而虚度自己宝贵的一生。他不等毕业就断然离开死气沉沉的皇家公学,辗转于欧陆与英伦之间,念书学画,寻求安身立命之所;他在阅历人世的同时,还潜心研读古今哲学著作,探索人生的奥秘。但是他的这些努力一无结果,他只能从落魄诗人克朗肖玩世不恭的奇谈怪论中寻找精神寄托,为自己勾画出一套所谓"尽可为所欲为,只是得留神街角处的警察"的处世准则。事实上,这套准则在现实中根本行不通。他饱尝人间艰辛,历尽世态炎凉,最后得出结论:生活就像一条波斯地毯,虽说色彩斑斓,令人眼花缭乱,实质却毫无意义。尽管在作家笔下,主人公算是摆脱了情欲的纠缠,卸掉了人生职责的重负,似乎进入了心清神净的"大彻大悟"之境,最后甚至还有了"否极泰来"的结局,然而在这个人物身上,读者能清楚

---

① 毛姆. 人生的枷锁 [M]. 张柏然译. 上海:上海译文出版社,1997:56.

地看到社会中青年人理想尽遭破灭的命运。

四、结语

《人性的枷锁》透过菲利普的生活展现了一幅宏大的社会画卷,刻画出众多栩栩如生的人物形象。菲利普个人的不幸遭遇有其丰富的社会内容。他的悲剧命运,是由他所处的时代决定的。小说描写的时代是19世纪末到20世纪初,资本主义社会经历着严重而尖锐的经济和政治危机,随着固有的宗教、道德、文化、哲学的逐渐解体,人们思想上不可避免地出现一场深刻的精神危机。维多利亚王朝时期的那种虚假的乐观气氛已荡然无存,西方文明将人类引入了精神绝境。小说展示的正是这样一幅"充满恐怖的现实世界"的晦暗画面,画面上形形色色的人物,听凭"命运之神"的驱使,飘忽在"茫茫无尽头的黑暗深渊"之中,"既不明其缘由,也不知会被抛向何方"。小说围绕主人公的坎坷遭遇,冷静而客观地揭示了一系列灰色人物的悲剧命运。其中有贫病交迫,靠给穷学生授课苟延残喘的"日内瓦公民"迪克罗,他年轻时浴血疆场,为"自由"而战,晚年却对整个人类不寄予任何希望,静等从死亡中得到解脱;有志献身艺术,却无绘画才能的穷学生范妮·普赖斯,她忍冻挨饿苦度了几个春秋,终于落到山穷水尽、炊断粮绝的地步,只得含恨轻身,悬梁自尽;悲叹生不逢时,自诩看穿尘世的落魄文人克朗肖,他靠翻译庸俗小说和炮制无聊诗文为生,借酒消愁,最后以病死在贫民窟内而终其贫困潦倒的一生;有爱金钱、讲虚荣、头脑平庸的女招待米尔德丽德,她把嫁人当作终生的衣食之计,结果却被人玩弄、抛弃、沦落、淹没在伦敦茫茫人海中。此外,那些被作家一笔带过的伦敦贫民,他们不少人不堪忍受贫困的煎熬,被迫走上绝路。从这里我们不难看出,菲利普的不幸遭遇只不过是整个社会大悲剧中的一支小小的插曲。《人性的枷锁》这部小说思想深刻,对人生见解独特,对人性弱点剖析深刻,它无情地暴露了宗教、教育、贫困和社会风尚对人的发展的禁锢。菲利普这个人物极具代表性,不仅集中体现了他所处的时代,而且也是许多现代人的一个缩影。正如菲利普一样,现代人在成长的过程中仍面临着信仰、感情上的困惑和经济上的窘迫，也在不断试图超越自我，改变环境，实现人生价值。

作│者│介│绍

威廉·萨默塞特·毛姆，英国小说家、剧作家。代表作有戏剧《圈子》，长篇小说《人性的枷锁》、《月亮和六便士》，短篇小说集《叶的震颤》、《阿金》等。

毛姆1874年1月25日出生在巴黎，中学毕业后，在德国海德堡大学肄业。1892~1897年在伦敦学医，并取得外科医师资格。1897年发表第一部长篇小说《兰贝斯的丽莎》。1915年发表长篇小说《人性的枷锁》。第一次世界大战期间，毛姆赴法国参加战地急救队，不久进入英国情报部门，在日内瓦收集敌情；后又出使俄国，劝阻俄国退出战争，与临时政府首脑克伦斯基有过接触。1916年，毛姆去南太平洋旅行，此后多次到远东。1920年到中国，写了游记《在中国的屏风上》（1922），并以中国为背景写了一部长篇小说《彩巾》（1925）。以后又去了拉丁美洲与印度。1919年，长篇小说《月亮和六便士》问世。毛姆于1928年定居法国地中海滨。第二次世界大战时曾去英、美宣传联合抗德，并写了长篇小说《刀锋》（1944）。1930年，长篇小说《大吃大喝》出版。1948年以16世纪西班牙为背景的长篇小说《卡塔林纳》出版，此外又发表了回忆录与文艺批评等作品。1954年，英国女王授予其"荣誉侍从"的称号，他成为皇家文学会的会员。1959年，毛姆做了最后一次远东之行。1965年12月16日在法国病逝。

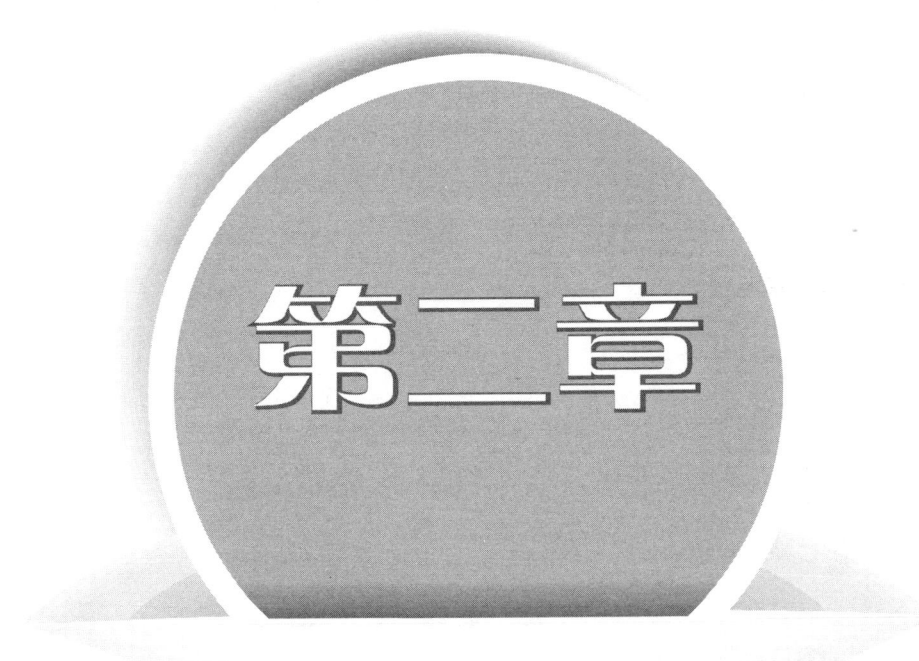

两次世界大战之间的英国小说

第二章　两次世界大战之间的英国小说

第一次世界大战以后在欧美兴起的现代主义文学运动是以反传统为总特征的。"一战"给英国带来了致命性的打击，英国人传统的信息观念被颠覆，于是现代主义文学接踵而至。20世纪初的现代主义文学尽管对维多利亚时代的现实主义传统还有所保留和延续，但随着时间的推移，文学家们渐渐地摒弃维多利亚时代具有特色的高雅和温和，开始转向对英国社会的保守性和虚伪性加强批判，具有一种冷峻的直面人生的特点。这时期的文学作品大多数表现出一种悲观主义情调。在这样的一个穷困潦倒、战乱纷争、危机四伏的时代，任何一位作家都会将自己内心的无望、压抑、踌躇和愁苦在自己的文学作品中淋漓尽致地展现出来。这一时期的代表作家有劳伦斯、伍尔夫、乔伊斯、福斯特和诗人艾略特。

两次世界大战之间是英国现代主义文学的鼎盛时期，尤其以20世纪20年代为现代主义小说的黄金时代。第一次世界大战猛烈地冲击了英国社会，加深了各种社会矛盾。人们在震惊之余对社会危机日益悲观，对传统的价值观念怀念日深，对宗教思想也失去了信心和兴趣；不少人产生了没落感伤、悲观厌世的情绪。与此同时，叔本华和尼采的唯意志论、柏格森直觉主义哲学和弗洛伊德的心理学理论也在学术文化界流行起来，渗透到各个文化领域。所有这些都为现代主义文学的传播提供了适宜的气候。在战后几年中，《恋爱中的妇女》（1920）、《尤利西斯》（1922）、《达罗卫太太》（1955）等著名现代派作品相继问世，这些作品在不同程度上反映当时的社会危机和人们的精神创伤，在艺术形式上也有所变革，至今仍被奉为英国现代主义小说的经典作品。20年代现代主义潮流深受弗洛伊德心理学说的影响，在文学创作中运用精神分析的方法，发掘人们精神中潜意识与无意识的广大领域。这股潮流在英国小说中主要有两个分支：一支以劳伦斯为代表，擅长心理描写，揭示人的性心理活动，以性为人的本能的一种象征，以资产阶级人性论的立场反抗自工业革命以来资本主义机器文明对人性、对自我的压抑，他的作品兼有社会批判和心理探索的因素。另一支是以乔伊斯和沃尔夫为代表的意识流小说。这类小说突破了时间与空间的界限，将瞬息万变、流动不已的无意识活动，尤其是把人们面对现实的彷徨、迷离、怅惘、恍惚的心理描绘得淋漓尽致、挥洒自如。英国是意识流小说的中心，意识流小说是英国文学对欧美现代主义文学的重要贡献。但是，这种20年代的现代主义小说具有严重缺陷，不少作品有任意表现自我、脱离社会大众的倾向，内容又流于艰深晦涩，令人费解，难以卒读。因此，这些作品不可避免地引起了30年代一批年轻作家的抵制。

亨利·詹姆斯是英国现实主义小说向现代主义小说过渡的承上启下的人物。他的作品是英国现代主义的先声。他一生创作了一百多部长、中、短篇小说，十几本文艺批评书籍。其中1885年发表的《小说的艺术》一文，综述了他对小说创作的一些原则性观点，认为小说是"直接地再现生活的艺术"，追求内容与形式的完美结合，对小说理论的发展做出了重要贡献。此外，他在小说中首开心理现实主义创作的先河，拉开了现代主义的序幕，对以后意识流小说的兴起起了重要的铺垫作用。他还对小说的叙述技巧进行了多方面的探索，独创了"意识中心"的叙述方式——以作品中某一个角色的观察和认识角度叙述故事。约瑟夫·康拉德同詹姆斯一样，致力于风格的完美和形式的革新。他运用象征主义和印象主义同现实主义结合的创作方法，描写了一幅幅瑰丽迷人的异国风情和惊心动魄的冒险故事的画面，展示了人在特定环境里内心世界的轨迹。他1900年创作的《吉姆爷》及1902年的《黑暗的心灵》就是这方面的代表作。同时，康拉德在作品里还对殖民主义的荒诞、野蛮的恶行进行了无情的揭露。E. M. 福斯特也是一位从传统的现实主义向现代主义过渡的一位重要作家。他在其代表作《印度之行》（1924）及其他重要作品，如《霍华兹别墅》（1910）等作品中阐述的探索人与人之间关系的主题及象征技巧的运用对现代主义小说的发展起了推动作用。福特·马多克斯·福特（1873～1939）也是20世纪初对小说改革进行探索的作家。他在其杰作《好兵》（1915）中采用了明暗对比的印象主义及时间转移的手法，通过人物内心的描摹，揭示了第一次世界大战前英国社会中的各种矛盾。有的评论家称它是"英语语言中最杰出的法国式小说,是亨利·詹姆斯以后的现实主义杰作"。由于第一次世界大战的爆发带给人们的精神创伤及西方各种现代文艺思潮和理论,特别是法国柏格森的直觉主义和"心理时间"概念及奥地利心理学家,西格蒙德·弗洛伊德心理分析学说的传入,英国现代派文学在20年代达到了创作的高峰期。D. H. 劳伦斯是把弗洛伊德的性心理学说运用到小说中的一个典范。他的《儿子与情人》(1913)也因此而声名大噪。他以机器文明对人的心灵和本性的摧残和压抑作为切入口,从心理学角度深入探讨了人与人之间,特别是两性之间的关系。他的代表作《虹》(1915)与其姐妹篇《恋爱中的妇女》(1920)就是将社会主题与个人主题完美结合的开拓之作。他在其引起轩然大波的《查特莱夫人的情人》(1929)中更把性爱提到了一个令人瞠目的高度,可以说引起了一场西方道德领域的革命。詹姆斯·乔伊斯的出现标志着英国意识流小说的真正崛起。他的《青年艺术家的肖像》是20世纪英国文学中别树一帜的作品。它运用了现实主义、自然主义、象征和意识流技巧来表现青年艺术家斯蒂芬·迪德勒心理和精神上的成长过程,代表了作者从传统到革新的进一步转变。他的经典力作《尤利西斯》(1922)的问世使意识流小说达到登峰造极的地步。他运用新颖独特的表现手法,把史诗、神话同现实结合起来,借古讽今,描绘了一幅现代社会光怪陆离的生活历史画卷,揭示了人物精神上的空虚和混乱。他的最后一部小说《芬尼根的苏醒》中意识流技巧的运用和语言形式的革新把意识流小说这种形式推向了绝境,使之成了20世纪最令人望而却步、不愿问津的一部小说。弗吉尼亚·伍尔芙是英国意识流小说的另一杰出代表,也是英国现代文史上最重要的女作家。她从理论上对传统的现实主义创作方法提出了巨大的挑战,主张小说家应深入到人的内心世界去表现它的主观世界,把表现自我同反映现实完全对立起来。她的代表作《达罗卫夫人》(1925)以一日为时间界限,详细描述了英国上层社会一位太太十几个小时的内心活动,奠定了她作为重要的意识流小说家的地位。她在此后的《到灯塔去》(1927)、《浪》(1931)等重要作品中,继续不遗余力地进行小说艺术风格的创新和改革。她的心理时间、内心独白手法的运用及意识流的角色转换极大地丰富了小说创作的手法,对当时和以后的作家产生了巨大影响。现代主义到了三四十年代影响已逐渐衰退,代之而起的是具有鲜明现实主义色彩的左翼文学和社会讽刺小说,其中最杰出的讽刺作家有奥尔德斯·赫胥黎和伊夫林·沃等人。赫胥黎在《克鲁姆庄园》(1921)、《旋律与对位》(1928)中以冷嘲热讽的笔触表现了上层中产阶级社会及其知识分子的精神危机。他把笔下的人物作为自己思想的传声筒,一方面针砭时弊,另一方面转向神秘主义,寻求宗教的启示与感悟。他的《旋律与对位》在结构布局上别具一格,成为他最出色的作品。伊夫林·沃的第一部小说《衰亡》(1928)为他赢得了讽刺小说家的声誉。在以后的创作中,如《一捧尘土》(1934),他运用出色的讽刺技巧及其他文体手段鞭挞和揭露了生活中荒诞无稽的现象。他的战争三部曲《荣誉之剑》以"二战"为题材,塑造了"反英雄"的角色,具有明显的现实主义色彩,同时又暴露了他的资产阶级立场。

1929~1933年发生了席卷整个资本主义世界的严重经济危机,阶级矛盾迅速加剧,空前尖锐的社会危机必然要求文学以更加直接的方式接触严酷而紧迫的现实问题。在这种情况下,尽管现代主义小说在20世纪30年代依然相当有影响,摆锤又开始向相反方向运动,移向现实主义一端。30年代的欧美文学因其进步倾向而有"红色的30年代"之称,其主要的潮流是现实主义。在英国,更加关注现实社会问题的年青一代作家,诸如奥登、克里斯托弗·伊舍伍德和斯蒂文·史本德等对上一代现代主义作家提出了严厉的批评,指责他们回避重大现实问题,背离广大读者,把小说引进了艺术的象牙之塔。这个时期的小说作家主要有奥尔德斯·赫胥黎、伊夫林·沃、乔治·奥威尔、克黑斯托弗·伊舍伍德和格雷厄姆·格林等。他们从现实的矛盾中寻找创作素材,逐渐摆脱了现代主义作家隐晦艰深及诗歌化的倾向,但同时又汲取了现代主义小说的若干技巧和电影中常用的转换剪辑手法来丰富传统的现实主义创作方法。以赫胥黎等为代表的作家继承和发展了英国文学中的讽刺传统,从中上层和上层社会内部揭露资产阶级的虚伪和堕落。30年代现实主义小说的另一标志是左翼进步文学的兴起和高涨。随着工人运动的蓬勃发展,英国无产阶级文学进入了新的阶段,它直接表现无产阶级的贫困和觉醒,将无产阶级斗争的血与火写入小说,创造出一批具有鲜明时代内容和强烈战争精神的作品。30年代最重要的进步作家有肖恩·奥凯亚和路易斯·格拉西克·吉明。与此同时,英国马克思主义文艺理论也有了长足的进步,涌现出一些出色的理论家和理论著作。

第 一 节
一座现代主义的里程碑——《尤利西斯》的现代性浅析

一、作品概述

长篇小说《尤利西斯》是爱尔兰著名现代派小说家乔伊斯的代表作,题目来源于希腊神话中的英雄奥德修斯(Odysseus,拉丁名为尤利西斯),作品共三部分十八章。小说以时间为顺序,描述了三位普通都柏林人在1904年6月16日从早上8点到晚上2点在都柏林的种种经历。故事围绕居住在都柏林市郊一座古塔里的三个主人公展开,一个名叫斯蒂芬·德迪勒斯,他刚刚从巴黎一所院校毕业,他是一位年轻的历史教师和诗人。斯蒂芬的母亲在临终时请他跪下祈祷,出于对宗教的反感,他没有听从母亲的要求。斯蒂芬的母亲死后,他为此事悔恨终身,始终沉浸在懊丧之中。后来,因家道中落,斯蒂芬几乎与领着妹妹们艰难度日的父亲断绝了关系,他离家出走,以教书为生。第二个名叫利奥波德·布卢姆,他是一位广告推销员,匈牙利犹太人。布卢姆常常走街串巷,终日奔忙,却总是劳而无获。布卢姆的幼子夭折使他在精神上受到无法治愈的创伤。而布卢姆的妻子对他不忠更使他羞愧难当。第三个就是布卢姆的妻子摩莉,她是位典型的肉欲主义代表,由于布卢姆性功能衰退,她不甘寂寞,常常招蜂引蝶,这一切均使布卢姆蒙受着难言的羞辱和精神折磨。

1904年6月16日清晨,斯蒂芬上完一节历史课后,从校长那儿得到了三英镑二先令的报酬,来到海边漫步,面对翻滚的海浪,他思绪万千,人世的沧桑、大自然的奥妙、时空的永恒、艺术的魅力在他的意识中开始了漫无边际的涌动。他因对母亲有过情欲的爱恋而觉得对不起父亲,他抱着负罪感渴望在精神上重新得到一位父亲。

同一天早上八点钟,在埃克尔德街某所房子里,广告推销员布卢姆正在为自己和妻子摩莉准备早餐。这时,送信人给摩莉送来一封信,内容大致是一名叫波伊兰的青年约定午后四点来看她。布卢姆怀着黯然的心情借故走出了家门。布卢姆到邮局取了一封写给他的情书,在一个僻静的地方读了它。而后,布卢姆去参加友人的葬礼。在布卢姆去墓地的途中,他看到妻子的情夫波伊兰正在向他家的方向走去,于是他脑海里闪现了一系列念头:死亡、埋葬、以尸体为食物的墓地老鼠,一系列荒诞的想象在他心灵深处流淌。随后,布卢姆到《弗里曼日报》社去送交了一个广告图案设计,又去了一趟医院探望因难产而住院的一位夫人。在这里布卢姆遇见了斯蒂芬,两人一见如故,斯蒂芬说要用自己新领到的工资请客,他们还去了妓院。在那里斯蒂芬酩酊大醉,布卢姆精心照料他。他们终于在彼此身上找到自己精神上最重要的东西。布卢姆找到了失去的儿子,斯蒂芬找到了精神上的父亲。布卢姆回家后告诉妻子斯蒂芬以后要加入他们的生活。这位背叛丈夫的放荡女人刚刚告别了一个情人,斯蒂芬的到来使她朦胧地得到一种母性的满足,又混合着对一个青年男子的情欲冲动。她在快要睡着的瞬间又回忆起她和布卢姆相互热恋的时光。他们的生活似乎会出现好的转机。整部小说以斯蒂芬零乱无序、恍惚迷离的意识流开始,又以摩莉长达40多页的滔滔不绝的意识流结束。

二、"意识流"的概念及主要特征

"意识流"(Stream of Consciousness)是心理学中的一个概念,它于19世纪由美国实用主义哲学家、机能主义心理学先驱威廉·詹姆斯创造,用来表示人的意识活动持续流动的性质。在1884年发表的《论内省意识流心理学所忽略的几个问题》一文中，威廉·詹姆斯提出：人的意识活动是以"思想流"和"意识流"的方式进行的。他强调了思维的不间断性，即没有"空白"，且始终在"流动"；同时也强调意识活动的超时间性和超空间性，即不受时间和空间的束缚。它是一种不受客观现实制约的纯主观的东西，能使感觉中的现在与过去不可分割。在此背景之下，法国哲学家柏格森在詹姆斯"意识流"学说的基础上提出了"心理时间"概念，奥地利心理学家弗洛伊德也认同詹姆斯关于"非理性"、"无意识"的观点，并肯定了潜意识的存在，把它看作生命力和意识活动的基础。

以意识流为主要特征的"意识流文学"泛指注重描绘人物意识流动状态的文学作品。将"意识流"概念引入文学界的是英国批评家梅·辛克莱。他在1918年的一篇文章中评论英国作家陶罗赛·瑞恰生的小说《旅程》时首次提出这一概念。意识流文学是现代主义文学的重要分支，其突出成就主要在小说领域，在戏剧、诗歌中也有表现。概括地说，意识流小说具有三个特征：首先，表现对象是描写人的内心世界，尤其是人的潜意识活动；其次，表现形式是打破传统的叙事模式，时空颠倒，淡化情节、故事性；最后，表现手法是采用内心独白、自由联想、蒙太奇和象征等手段。在表现对象方面，意识流小说突破传统现实主义文学，力图反映现实生活，描述真实可信的典型人物形象这一规范，完全回归自我，注重表现人的下意识、潜意识乃至无意识的内心世界。在意识流作家看来，现实主义和自然主义仅反映了外在的现实和表面的真实，而这个外部世界并不真实，真正的真实只存在于人的内心主观世界。从这一文学观念出发，意识流小说以时间、意识作为小说的中心，将飘忽不定、流动不已的心理活动作为基本内容，刻意表现个人的精神生活和隐秘的内心意识活动。意识流作家把创作视点由"外"转向"内"，小说中的人物心理和意识活动不再是一种描写方法，也不再附着于小说情节之上，成为达到某种艺术效果的手段，而是作为具有独立意义的表现对象出现在作品中。意识活动几乎成为作品的全部内容，而情节则极度淡化，退隐在小说语言的帷幕之后。在作品的表现形式上，意识流小说打破传统小说基于清晰时空逻辑次第的叙事模式与故事架构，刻意淡化情节、故事，改用以建立在人物心理时空理念基础上的心理逻辑去组织、营构故事。同时，为强调意识流动的不确定性，作者干脆取消标点符号，如实呈现小说人物在感观、刺激、记忆和联想等多方作用下出现的那种紊乱的、多层次的立体感受和意识动态，以便读者能始终体验到小说人物所经历的那个时刻——心理时间。心理时间的叙述方式有倒时序、循环时序、颠倒时序、闪回时序和预见时序。最典型的例子是《尤利西斯》的最后一章，乔伊斯将女主人公莫莉睡意朦胧的情态，意识自由漂浮、混沌迷糊直至最后完全消失的状态描述得极为生动。整段文字未使用一个标点符号，也没有断句，充分显示了意识流动的不间断性。阅读的时候，感觉整部作品时空错乱颠倒，梦幻与现实难以区分，而这正是意识流小说家的意图——展示世事的变幻莫测，现实的与非现实的、理性与非理性的不可理喻之状态。采用脱离了具体参照因素的自由联想、内心独白、蒙太奇、象征或暗示等表现手法，也是意识流小说的重要特点。意识流小说家热衷于"非理性"地表现冲动、欲望、无聊等潜意识之于主体的荒诞感觉，对人物内心情绪的细究超过了对其外部世界的关注。作家对小说的语言、文体和标点符号的使用也进行了改造，以适应意识流的特点。总之，意识流小说是通过对人物主观意识活动的展示，突出表现内心世界与现实世界的强烈反差，以文学表现手法艺术地反映社会发展态势，深刻揭示作家对现实社会的发展期望和价值诉求。

三、《尤利西斯》表现手法的现代艺术特点

在现代文学史上，最早将意识流创作手法运用于文学作品中的是法国作家马赛尔·普鲁斯特。其经典代表作《追忆似水年华》被视为现代"意识流"小说的开山之作。然而，将"意识流"创作手法充分运用并达到完美境界的则是詹姆斯·乔伊斯的《尤利西斯》。小说充分展示了西方现代意识，反映了那一代人所面临的矛盾与危机。小说的核心人物只有三个，他们每一个人的身上都显示了多层次的、复杂矛盾的性格。布卢姆庸碌、卑微，却不乏忠厚、善良；莫莉耽于肉欲，但内心也渴望真情；斯蒂芬精神空虚，却不肯放弃幻想。通过他们，乔伊斯逼真地描绘出西方现代都市中

人的真实形象，尽管他们身上早已失去古代英雄的光彩，精神也不再崇高，但仍然固守着人性的精神家园。乔伊斯在小说中向读者展现了一幅现代人的灵魂全景图，因而被奉为意识流文学的典范之作。在《尤利西斯》的创作过程中，乔伊斯突破传统小说的时空界限，摆脱传统小说中作者的描写或转叙，借鉴了艺术领域中各种表现手法，巧妙地运用包括内心独白、自由联想、蒙太奇和时空跳跃等精彩纷呈的意识流表现手法来描述人物的精神生活和内心活动，将意识流创作手法发挥到了极致。《尤利西斯》代表了意识流小说创作的最高成就，小说无论是内容还是形式都与传统小说背道而驰，其深刻的内涵和独特的写作技巧对现代主义文学的创作与发展都产生了不可估量的影响。

（一）"内心独白"的创作艺术

在《尤利西斯》中乔伊斯的意识流表现技巧可谓高超而别出心裁。他以全新的视角生动揭示了处在物质生活高度丰富，而精神生活极度贫瘠、颓废及至诚信缺失状态下的都市普通人如何在精神上实现自我救赎。

小说《尤利西斯》使用最多的是内心独白。内心独白作为一种文学创作手法，有助于作者将作品中的人物和他本人的社会角色融为一体，并以此为基础来展示作者的内心感受。在小说中，乔伊斯通过人物的内心独白，将笔下人物放置于具体的环境与职业之中，从而更加现实、系统地为人物宣泄个人情感、追求美好事物提供了难得的想象空间。《尤利西斯》中的内心独白涉及的内容包罗万象：各种离奇复杂的情感、想象、欲望、猜测、推理、回忆、印象和幻觉互相混杂，形成一条来无影去无踪、恍惚迷离、稍纵即逝的主观之流。如："他将目光聚焦在那双破旧的鞋子上，并炯炯有神地细数那双破鞋上的皱褶，回想起曾经穿这双鞋子的人物，实在令人厌恶！我实在太厌恶这双令人生厌的鞋子了。"[1] 在这段内心独白中，乔伊斯通过人物的角色转换，将作品中的第一人称转换成了第三人称，并通过巧妙的描写手法，将人物栩栩如生地展现在读者面前。这种看似来无影去无踪的意识流，在《尤利西斯》中对主人公曲折离奇的情感描述，给人一种

---

[1] 詹姆斯·乔伊斯.尤利西斯［M］.萧乾，文洁若译，南京：译林出版社，2010：137.

充满欲望、想象和幻觉的复杂感受。内心独白手法的艺术在于它直接表现人物的内在心理感受。这是因为，独白的流动性能使读者产生一种直接感和即视感，有助于作者在不介入故事情节的情况下充分展示人物的心理活动，同时也让读者更为真实地了解人物的性格特征。意识流小说家认为，与其从外部去了解一个人物的内心世界，不如给主人公以表达内心世界的机会，让他自己陈述自己。这种不加限制任由自身做主的内在意识流动，就是展现人物灵魂的最好方式。

（二）"自由联想"的创作艺术

"自由联想"是心理学上的概念，它是指人的意识流表现不出任何规律和次序，且一般只能在一个问题或一种事物上短暂逗留，头脑中的事物常因外部客观事物的突然出现而被取代；眼前任何一种能刺激五官的事物都有可能打断人物的思路，激发新的思绪与浮想，释放一连串的印象和感触。自由联想是现代意识流小说中最常用的创作手法。它表现的是主人公因触景生情而产生的理性或非理性的稍纵即逝的内心活动。自由联想没有十分明确的方向，在范围上也不做具体的划分和界定。在《尤利西斯》中，乔伊斯的自由联想表现技巧在布卢姆身上运用得极为成功。作为一个犹太人，他时刻具有一种深刻的孤独感和异化感。与爱尔兰白领中产阶级为伍使他自惭形秽；想到妻子莫莉水性杨花，与多人勾搭成奸使他觉得无地自容。父亲的自杀，儿子幼年早夭，这都使他感到愁闷与悲哀。他那极其敏感、郁郁寡欢而又胆小怕事的性格以及内心深处严重的失落感，不仅笼罩着他的整个意识领域，而且也随时支配着他的自由联想。小说中有这样的场景，布卢姆一边吃早餐一边看女儿米莉来信时就开始了漫无边际的自由联想："昨天正好十五岁，巧！正好是 15 日，这是她离家后的首个生日。十分清晰地记得他出生的那个年月，对！正好是夏天，他急不可待地跑到街上，并十分慌张地敲响桑顿老太太的门铃，并以抑扬顿挫的声音将其从睡梦中叫醒。实际上，她清晰地记得这个可怜的小鲁迪根本活不了多长时间！也许，活到今天就是一个大小伙子了。"对于读者来讲，这段天马行空的联想，实在不可思议，甚至毫无章法可言。但是，只要我们走进布卢姆的内心深处，便会深刻地体会到主人公那颗颤栗的心：作为人父的他一想到自己夭折的儿子，其内心伤痛的阴影无论如何也无法抹去。因此，在自己女儿与自己一起过生日的时候联想到自己的儿子既在情理之中却又在人们的意料之外。由此可见，在乔伊斯的意识流表现技巧上，自由联想的创作手法绝非天马行空，而是具有自己内在的逻辑，是作者灵魂深处的真实写照。

乔伊斯在《尤利西斯》最后一章中将意识流技巧运用到了炉火纯青的地步。在这一章的最后，为了真实地表现莫莉凌晨两点三刻的心理活动，乔伊斯不惜用了长达40多页的篇幅来记载她在似醒非醒、似睡非睡状态下的内心独白。全章不分段落，没有任何标点符号，如实记述了她那犹如潮水般的绵延流淌的意识流在过去、现在和将来时空不间断的奔腾流动："几点过一刻啦可真不是个时候我猜想在中国人们这会儿正在起来梳辫子哪好开始当天的生活喏修女们快要敲晨祷钟啦没有人会进去吵她们除非有个把修士去做夜课啦要么就是隔壁人家的闹钟就像鸡叫似的咔嗒咔嗒地响都快把自个儿的脑子震出来啦看看能不能打个盹儿一二三四五他们设计的这些算是啥花儿啊就像星星一样隆巴德街的墙纸可好看多啦他给我的那条围裙上的花样儿就有点像不过我只用过两回。"这是一段被批评家称为具有双重作用的"内心独白"，即通过"内心独白"达到"自由联想"。在意识流小说中，"内心独白"和"自由联想"是分不开的。心理学上，"内心独白"是假定没有其他人倾听的情况下一个人把自己的所感所思毫无顾忌地表达出来。而"自由联想"则是独立于语言的心理语言活动。与"内心独白"相比，"自由联想"带有更大的主观随意性、跳跃性。这段的意思是：莫莉看时间还不到起床的时候，于是就开始浮想联翩。她先是联想到习惯于早起的梳着发辫的中国人；进而又联想到教堂早晨祈祷的钟声和隔壁家那个使她心烦的闹钟；这时她又试着数"一二三四五"看是否能睡得着，从"一二三四五"又想到了星星一样的花朵；继而又联想到她在隆巴德旧家墙纸的花朵图案和丈夫送她的围裙上的花朵有些相像——这些互不相干的联想，却是用"早"这个感念衔接与贯穿起来的。为了表达女主人公混沌、飘忽的思绪，乔伊斯运用省略、残断的句子来表现莫莉游离不定的意识：或句子成分不全，或前言不搭后语。

作者刻意追求小说语言的不连贯性，其目的在于表现人物意识活动的跳跃性和流动性。真实地表现了莫莉慵懒散漫的情绪。在这里乔伊斯摒弃了以叙事、描写、评价为主的传统文学表现手法，通过"内心独白"和"自由联想"来探究人的心理意识，达到揭示人物内心世界的目的。

（三）"蒙太奇手法"的创作艺术

"蒙太奇手法"是意识流小说的又一重要特征。"蒙太奇"一词源于电影术语，是用一系列镜头展现电影人物思绪或事件多重"叠加"的表现手法，如"多视角"、"慢镜头"、"特写"、"闪回"等。意识流小说家为了突破时空限制，表现意识流动的多变性、复杂性，经常在作品中运用蒙太奇意识流手法，其结果是：虽然故事情节不连贯，但读者的关注和兴趣并没有因此受到丝毫的影响；相反，由于各种场景的连续切换，能够诱发读者对故事一探到底的兴趣和欲望。小说《尤利西斯》之所以能成为意识流作品的典范，一个重要的原因就是作者摆脱了钟表时间和物理空间的束缚，成功地组建了新的时空秩序。以"心理时间"将人物安排在一个特定的空间内，让其意识跨越时间的限制。即"现在"的时间不断幻化成遥远的"过去"，"过去"的时间又时时叠化为正在进行的"现在"甚至"将来"。不同的时间相互交叉、相互渗透，融为一体。同时，乔伊斯运用空间蒙太奇在文学创作中把时间的过去和现在压缩在一个平面上，把空间的远近拼凑在一起，从而打破了传统的有条不紊的叙述结构，使故事情节不分先后同时并列在一起。利用不同角度和不同节奏的镜头多层次地折射出人物奔腾不息的意识流程，展示了都柏林乃至整个西方现代社会人们内心难以名状的焦虑、苦闷、孤独与绝望。

"斯蒂芬心情沉重地挽起自己的胳膊，并将其胳膊放置在身边的粗糙的岩石上；与此同时，他还双手拖着其前额，目光很呆滞地盯着自己那件十分陈旧的黑大衣，尤其是已经十分破损的袖口……痛苦，一种发自内心的痛苦，对斯蒂芬的内心形成了巨大的折磨，欲罢不能却又无法解脱。"

在这段描述中，我们可以十分清楚地看出，前两句都是乔伊斯的叙述和描写，而最后一句则是斯蒂芬的主观意识流。在这一瞬间的意识当中，斯蒂芬过去的景象与现实的世界进行了"叠加"。这种艺术手法使得主人公可以随心所欲、自由自在地往返于昨天、今天和明天之间，进而展现出小说主人公瞬间意识的立体感与多层次。在小说第十章《流浪岩》中，乔伊斯的蒙太奇艺术手法的运用可谓独辟蹊径。小说中他十分娴熟地将 21 个镜头进行交错、剪辑组合，从而使形色各异的都柏林人在同一时间（下午 3 点）的活动场面和盘托出，展现出一幅《清明上河图》般的图景与画面。米兰·昆德拉将此称为"更难以捕捉到的东西：此时此刻"。这种使瞬间成为永恒和经典，构成了现代意识流小说"空间化"的显著特质。乔伊斯在小说《尤利西斯》中对蒙太奇手法的高超运用不仅是他在意识流创作上成功试验的具体体现，也是乔伊斯对现代文学的卓越贡献。

四、结语

乔伊斯是当之无愧为的杰出意识流小说大师。他的经典之作《尤利西斯》使得意识流成为更新的文学形式，并广泛运用于 20 世纪乃至现今的文学创作中。乔伊斯的创作不仅对世界小说创作的发展具有深远的影响，也为新的文学理论的形成提供了坚实的依据。在《尤利西斯》中，乔伊斯通过运用内心独白、自由联想、蒙太奇等意识流手法，真实地展示了他笔下人物的意识活动和内心世界。作品以其丰富的内涵、巧妙的结构、高超的艺术表现手法而被誉为"百科全书"，赢得了现代主义文学殿堂的至高荣誉。

作│者│介│绍

詹姆斯·乔伊斯的简介见第一章第四节作者简介。

第二节
文化帝国之否定——对《印度之行》的殖民社会解读

一、作品概述

《印度之行》是英国著名作家福斯特的代表作。讲的是20世纪初,英国人莫尔夫人和艾德拉小姐前往印度,一个看望在那里任殖民官的儿子,另一个则是看望未婚夫。印度穆斯林医生阿齐兹出于热情和友谊,组织了不少人陪同两位客人前往当地名胜马拉巴山洞游览。在幽暗的山洞里,艾德拉小姐感觉似乎有人侮辱了她,于是掀起了一场轩然大波。

《印度之行》主要由三个部分构成:清真寺、山洞、圣殿。在第一部分"清真寺"中,故事发生的时间背景是印度的凉季,暗示着人的清醒和理性。艾德拉·奎斯特小姐和自己的未来婆婆莫尔夫人千里迢迢从英国来到印度看望她的未婚夫罗尼,偶然间,莫尔夫人在一座清真寺里结识了印度当地的一个医生阿齐兹,两人相谈甚欢,并发现彼此有很多共同之处。在这之后,阿齐兹还结识了另一位英国人菲尔丁,并与其成为朋友。由于艾德拉一直想要见识真正的印度,所以当阿齐兹向她们发出了同游马巴拉山洞的邀请,两位女士欣然前往。第二部分"山洞"是故事发生的中心,同时也是整个情节发展的高潮。在游览马巴拉山洞时,莫尔夫人受到神秘回音的影响没能继续游览,而艾德拉和阿齐兹继续前往观看其他的山洞,在其中一个山洞中,艾德拉感觉有人侮辱了自己,立即逃离了现场。随后,阿齐兹在返回印度时被逮捕,理由是他侵犯了艾德拉。对阿齐兹的审判使得整个故事的冲突、矛盾达到极点。结果是艾德拉撤诉,阿齐兹被无罪释放。而第一部分中他们建立起的友谊也因这次事件而告终。最后一部分

"圣殿"迎来了故事的尾声，在印度教庆典的氛围下，阿齐兹和菲尔丁达成部分的和解。这时已是两年后的雨季，雨水5象征着生命的更新与复苏，暗示着希望。

二、疏离的人类世界

《印度之行》是现实主义、象征意境和哲学洞察力的完美结合。小说标题取自美国诗人沃尔特·惠特曼的诗歌《印度之行》(A Passage to Hulia)。诗中的印度象征着灵魂的归宿，而福斯特笔下的印度也同样超越了其地理含义，它代表着浩瀚的宇宙。小说家通过阐释人类在一个我们迄今尚无法理解的宇宙世界中所面临的困境，来找寻一个更加持久的人类之家。

在人类层面上，福斯特借助昌德拉普尔城所展现的印度意象浓缩了现代社会在民族、种族和意识形态诸方面的分裂、混乱状态。这种状态集中体现于驻印英国人对印度本地人、穆斯林对印度教徒、驻印英国人作为一个群体对他们的异己莫尔夫人、艾德拉和菲尔丁等几组对立冲突的人际关系模式之中。在非人类层面上，福斯特笔下的印度不但纷繁无序而且神秘莫测，这个古老的东方国度以其多变的气候、广袤的地域、复杂的社会群体和不同的宗教派别而成为宇宙——"一个长期错乱的星球"的缩影。在这里，魅力与敌意并存，分裂与聚合互化，这些相互矛盾着的力量此消彼长，互相作用，使人类的心理和行为也随之变得微妙。

福斯特对人类及世界的探索之旅首先从人类层面上开始。小说展示了各种人际关系模式的不足或失败，以现实主义手法阐释了人类世界的两极对立性，揭示出人类彼此隔阂、疏远的不可避免性，以及人类价值体系的脆弱性。

小说情节的发展是借助英印双方为消除彼此隔阂而做出的各种尝试和努力来展开的。第一次是由英国官方组织的"联谊会"：会上英国人和印度人之间相互排斥、隔离的场面强化了人类群体互不相容的感觉。双方的敌意和缺少沟通使这一次"连接"以失败告终——英国人与印度人之间的鸿沟进一步加深。

正如阿齐兹所说，印度人需要的是"友善"，这是一个构建和谐人类社会的必要条件，而英国人缺乏的却正是"友善"。他们一厢情愿地希望在印度建立起秩序，但对这个国家却一无所知，仅凭着"发育健全的身体、发育良好的头脑和发育不全的心灵"便想统治这个神秘的东方古国，结果却发现自己在那里举步维艰。小说里那中规中矩的英国人聚居区、言行刻板的英国官员和他们的太太以及英国俱乐部里的繁文缛节，无不揭示着作为西方文明载体的英国人根深蒂固的排他性弱点。

在菲尔丁家举办的私人茶会是"连接"东西方的第二次尝试。这次聚会虽然规模较小，但是参加者——菲尔丁、阿齐兹、高德波尔教授、艾德拉和莫尔夫人都真诚地渴望沟通与交流。菲尔丁那种"天生的善意"使他和阿齐兹一见如故，很快就成了朋友；茶会洋溢着宽容和温情。然而，阿齐兹和菲尔丁之间因为话题兴趣不同而造成的小误会以及高德波尔那首神秘的宗教歌曲却为这种融洽抹上了一丝不祥，后来罗尼的贸然闯入更是彻底地打断了这次短暂的"连接"。看来通过纯粹的温情和善意来寻求和谐的人际关系也是难以成功的。

马拉巴探险是弥合东西方鸿沟的第三次也是最为艰辛的一次努力，因为活动的组织者阿齐兹是在"向试图使人类相互隔离的印度大地之魂发起挑战"①。那出人意料的灾难性结局无疑是一场人类连接失败的悲剧：马拉巴丘陵和那里的山洞群给艾德拉和莫尔夫人带来了极其邪恶的影响，瞬间摧毁了她们对人类友情的信念。这次远足令莫尔夫人厌倦了人类的一切努力，也造成了艾德拉的幻觉（觉得阿齐兹企图在山洞里对她施暴），并导致了阿齐兹的被捕和受审。

对阿齐兹的审判原本是一次旨在维护秩序的努力，但结果却适得其反：审判的戏剧性终结引发了昌德拉普尔城的骚乱，几乎导致公共秩序的全面崩溃。这次审判更破坏了那即将建立起来的人际关系和谐体：它挑起了统治者和被统治者之间潜在的敌对情绪，撕毁了艾德拉与罗尼的婚约，导致了艾德拉和菲尔丁两人与驻印英国人群体之间的彻底决裂，严重损害了阿

---

① E. M. 福斯特. 印度之行 [M]. 杨自俭, 邵翠英译. 合肥：安徽出版社，1990：127.

齐兹与菲尔丁的友情关系。尽管审判的失败带来了昌德拉普尔城英国官员的大撤换，但是这个混乱的社会并没有得到丝毫的改观，因为执政的仍然是同一类心灵发育不全的群体。福斯特借菲尔丁之口道出了这种人际关系模式的致命弱点："我们的一切都是建立在沙丘之上的；这个国家越是现代化，它的崩溃也就越惨烈。"①

至此，《印度之行》以现实主义的手法展示了一个分裂、混乱的社会模式。人类为建立秩序和连接而做的一切努力均以失败告终。为了了解自我及世界，人类有了各式各样的信仰体系和行为模式——但是它们却造成了人类各自与其他文化中的同类的疏远，并由此而导致人类对自己社会和精神身份的更为强烈的困惑和迷失感。面对这一痛苦的现实，《印度之行》开始从宇宙观的视角来重新审视人类的价值体系和社会秩序。

三、混沌的超验力量

《印度之行》的故事情节看似简单，但其在思想和精神领域里的反响却是一波三折、扑朔迷离：友谊之桥架起又断裂；连接成功复又失败；捉摸不定的印度之魂刚被感知即又归于神秘莫测。在非人类层面上，福斯特的这一灵魂之旅探索了影响人类活动和人际关系的各种超验力量。

福斯特将作品分为三大部分：清真寺、山洞和神殿，它们分别对应印度每年的三个季节——凉季、热季和雨季。小说开篇的凉季喻指一个相对清醒和克制的时刻，热季暗示着一个无理性、梦魇般的混沌宇宙，结尾则展示雨季给人类带来的复苏和活力。小说里的印度已经超越了民族和宗教的范畴，演化为一个人类无法了解、无法驾驭的神秘宇宙。从莫尔夫人睡房里那只目中无人的小黄蜂到阿齐兹住所内那群讨厌的苍蝇，从强劲无比、至高无上的印度苍穹，到那交替不断地变树为房、变房为树的永恒丛林，所有这些意象都传递着一种强烈的宇宙意识：在浩瀚的宇宙之中，人类只是一个渺小的物质存在，因而必须将人类世界的一切意识形态和社会体系

---

① E. M. 福斯特. 印度之行 [M]. 杨自俭，邵翠英译. 合肥：安徽出版社，1990：276.

置于宇宙的大背景之下进行更为深刻的考察。"热季"部分的马拉巴山洞故事是小说的中心事件。马拉巴丘陵体现着一片比世上的一切都古老、比所有的精神都久远的原始混沌，一个人类文明的触角从未触及的地方，而那些无变化、无意义、空荡荡、令人昏乱的马拉巴山洞群则象征着一个人类必须面对但又无法了解的宇宙，它们那连绵不绝但又相互分立、彼此隔离的状态进一步强化了人类心灵分隔的意象。福斯特用"黑洞"、"吸入"、"吐出"等字眼来渲染这一强大的超验力量，它嘲笑并摧毁着人类的一切努力。马拉巴剥夺了无限和永恒的那种博大性，从而断绝了人类与它们沟通的唯一渠道，它呈现出一切都存在着，一切都毫无价值的虚无主义的宇宙意象。艾德拉的头脑和莫尔夫人的心灵都同样面临着这一严峻挑战：她们所信奉的价值观都被无情地弱化为一种毫无意义的"可怕的回声"。浓缩着人生虚无之感的"回声"意象直接导致了艾德拉的行为危机和莫尔夫人的信仰危机。

其实，邪恶并不是马拉巴丘陵及其山洞群的本质，它们那"惊人的古老性"暗示着一种先于"善恶"、先于时空的原始虚无状态。因此，马拉巴之行所产生的邪恶后果只不过是人类自身弱点的暴露。回到艾德拉、菲尔丁和莫尔夫人在茶会上的讨论，我们就会发现这三个人物都有各自的局限性：艾德拉的理性头脑根本无法理解印度的神秘性；菲尔丁的自由人本主义价值观也难以消除他那与生俱来的"东方困惑"；就连莫尔夫人的基督人本主义也不能领悟和接受世界的复杂性。作为贯穿全书的一个促成东西方和解的重要力量，莫尔夫人能够超越一些造成人类相互疏离的障碍，所以在清真寺里她同阿齐兹在联谊会上同一对印度夫妇很快就建立起了默契和友谊。她的力量在于她的那种宗教博爱，那种"上帝就是爱"、"上帝就在这里"式的基督人本主义的友善，而她在游历马拉巴山洞之后出现的心理崩溃则显示了这种力量的不足。福斯特以超验的方式揭示了人类在一个混乱的世界中寻找和建立秩序时所面临的深层次难题：面对这个复杂而无理性的世界，人类任何概念性的框架都无法囊括它的多样性和丰富性。从主观的角度看，山洞意象颇具心理寓意。山洞内壁上反射出的那片火柴光亮可以说是一种视觉上的"回声"，一种投影出的象征，它体现着人类对美、对和谐的渴望。不幸的是，划着的火柴却倒向它自己的折射光，略微碰触便熄灭了；而关闭在各自洞中的每一个人也都是这么试图伸出手来与他的同伴接触，但是山洞群隔离了他们，使不同种族、不同阶层、不同文化的人类群体各守其"洞"，无法亲近。那两片火光不能融合，因为"一个呼吸着空气，另一个呼吸着石壁"；人类同样不能融合，因为他们愚蠢地制造着种种不同的价值体系。马拉巴情节中的意象组合传递着这样一个信息：人类的一切价值体系终归都是主观的产物，在无限的宇宙中都是毫无意义的，因而人类寻求秩序的愿望换来的也只能是空洞的"回声"。

阿齐兹和菲尔丁之间的友谊模式也深刻揭示了这一超验力量的无情威力。菲尔丁心怀宽容，丝毫没有狭隘的种族情感，他独立于英国人的小群体意识之外，希望以善意加上文化和才智来与印度人真诚交往，因而赢得了阿齐兹的认同和友谊，但最终两人却无法找到一处会面之地。这一结局颇具力度地强调了人类相互隔离的无奈。阿齐兹和菲尔丁之间的友谊是全书仅有的成功"连接"，但是在无限的宇宙空间中，两人的友谊却显得如此短暂且微不足道。他们的分离是不可避免的——政治压力和社会压力不仅是当时印度的现实，而且是人类生活的整体状况。在这个一片混沌的现实世界中，这种用善意和温情构筑起来的人际关系模式显得脆弱且渺小，根本无法维系人类群体的聚合。在强大的宇宙力量面前，无论是完全理性主义还是自由人本主义或是基督人本主义都显得不堪一击。

然而，福斯特并不是一个悲观主义者，他笔下的超验力量也有建设性的一面。这种积极面主要是借助亡灵来展现的，即莫尔夫人病逝后的圣化。已经离开昌德拉普尔城的莫尔夫人在审判的关键时刻被印度人幻化成了他们的女神"埃丝米斯·埃丝摩尔"，受到了城内印度人的顶礼膜拜。她驱散了艾德拉的幻觉，并给了她公开认错、撤诉的勇气，使她和阿齐兹最终获得了不同意义上的拯救。事后，菲尔丁也是借助莫尔夫人的人格力量来激发阿齐兹的宽容心，使他放弃了对艾德拉的索赔。小说结尾时，莫尔夫人的灵魂又"转世"为她的两个孩子——拉尔夫和斯黛拉；菲尔丁与斯黛拉的结合使莫尔夫人的精神得以延续，而阿齐兹在清真寺里初遇莫尔夫人时对她的评价——"你是一个东方人"，此刻在她的小儿子拉尔夫身上也得到了"回响"。可以说,正是莫尔夫人那不朽的精神力量最终促成了阿齐兹、艾德拉和菲尔丁的和解。

四、用连接来解决对立

福斯特以敏锐的洞察力在《印度之行》中对现实世界和超验世界进行了同步的体验和探察。在他看来,有形的物质世界不断地受到无形的超验王国的影响和制约,而解决人类存在中的种种矛盾的途径只有一个——"唯有连接"。

小说借助印度教徒高德波尔教授的宗教哲学来说明善恶只是同一事物的两个方面,而不是两个不同的事物。人类对"善与恶"的认识不应只注重它们之间的对立,更应看到它们之间的统一。这种辩证观在一个更深的层面上诠释了人类的本性和宇宙的本质。小说所展现的人类群像正是包容在这种"善与恶"的对立统一之中。印度教的模糊性恰恰体现了宇宙的神秘和混沌。高德波尔的那种善恶合一的理念浓缩着印度教接受、和解、一体化的中心原则,在小说中这一原则被奉为通向人类社会和谐统一的途径。

小说的第三部分"神殿"篇描述了高德波尔教授主持的博爱之神克利须那的诞生大典。这一盛典展现了众人精神的狂欢和情感的投入,颂扬了充满神秘、混沌和张力的生命之魂,体现了宇宙混乱之中的内在和谐。人类只有在这种状态下才能找到完整,才能达到天人合一、平等博爱的境界,从而消除人类的一切分歧和疏离。他们爱所有的人,爱整个宇宙。他们融入一片泛宇宙的温暖之情。节日在这样一种氛围中达到了高潮,有形的物质世界和无形的超验世界在一种宇宙秩序中得到了融合。此刻在湖上观礼的阿齐兹、莫尔夫人、菲尔丁、艾德拉撞船落水,在爱的湖水中获得了一次洗礼,并迎来了上苍的祝福——一场恢复活力、催发新生的大雨。这次短暂的节日是一次成功的复兴,淡化了屡次"连接"失败所造成的悲观气氛。

五、结语

《印度之行》是福斯特全方位地重新审视一触即溃的社会秩序,深入探察人类存在的实质,寻找一种宇宙意义上的新秩序的尝试和反思。它揭示了人类在试图相互理解并认识宇宙的过程中所遇到的种种困难,表达了小说家对现存的价值体系和社会秩序的全面批判。《印度之行》的意义和价值在于它不断地提醒着共存于同一个星球的人类:文化的冲突、种族的矛盾和价值体系的对立一直在困扰和威胁着人类,社会必须进行一场更为全面、更为深刻、更为有效的重新整合。

作│者│介│绍

爱德华·摩根·福斯特(Edward Morgan Forster,1879~1970)是20世纪英国著名的作家,其作品包括六部小说,两部短篇小说集,几部传记和一些评论文章。他的长篇小说几乎都是反映英国中上层阶级的精神贫困,在每部作品中主人公都试图通过挣脱社会与习俗的约束来求得个人解放。福斯特的作品语风清新淡雅,虽然人物的个性很容易被把握,但命运安排往往令人不可预测却又铺叙自然。20世纪80年代以来《印度之行》、《看得见风景的房间》、《天使不敢涉足的地方》、《莫里斯》和《霍华德庄园》都被成功地搬上银幕,使福斯特的作品得到了更为广泛的流传。虽然这些作品反映的都是20世纪初英国的社会状况,但其表达的自由、平等与人道的精神对已经走入21世纪的人类社会仍有实际的借鉴意义。

福斯特出身于伦敦的一位建筑师家庭,父亲早亡。少年时就读肯特郡唐布利奇学校的不尽愉快的经历促成了他对英国中上层社会的反感。1897年福斯特入学剑桥大学,加入了门徒社(The Apostle),结识了后来成为经济学家的约翰·凯恩斯和著名学者列顿·斯特拉奇等。门徒社成员推崇哲学家托马斯·莫尔的关于摒弃旧体制、创立新伦理的思想,在这里福斯特关于个性自由的人文理念开始形成。大学毕业后去意大利和希腊旅行,陶醉于那里的异族文化，更加深了他对英国僵硬的社会秩序的不满。1905年他发表了第一部小说《天使不敢涉足的地方》，描写一位英国贵妇与一位意大利平民结合后两家对此的不同感受。1907年福斯特发表了《最漫长的旅程》，描写一位世家子弟与一位出身卑微的乡村青年结下了深厚的友谊，并在后者的帮助下挣脱了毫无感情可言的婚姻，最后为拯救乡村青年而付出了自己的生命。小说点明的男性友谊间接地反映了作者的心境。1908年福斯特发表了《看得见风景的房间》，描写一位英国贵族少女在意大利与一位年轻男子邂逅，社会习俗的约束使她不敢表达自己的感情，但最后终于冲破樊篱，挣脱包办婚姻，走向自由。

奠定他文学大师地位的是1910年发表的《霍华德庄园》。该小说描写来自不同社会阶层的三个家庭之间的关系与纠葛，表现了英国当时的阶级斗争状况。作品人物繁多，结构复杂，但不管是主要人物细致入微的心理叙述，还是次要人物的寥寥几笔，福斯特都生动地刻画了各色人物在当时社会状况下的心态。第一次世界大战爆发后，福斯特加入了国际红十字会并赶往埃及。1921年，福斯特第二次去印度，担任德瓦省君王的私人秘书。这次旅行使福斯特再次目睹了英国殖民统治者的丑恶。这种反感促使他写成《印度之行》。

20世纪30年代后福斯特的注意力逐渐转向了政治和社会问题，尤其对民权和自由特别关心。福斯特文学作品与他倡导的人文主义与人道精神是一脉相承的。

第三节

顺从与叛逆——《到灯塔去》中的不同女性解读

一、作品概述

拉姆齐一家和几位朋友在斯开岛上他们的海边别墅里度夏。9月中旬的

86

一天，下午 6 点钟左右，拉姆齐太太倚窗而立，窗外是花草树木，远处是海浪和灯塔。她凝视着海上忽明忽暗的灯塔，陷入冥想中。她的意识不时对灯塔闪烁不停的灯光做出反应；同时，周围发生的一切也没有逃开她的意识屏幕。她的小儿子詹姆斯想在第二天驾船到小岛上去看灯塔，拉姆齐先生却全然不顾儿子的热情和愿望，断言明天的天气不会好，不能去灯塔。拉姆齐太太慈祥地安慰儿子"也许明天天气好"，并说如果天气好，就到灯塔去。拉姆齐先生是一个哲学教授，他的学生们认为他是 20 世纪最有名的玄学家，对他来说，理性的原则高于一切，尊重事实、坚持原则要比关心孩子，不让他怀着失望进入梦乡更重要。他的处世态度固执顽梗，甚至到了否定人性、压制感情的地步。作为一名哲学家，他试图凭借理性与逻辑来解释和处理世上的一切。他在现实生活中对任何事实都顶礼膜拜，从不肯为让他人感到愉快而改变一句不中听的话。拉姆齐先生所崇拜的真理都是以生硬的事实和刻板的逻辑为基础的，这种真理往往没有永恒的价值。因为世界观受到时间的限制，他认为世界上没有永恒的事物，即使是莎士比亚的伟大著作也不例外。拉姆齐先生就这样终日思索着生存的本质和生活的基础之类的哲学问题，企图借助逻辑和理性从混沌之中寻得规律和秩序。但由于缺乏天赋的直觉和敏锐的洞察力，他的研究始终局限于 Q 的范围，而无法进入 R 的领域。在百思不得其解的苦闷中，他经常需要拉姆齐太太的抚慰和鼓励。但他实在是个严厉的父亲，喜欢讽刺子女，有些专利，因此儿女们都不喜欢他。拉姆齐太太则具有丈夫身上所缺少的那种直觉和洞察力，她作为一个贤妻良母和勤劳的主妇是一切美好品质的化身，她是从生活的混乱烦恼中发现和谐宁静的能人，是帮助各个孤立的宾客之间和疏散的家庭成员间建立起友好稳定关系的纽带。她安抚孩子、帮助客人、关心画家的婚姻、鼓励丈夫的事业。而她自己本身也凭着与生俱来的透视能力审视生活。她认为人类不该受到事实与逻辑的制约，相信人类完全可以超越自我，同外界真理建立联系。她倚窗而望，对远处闪烁不停的灯塔赞叹不已，也从灯塔上看到了生活的光明与目标，同时也获得了一种同宇宙精神之间的联系。在她眼里，灯塔的光芒代表着"生活的胜利"，象征着"这种平静、这种安宁、这种永恒"。拉姆齐太太有时候觉得自己也变成了那灯塔的光。

在拉姆齐家做客的有这样几位客人：拉姆齐先生的学生塔斯莱先生、女画家莉莉小姐、卡尔米奇尔先生、拉姆齐家的女儿普鲁的追求者班克斯先生。莉莉小姐正在画一幅油画，她想画一个茅舍，前面站着拉姆齐太太和她的小儿子。她正不遗余力地追求协调、匀称和完美。但作画时，她又感到客观世界是如此混乱无序，现实生活是那样的杂乱无章，她意识到生活中两种对抗的势力无时无刻不在影响她的创作，支配着她手中的画笔，她知道，必须将两种势力结合起来，相辅相成，才能协调一致。作为一个画家，她所需要的就是丰富的创作灵感和将客观现实与精神世界融为一体的艺术才华。只有这样，她才能获得主宰时空的力量，在混乱无序的世界中创作出长存不朽的艺术作品。

一个下午慢慢过去，拉姆齐太太到村子里去看过一个病人，便在窗前打毛线袜子，准备送给灯塔看守人的小儿子。日常各种琐事在她心中掠过。晚上睡觉之前，风雨大作，第二天真的不能去灯塔了。拉姆齐一家离开别墅后一去十年不归。在这十年里，拉姆齐太太在一次安静的睡眠中悄然逝去；普鲁结婚后死于难产；第一次世界大战爆发，拉姆齐家的儿子安德鲁应征入伍，在法国被炸死。

光阴流逝，海滨别墅也在风雨的剥蚀下逐渐破败。战争结束后的一天，看守别墅的麦克纳布太太收到电报，要求她把房子收拾干净。拉姆齐一家、莉莉小姐和已经成为著名诗人的卡尔米奇尔先生都要来度假。拉姆齐一家等人又回到别墅，一天上午，拉姆齐先生带着最小的两个儿女泛舟海上，向灯塔挺进。当帆船乘风破浪逐渐驶近灯塔时，拉姆齐先生想起了死去的妻子，想起了自己的软弱和对子女的冷漠，不禁百感交集。他仰望灯塔，心中豁然开朗：人们不仅需要理性，而且更需要温情与理解。他终于明白，理性应该与情感互相结合，一个人在讲究事实与逻辑的同时还应具有直觉与灵感。此刻，拉姆齐先生希望通过到达灯塔与妻子在精神上重新团聚，建立一种和谐完美的关系。他与子女之间的隔阂和积怨也逐渐消融了。长期在理性王国中生活的拉姆齐先生突然获得了精神上的升华。

莉莉小姐这天没有随他们一起去灯塔，当她目送他们远去时，拉姆齐

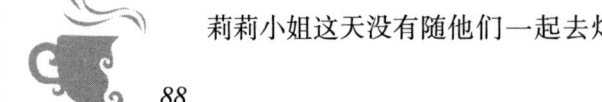

太太的形象也浮现在她心中，她突然得到了启示，于是一挥而就，完成了那十年前因受思想的困扰而不能完成的那幅画。当她作完画放下画笔时，她的精神得到了升华。而此时，拉姆齐先生的帆船刚好抵达灯塔。

二、拉姆齐夫人

拉姆齐夫人她听天由命，容忍一切，从不谴责任何人，因为她认为人或物都只能是现在这个样子，她总想着如何去保持、适应和安排命运，而不是去破坏和重建。应该说拉姆齐夫人是一个比较讨巧的女性角色。在男性的眼光中，她是位天使，是完美的化身。她热爱自己的丈夫和孩子，善解人意，又贤良美丽；她富有同情心，救济穷人，关心自己的客人。在班克斯先生看来，她就像希腊雕塑一样优美。就连一向自视清高的学者塔莱斯也认为她是他生平所见过的最美的人物。她具有非常魅力，并受到众人的仰慕和尊敬。然而，正如波伏娃在《第二性》中所指出的：无论她可能受到怎样的尊重，她终归是附属的、次要的、寄生的，他（丈夫）首先是一个公民、一个生产者，其次才是一个丈夫；她则首先是一个妻子，而且往往只是一个妻子。对于拉姆齐夫人来说，她的事业就是献身于家庭，为丈夫服务。丈夫拉姆齐先生是位哲学家，他终日沉浸在自己深奥抽象的逻辑思维中，对周围的人漠不关心。因为社会的压力，他担心自己会成为男性世界的失败者，一味地想从夫人那里寻求恭维与安慰。于是，拉姆齐夫人总是以她欢快的笑声、充沛的精力来向丈夫保证，确信他处于生活的中心，确信他是人们所需要的人物。她不断给予丈夫以保护，无限制地满足他的虚荣心。一旦丈夫需要她的同情，她立即向空中迸发出一阵能量的甘霖，好像她体内蕴藏的全部能量正在被融化成力量。当丈夫心满意足地离开，她则像一朵盛开之后的残花一般，整个身躯精疲力竭地瘫软了。然而，她感受到了那种成功创造的狂喜悸动，她在给丈夫带来的慰藉中发现了自身的价值：那就是能够为丈夫服务，成为他精神动力的源泉。当然，她并不以此居功自傲，甚至不喜欢感到自己比丈夫优越，这会令她感到不安。在男权主义的价值观里，一个男性在自己的岗位上干得越好，人们就会觉得他越有吸引力；他的妻子也会佩服他。然而，如果一个女人比自己的丈夫优秀，那她就可能使她的丈夫感到不舒服、令他烦恼、觉得丢脸。因此，拉姆齐夫人宁愿相信在他们俩人中，他是无可比拟地更为重要的一个。她的成就仅在于成功地做一名传统女性、一名忠实尽职的妻子、一名世故的女人、一名有才能的家庭妇女。在这里，我们发现父权制文化价值不仅有强制性，它还有一种潜移默化的作用。妇女长期在父权文化的熏陶下，逐渐将这种强制的东西内化为自身的价值取向。生活中的拉姆齐夫人自觉地遵循这种以男性逻各斯为中心的价值观，把男性对自己的要求变成自己对自己的要求，心甘情愿地扮演家庭主妇的角色。生命的意义对她来说，就是对丈夫的绝对顺从和自我牺牲。然而，作为一个有教养和能力的中产阶级妇女，拉姆齐夫人也有自己的抱负，需要爱与被爱，渴望对别人有用。在她身上蕴藏着的非凡魅力和潜质，是远不限于家庭的：她帮助穷人，关心社会问题，甚至想有所作为。然而，作为一名传统妇女，她的自我同时在告诫她男性社会是一种超然现实，一种绝对，是不允许女性介入的。于是，抱负的渴望和做一名墨守成规的家庭主妇的习惯产生了直接的冲突，而她并不想因此对自己的现实生活提出挑战。在这一点上，我们不能不承认女性是生活中的艺术大师，拉姆齐夫人巧妙地把自己的欲望与生活和人际关系统一起来，她热心帮助客人和邻居，关爱身边的每一个人，是人们眼中的圣母玛利亚。小说中晚宴是一个相当精彩的片段，拉姆齐夫人把各怀心事的客人们召集在一起共进晚餐，就像一位女王，居高临下地望着他们，接受他们的顶礼膜拜。那一刻，她觉得自己是完美的创造者，是幸福和欢乐的赐予者。因为通过她，客人们才得以聚在一起，事情才得以发生。当宴会终于在她的掌控下成功地进行时，她像一只兀鹰一般在上空翱翔盘旋，像一面旗帜那样在喜悦的气氛中迎风飘扬。小说中的另个一女主人公莉莉用犀利的眼光揭开了夫人完美的面纱，看到了她真实的另一面：她就像一只振翅疾飞的鸟，一支直奔靶心的箭。她是任性专横的。拉姆齐夫人将抱负糅入自己所能涉及的现实范围之中，通过掌控别人，让别人照自己的意志行事，来变相地满足自己的支配欲望。她刚愎自用，不仅干涉莉莉的事业与婚姻，还盲目撮合了保罗和敏泰的结合，事后证明是相当失败的。只要是她想做的,她总是能够随心所欲,所向披靡。即使对别人无偿的施舍,莉莉也一针见血地指出,这是出于本能,出于她本人的某种需要。在男性眼中,这两种截然不同的性格如此饱满地体现在同一个女性身上,仿佛有些令人难以置信。然而,正如女权主义作家桑德拉·吉尔伯特和苏珊·格巴在《阁楼上的疯女人》中指出的一样:疯女人伯莎·梅森也是简·爱的另一面,是被压抑的女性创造力的象征,代表叛逆的作家本身。那么,在拉姆齐夫人循规蹈矩的传统女性一面,也潜藏着她的不为人知的欲望和抱负,然而,作为一名自觉地遵循以男性逻各斯为中心的价值观的女性,这些能力只能变相地在诸如宴会这样小小的生活舞台中展现了。

三、莉莉

如果说困难在独立女人身上表现得比较明显,那是因为她们选择了斗争而不是听天由命。疲于求生的女人因而比埋葬了自己的意志和欲望的女人更自我相突,但是前者并不把后者当作标准。她只是在同男性相比较时,才认为自己处于劣势。和拉姆齐夫人截然相反,在传统的、男性的眼光中,莉莉是一个很不讨喜的人物。她是一个有小眼情,而且满脸皱纹的老处女。尽管远比拉姆齐夫人年轻,但是在以男性为主体的社会里,女性的美貌才是接近这个社会的有效途径,这一点足以令莉莉优势殆失。小说中莉莉勇敢地提起画笔,试图用自己独特的语言来阐释这个世界。朱莉亚·克里斯蒂认为,女性在创作中探索适合自己的语言,并从中寻找自卫和反抗父权的力量,这是一种女性权益欲望的表现。莉莉渴望通过画笔来描绘真正的女性,争取和男性同等的权利,实现自身价值。这无疑是对男权社会的一种挑衅,注定要受到来自于男性世界的排斥与打击。首先,莉莉就接到来自学者塔莱斯的不屑:"女人可不会绘画,女人也不能写作,一年到头,她们从来也得不到什么有价值的东西,女人利用她们所有的——魅力和愚蠢,把文明给搞得不成样子。"[①] 这些话不断地在莉莉的耳边回响,影响着她,

---

① 弗吉尼亚·伍尔芙. 到灯塔去 [M]. 瞿世镜译. 上海:上海译文出版社,1988:60.

使她觉得整个身躯像风中的玉米秆儿一般低头弯腰，需要巨大的、相当痛苦的努力，才能从这种谦卑的状态中重新直起腰杆。波伏娃在她的名著《妇女与创造力》中提到，如果一个女人要选择诸如艺术家的生活，那她付出的代价和勇气就太大了。每一位妇女无论她是何等的解放都深受她的教育和在成长过程中受到抚养的影响，那就是选择和男性相同的生活方式是与其头脑中传统的自我形象截然相悖的。很多人不会有勇气去过这样一种生活，而那些有勇气过这种生活的女性就会受到人们的嘲笑，被人们戳脊梁骨。莉莉像其他希望建立一个幸福小窝的女人那样希望有自己的事业，但却无法突破世俗的藩篱。即便在绘画的时候，这些念头也纷至沓来，令她力不从心，感觉渺小。她只觉得灾难和骚乱无时无刻不在向她逼近，她神经的触须不得不随时对周围的环境保持警惕。当她作画时，代表着男权世界的拉姆齐先生，即使站在离她50英尺之外，也能让她感觉到其影响就渗透弥漫在她的周围，令她看不见那些色彩，看不到那位线条。这些教育和习俗强加给女性的种种束缚，正在限制着她对世界的把握，她必须不断地和概念与现实之间的可怕差距抗争，来保持她的勇气。同时，莉莉所受到的困惑和痛苦也来自传统女性本身，拉姆齐夫人就是其中的代表。尽管独具慧眼的拉姆齐夫人看到了莉莉身上贯穿着某种因素，闪耀着一星火花，这是某种属于她个人的独特品质，她欣赏莉莉身上的独立精神。然而，对于拉姆齐夫人来说，婚姻才是女性结合于社会的唯一手段，如果没人愿意娶她，那她简直就成了废品，至于莉莉的绘画、追求、抱负，拉姆齐夫人是不屑一顾的，她坚持劝说莉莉必须结婚。弗吉尼娅·伍尔芙曾尖锐地指出，这类房间里的天使对一个希望有所作为、富有独立见解与创造力的女性来说，是极具摧毁性的。可怜的莉莉想极力摆脱这种以婚姻为代价、为归宿的女人的命运，她拼命鼓足勇气，竭力主张她本人应该排除在这普遍规律之外，她喜欢独身。她试图用单身来坚持自己独立的判断和行为标准，试图用拒绝婚姻来拒绝这个优越的阶级为女人所安排好的贤妻良母角色。莉莉的理想是想用自己的画笔来表达她作为一个女人对世界的看法。她想画出真实的拉姆齐夫人，其真正的女性形象，而不是男人对女人完美的想象。女人生命经验形式的共同性，无疑会使女人与女人间更易于沟通和理解,莉莉发现知识和智慧就埋藏在拉姆齐夫人心中,但它们就像帝王陵墓中的宝藏一样,永远不会公之于众。莉莉渴望去破译它们。她渴望的不是可以用男子所能理解的任何语言来书写的东西,而是亲密无间的感情本身。然而,在父权制中心文化中,创造力被定义成了男性的专利,即以男性的文学标准作为普遍的标准来衡量妇女创作的做法,那种要求大众性的菲勒斯文学原则压抑着她的创作冲动。自从画家庞思福特先生来过之后,把一切看作是苍白、雅致而半透明的已成为时尚和标准,她发现自己要表达的生活体验与此截然不同,有一些女性共同的、难以为男性所描写的东西,一时却又无法用合适的方式表达这种情感体验。因为在这个男性剥夺了女性的语言,令她们沉默缄语的社会里,语言早已沾染了男性中心的意识。女性之间因缺乏适当的交流工具,而使这个认识过程变得艰难而漫长。直到拉姆齐夫人去世后多年,莉莉重回故地,远离了男性世界的纷扰,她回忆起拉姆齐夫人和那些历经岁月沉淀下来的日子,那个坐在岩石下写信的女人,把一切事情都由矛盾复杂转为单纯和谐,她使愤怒烦躁的心情焕然冰释。那一刻莉莉突然明白,其实拉姆齐夫人也是一位艺术家,她是和谐生活的创造者,没有了她,一切都是单独分裂的碎片,无法成景。终于,在拉姆齐先生带着孩子们登上那座具有象征意义的灯塔一瞬间,莉莉画出了决定性的一笔,实现了自己的人生价值,完成了对传统女性角色从抛却到超越的升华。

四、结语

作为一名传统的家庭主妇,拉姆齐夫人的生活恬静舒适,并备受大家的尊敬和热爱。然而,这是她付出极大的代价所换来的:她相夫教子,无私奉献,一生忍受着丈夫光秃秃黄铜的鸟嘴一样贪得无厌的索取。不管这种付出是伟大的爱情还是了不起的母爱,她因着爱而将男性的世界当作自己的世界,完全丧失了自我,其抱负却无法在这个男女不平等的社会中得到相等的回报。她的爱最终使她变成一位男人欲望的对象和家庭劳动的工具。而莉莉一开始就是一个要求独立自主的女人。她反抗世俗婚姻,热爱自己的绘画事业，鄙视男性的软弱。对伍尔芙来说，莉莉就是她的雌雄同体理论的体现者，即男性和女性化性格特征的整合完整的个人同时具有的两性化特征。然而，伍尔芙本身就是矛盾的，她一方面追求一种两性和睦相处的双性同体，反对过分表露自己的性别意识；另一方面又肯定了女性自己的传统和明显的女性风格的存在。这种矛盾同时也体现在莉莉身上，她在战斗中失去了女性气质中最为重要的丰富情感，连自己都嘲笑说自己可不是女人，我不过是暴躁易怒的、干巴巴的老处女罢了。这些，正是男权社会所带给女人们的尴尬处境。在这个传统的男权观念还在潜意识中左右着人们头脑的社会里，男人和女人们对角色的认定本质上并未改变。无论是做一名房间里的天使还是一名离经叛道的革命者，她们都不得不为自己选择的生存状态付出沉重代价。

作│者│介│绍

弗吉尼亚·伍尔芙（Virginia Woolf，1882年1月25日~1941年3月28日），英国女作家，被誉为20世纪现代主义与女性主义的先锋。两次世界大战期间，她是伦敦文学界的核心人物，同时也是布鲁姆斯伯里派（Bloomsbury Group）的成员之一。最知名的小说包括《戴洛维夫人》（Mrs. Dalloway）、《灯塔行》（To the Lighthouse）、《雅各的房间》（Jakob's Room）。她也是意识流小说的代表人物之一，被认为是现代主义和女性主义的先锋人物之一。

伍尔芙生活在一个九口之家，母亲出生在一个出版世家，父亲则是一位文学评论家。伍尔芙兄弟姐妹之间性格迥异，经常发生许多争执。而其同母异父的兄长对其的童年伤害使得伍尔芙以后的生活或多或少蒙上一层阴影。伍尔芙的侄子昆汀贝尔认为，弗吉尼娅的神经错乱和自杀前的幻听，和弗吉尼亚少女时期遭受的精神创伤导致无法愈合的伤口有关。伍尔芙也被认为是一位同性恋，弗吉尼亚和姐姐瓦奈莎，在布鲁姆斯伯里文化圈始终是被关注的焦点，她嫉妒迷恋瓦奈莎。当姐姐瓦奈莎结婚后，伍尔芙与姐夫交往甚笃，她采取极端的方式表达不满。

伍尔芙的爱情生活十分坎坷，少女时代兄长的骚扰让她的心灵留下难以愈合的伤口，而她的第一个丈夫斯特雷奇是一个同性恋，两个人结婚不久就宣布离婚，相互承诺做一生的朋友。通过斯特雷奇，伍尔芙认识了另一个男人伦纳德。当时伦纳德在锡兰殖民地工作，也就是现在的斯里兰卡。为了伍尔芙，他辞去了在殖民地的工作，起身返回英国。伦纳德对伍尔芙的帮助不仅体现在生活上，而且体现在她的创作上。伍尔芙对于别人对她作品的评价极为敏感，甚至到了神经质的状态，总是以为别人都在讥笑她，对自己的作品事实上并没有什么信心，但是伦纳德不会，这一点伍尔芙十分放心，他是唯一的可以评价其作品而不会引起她不安的人。在29年的婚姻生活中，伍尔芙和伦纳德相敬如宾，不离不弃。在此期间伍尔芙创作了她最优秀的几部作品。

然而，伍尔芙生活的时代是个战乱的时代，对于本来就神经脆弱敏感的伍尔芙来说，残酷的战争无疑是她完全崩溃的催化剂。她眼看着自己和丈夫亲手建立起来的印刷厂被炸毁，紧接着自己在伦敦的别墅也惨遭轰炸。这两次事件在伍尔芙的心中留下了不可排解的阴影，缩短了她拥抱死亡的路程。1941年3月28日，伍尔芙来到乌斯河畔，在衣服口袋里面放满了石块，一步一步向河中心走去，结束了自己短暂的一生，给我们留下了一大批精彩绝伦的艺术作品。

第四节
未来机械世界的预言——《美丽新世界》带来的思考与批判

一、作品概述

英国小说家阿道司·赫胥黎的代表作《美丽新世界》是一本讽刺性的

政治预言小说。这本小说讲述了未来世界26世纪时人类实现了机械化生产，人们依赖于机械、神经毒品和各式各样的娱乐，不再关注现实、文化。他们把人在出生前就分为五个阶层：α、β、γ、δ、ε。通过控制人的智力和爱好、睡眠教育，决定了大部分人的一生。人们失去了个人情感，失去了爱情，失去了创造力，失去了思考的权利，沉浸在一味的享乐之中。书籍被封禁，真理被否定，行动上绝对自由，思想上空无一物。

正是在这个"美丽新世界"里，虽然人人安居乐业、衣食无忧，但是家庭、个性，甚至喜怒哀乐却都消失殆尽……在这个想象的未来新世界中，人类已经人性消泯，成为严密科学控制下一群被注定身份、一生命运的奴隶。

故事世界里，近乎全部人都住在城市并说同一种语言。这些城市人在出生之前，就已被划分为"阿尔法（α）"、"贝塔（β）"、"伽马（γ）"、"德尔塔（δ）"、"厄普西隆（ε）"五种"种姓"或社会阶层。阿尔法和贝塔最高级，在"繁育中心"孵化成熟为胚胎之前就被妥善保管，以便将来培养成领导和控制各个阶层的大人物；伽马是普通阶层，相当于平民；德尔塔和厄普西隆最低贱，只能做普通的体力劳动，而且智力低下。此外，那些非阿尔法或贝塔的受精卵在发育成为胚胎之前就会被一种叫"波坎诺夫斯基程序"的方法进行尽可能大规模的复制，并且经过一系列残酷的"竞争"之后才能存活下来，可谓"出胎即杀"。例如，书中以电极惩罚接触花朵的德尔塔、厄普西隆的婴儿，以暴力洗脑的方式教育。厄普西隆更是经以人工的方式导致脑性缺氧，借以把人变成痴呆，好使这批人终身只能以劳力工作。每一个人在出生后的睡梦中被实行内容量巨大且不断重复的许普诺斯教育，以灌输阶级意识等所谓的道德教育知识。

管理人员用试管培植、条件反射（Conditioning）、催眠、睡眠疗法、巴甫洛夫条件反射等科学方法，严格控制各姓人类的喜好，让他们用最快乐的心情去执行自己的被命定一生的消费模式、社会姓和岗位。真正的统治者则高高在上，一边嘲笑，一边安稳地控制着制度内的人。偶有对现状产生怀疑或叛逆心态者，均被视为不安定因素放逐到边远地区。

婴儿完全由试管培养，从由实验室中倾倒出来，完全不需要书、语言，也不需要生育，而不须负责任的性爱成为人们麻痹自己的正当娱乐，一有情绪问题用"唆麻"（一种无副作用的致幻剂，类似现在的尼古丁）麻痹。所谓的"家庭"、"爱情"、"宗教"等皆成为历史名词，社会的箴言是"共有、统一、安定"。

阿尔法生物学生伯纳为了完成他的生物论文，带着好友列宁娜一起来到了美国新墨西哥州的"野蛮人保留区"，对当地的居民进行了简单的观察，两个人认识了约翰，并且他们还认识了约翰的生母——琳达（伦敦孵化及控制中心主管汤马金的女朋友，25年前在野蛮人保留地失踪，当时她已怀有汤马金的孩子——约翰）。琳达阐述了她生下约翰后不得不适应那里的环境，并想方设法将约翰带大，不得不忍受野蛮人保留地生活的痛苦经历。约翰在空闲时只能阅读他唯一的一本书《莎士比亚全集》，让它培养与引导他的价值观。伯纳德此时已从好友赫姆霍兹处获悉，他即将被伦敦孵化及控制中心主管汤马金降职。为了研究目的同时与汤马金对抗（在世界国，一个人有孩子是可笑的、不可思议的，会受到嘲讽与鄙视），伯纳德说服了约翰，使他带着母亲，跟随伯纳到了那个时代的最大政权"世界国"的重要城市——伦敦。

在伦敦，约翰体验了新世界中的奇妙生活，但他凭着自己的价值观，开始对新世界的社会感到不满，因为当地人性欲很强、好亲热、没有想象力、有种族歧视、讨厌模样难看的人、不要求自由、只做自己想要做但在他眼里却是十分无聊或不正义的事。同时，当地人也非常惊讶，因为约翰的思想和行为有太多使他们不解的地方，故把他称作"野蛮人"。约翰为了人生的自由、为了解放城市人而努力过一会儿，闯了许多祸，却受尽城市人的白眼、取笑。列宁娜很喜欢约翰，想要与约翰"一夜情"，但约翰受个人价值观的影响，对列宁娜的行为大发雷霆，吓走了列宁娜。此时约翰接到了母亲琳达病危的消息，急忙赶到医院，但他无法唤醒服用了过量唆麻的琳达，而且他还对正在进行"死亡训练"的、对琳达好奇、嘲讽，对死亡一无所知的普西隆多生子极其愤怒。琳达去世后，约翰对这个社会充满了厌恶，于是他就在琳达去世的医院与追求美的赫姆霍兹一起扔掉了德尔塔们的唆麻，由此引发了一场斗殴事件。最终警察平息了这场暴乱，并将约翰、伯纳德（当时他也在场）、赫姆霍兹带到了总统穆斯塔法·蒙德前。约翰与总统进行了一场激烈的思想交锋，但约翰更深地陷入了对现实生活的绝望。于是，约翰离开了市中心，找了一个与社会隔离的地方安定下来，想靠自己的意志和劳动生存下去，但在最后还是被人发现，使他遭到无穷的骚扰和羞辱，导致他最后自杀。

二、异化的社会和伦理

在这个科技至上的未来社会里，新人种将自然生育定为野蛮和叛逆，将史前人类的婚姻行为及爱情行为定为愚昧，认为应该受到舆论谴责和法律禁止。因为这样就有可能产生家庭，危及社会的基本构成，进而危及社会运转，危及社会稳定与个体安分，最后将危及福帝的管理及整个社会认知行为规则系统，是绝对不允许的。为了该社会的稳定和个体的安分，科技至上的未来社会对过去的社会信息进行了封锁。查禁关闭毁掉了该社会以前的一切书籍（包括历史和文学）、建筑及博物馆。为了防止宗教行为及民主自由化趋向，管理高层使用极为先进的科学方法及技术手段控制人们的思想认知和行为方式。为了防止人类的激情、绝望等情绪，管理高层使用精神药物调节人们的心理心态。美妙新世界的人类在美国新墨西哥设置了所谓的保留地，实验室抚育过程中产生的不合格产品，太愚钝的只能按人类"野蛮方式"认识生活的人。有任何独立思考的人，不守既定规则、有离经叛道趋向的人，被定义为"野蛮人"，应受到流放驱逐，将其关在保留地进行隔离以杜绝其对新世界的干扰。在《美丽新世界》中，作者试图表达科学技术确实给人类社会带来了劳动与生活方式的巨大改变，为改造自然创造了无限的可能。科学技术从诞生时起就一直在推动文明及文化的前进，并取得了有目共睹的巨大成就，是发达的工业社会的标志，并产生相应的意识形态。当科技力量及其意识形态成为完全的政治统治力量时，便可催生一个高度物质文明的经济体，便实现了对自然界及人类社会的统治。这样的统治是经过科学分析，具有精准方法的，实施周密统筹的统治，这样的管理无疑适应了高度生产力的要求。传统的教育已经不能适应这样的高效能社会。为了让社会能正常发展，自然人的肉体和精神也不能适应这样的社会要求，所以必须对人从肉体到精神进行科学的、彻底的、高效能的及符合社会需求的全面改造。这样的人类也许是比机器人更为厉害的有机机器人，是真正的新新人类，是具有严密等级组织区分的新人种，保留一些原种基因库是为了满足不时的研究需要。如果这样的科技经济体实现了，是人类必然的进化方向，还是对人类社会带来具有完全意义的灾难性毁灭，由此产生的生存悖论和伦理道德影响是作者恐惧和思考的问题。

充满血腥战争、社会动荡并伴随科技巨大进步的20世纪，其恶劣的生存环境给一直在科技上拥有优势的西方人造成了惨痛的心灵创伤，其恐惧感超过了相当一部分人的生理及心理的承受能力。使他们对人生的意义、社会的前途和世界的未来感到无常。人类在一时之间所展露的无所顾忌，一时之间留下的血泪罪恶使生其时、遇其事的受难者有一种深重的无力感。

赫胥黎在小说中试图表达人类追求科技进步无非是想实现人类社会的自我超越。这种超越必然会带来生产及生活方式的自我超越，并最终带来人自身的自我超越。这种超越本意是为了获得更多的自由，更大的生存优势，创造更加美好的生存环境，更大限度地满足人类各种各样的全面精神物质文化生活需要，产生更加美好的生存体验。但如果这样的自我超越最终是产生了机器人式的新人种，而自然人最终沦为保留基因库，这样的超越确实是一个强悍的自我超越。但这样的自我超越是否还有意义？人类为了使自己的民族和国家强大，一直在追求高度发达的生产力及高效能的社会组织形式，并对职业人提出了这样或那样的标准化要求。为了达到目的，最终演变形成了有机机器人式的社会组织形态，已经异化到家庭都不需要存在的程度。它确实是高效不凡，也确实是有条不紊。程序式的运转精确到基因水平。但这样的社会自我超越是否还有意义？面对这样的异化社会，小说引发了对生存悖论及伦理道德的思考。

赫胥黎除了系统描述这样的社会外，还安排了一些意外人物和事件（如约翰、伯纳、列宁娜等），通过他们的生存际遇、心路历程、矛盾抗争来深入体会这些事件背后的意义。约翰是新世界的野蛮人，是保留地一个坏女人避孕失败生下的儿子。他强健俊美，接受了史前文明的文化、习俗、宗教，喜欢阅读莎士比亚的作品，有强烈的自我意识，注重母亲及自己的尊严。他不同于保留地原住民，是其母亲给了他一些新世界式的教育使他一心向往新世界。他终于有机会约翰被获准由保留地返回新世界，当他看到这个完全异化的社会时，他如同莎剧《暴风雨》的米兰达一样赞叹，这都是些多么美妙的人类，太棒了！相信喜悦之情溢于言表。带着浓厚的好奇心，约翰如同刘姥姥般对新世界进行了认真仔细的观察探究。在与新世界的交互中，引发了他的发现与思考之旅。他发现新人类居然如同有机机器人一般的存在。思想意识系统完全为催眠教育所程序化、僵化并受到严格的控制。尽管这些程序十分强大，却失去了自我进化、自我超越的能力和意识以及作为人的自由个性受到严厉压制。而他们内在的灵魂更是为无限制的性生活、各种肉体刺激及精神剂所麻醉。没有任何丰满人性，丰盛灵魂的精神生活。自己所奉持的生活准则、道德情感、价值观念、意志灵魂在这个高度科技系统化的社会里已经完全不在，甚至遭到封锁禁毁，杜绝压制。他开始试图呐喊、辩论、影响、抗争，但个人的意志在强大的集体意识面前是那样的沉重无力。而他居然如同动物园的猴子一样，被作为有趣的野蛮人、原始人拿来观赏研究。新人种也确实有强悍的科研精神，他想对抗这种社会化效应，想保留弥足珍贵的真我及内心的灵魂，想以宗教的苦修主义来逃避，却被媒体反复追踪揭露，没有任何隐私人权可言。在各种科技手段的作用下，这些本应使他痛苦的元素居然被完全甜美化，他感到自己的灵魂逐渐变得消散，肉体越来越麻木，他向管理当局提出得到自然的痛苦以使自己清醒，因为痛苦提醒了自己的存在，自己还活着，因为在痛苦的磨炼中才能使自己如同凤凰涅槃般自我净化、自我提升，为了得到自由解放，他要求自己即使被放逐也好。这仅是一种思想程序不兼容还是完全意义的人性毁灭呢？

  约翰在无法解脱的情况下选择了自我毁灭。约翰的死不是死于人类死的本能、想变回无机物，而是死于进化与禁锢的生存悖论。因为在新世界没有完整人性，也没有自由本我，更没有自我超越，而是一种完全陌生的科技至上的意识形态。这种意识形态难道是人类意识形态进化的必然方向？这也是约翰无法承受的解答。

三、现代社会的启示

（一）科技不是一切

在"美丽新世界"里，如同玩偶般的人们从出生到死亡都受到严格的控制。科技无处不在，成为统治阶级控制人们的有力工具。在人们出生前，他们的阶级和社会分工就已经被预设好了。人类经过基因控制孵化，被分为五个从事劳心、劳力等不同工作的阶级。从胎儿期就开始的睡眠教学以及催眠术保证人们会安分守己，各司其职。工作之余，还有科技带来的色情乐器、性激素口香糖和精神麻醉药物索麻给人们带来感官快乐。他们被科技控制着丧失了对很多美好事物的追求能力，他们排斥书籍和自然，抛弃宗教和艺术，厌恶家庭和亲情，却被科技洗脑，热爱消费、滥交和所有带来感官快乐的东西。在科技的笼罩下，人们失去了选择的权利和思考的欲望，也失去了创造力。从某种程度上说，人们的幸福感都是由科技带来的，与个体的努力和选择毫无关系，人们是"被幸福"了。科技剔除了可能会给人们带来痛苦的一切东西，比如失恋、病痛、衰老和思考。在这里，科技就像毒品一样，让人轻轻松松地获取了原本需要个人持之以恒的努力才能取得的成就感和欢愉感，让人类的幸福速成又廉价。这样一个完全被科技控制的世界，无疑会让我们产生深深的恐惧感。可我们的现实社会又何尝不是正向这个方向迈进呢？科技的发展的确让我们的生活前所未有的丰富、便捷，但也造成了许多我们从未预料到的后果。我们在享受科技带来的便利的同时，也越来越依赖科技甚至被科技所控制。人们对电脑和手机等电子产品的依赖就是极好的例子。看似科技给我们带来的选择越来越多了，实际上我们同时也在失去选择的自由。科技可以造福人类，也可能变成人类的对立物，使人成为科技的控制物与牺牲品。因此，我们人类在追求与享受科技带来的种种好处的同时，也应该对科技保持不懈的警惕，反思科技发展带来的问题，从而构筑一个人与科技和谐共处的社会。

（二）人性不可缺失

小说中，人性的缺失是让读者最为痛心的事情。人性缺失的根源在于人类不再是由父母生养的,而是由工厂生产出来的。所以在这里,人们没有了亲情——爸爸妈妈是令人难以启齿的词汇,家庭是不存在的概念;人们失去了爱情——性滥交替代了专一的爱情;人们体会不到生老病死的自然进程——这一切都是被严格控制管理的;人们也不再有激情——肤浅的快乐与麻木的灵魂替代了痛苦与深层的思考。同一阶层的人,尤其是低等阶级的人,从外形到思想都大同小异。他们没有自己的个性需求,没有自己的爱恨情仇,没有自己的思想感情。人们牺牲了自己的个性和思想得到了所谓的幸福和满足感,这样的幸福又有什么价值呢?当人类本真的需求与生存境界都不再存在时,人何以被称作人呢?野人约翰在与穆斯塔法·蒙德辩论时说:"可是我不要舒服。我要神,我要诗。我要真正的危险,我要自由,我要至善。我要罪恶……不消说,还有变老、变丑和性无能的权利;时时为着不可知的明日而忧虑的权利;感染伤寒的权利;被各种难言的痛楚折磨的权利。"[①] 我们惊讶地发现野人呼唤的这一切却是我们追求幸福的道路上正在有意识或无意识丢弃或摆脱的。我们不惜牺牲环境追求舒适快乐的生活;我们信仰缺失、灵魂空洞;我们逃避危险、畏惧未知;我们的选择越来越多,自由却同时受到限制;我们用昂贵的化妆品甚至整容来推迟自然衰老的进程;我们娱乐至上、及时行乐、没有生活目标;我们发明出各种药物来干预阻止生老病死的自然现象……问题是:当有一天,我们所追求的这一切全部实现时,我们会不会像约翰一样大声疾呼,渴望再次拥有这些东西呢?因为只有这些鲜活而自然的东西才会让我们活着的感觉如此深刻而犀利。

(三) 精神追求不可或缺

可以看到,在"新世界"里人们没有任何精神追求,传统文化完全被丢掉了。历史书籍和文学作品被禁止阅读,图书馆里只有参考书。莎士比亚的名字和作品是人们闻所未闻的,歌星和明星却受到追捧。宗教信仰也不复存在,人们不知《圣经》为何物。精神空虚的人们只能从感官电影、香味乐器、无度性交和毒品中寻求虚假的感官上的快乐来麻痹自己。娱乐

---

① 赫胥黎. 美妙新世界 [M]. 李黎译. 广州:花城出版社,1987:212.

与消费占据了人们工作之外的时间，人们没有时间思考自己的生活，也完全没有了精神追求。反观我们现在的社会，这些现象无处不在。越来越少的人喜欢读书、欣赏高雅艺术，越来越多的人沉迷于种种带来感官享受的娱乐活动和消费所带来的拥有物质的快乐。无孔不入的商业广告如睡眠教育般无时无刻不在对人们进行着洗脑教育，幸福就是住更好的房子，开更好的车，拥有更多的物质享受。花上几个月的工资拥有一款名牌包包给一个工薪阶层女人带来的幸福感不是来自自身对奢侈品的需求，而是来自这个社会给她灌输的幸福定义。当人们精神空虚，心灵空白时，种种快乐只是一时的假象，无法给人们带来真正的幸福感。所以，功利浮躁、精神萎靡、心灵空白等问题成为现代人的通病，也是现代人每天抱怨、不安、焦虑的主要根源。在中国著名的思想家与哲学家梁漱溟先生看来，我们人类有三大问题需要解决：首先要解决人和物之间的问题，也就是人类的物质需求；其次要解决人和人之间的问题，即人的社会性问题；最后一定是要解决人和自己内心之间的问题，其实也就是人的精神问题。当温饱不是问题的时候，最难的是如何面对自己的内心，找到心灵的平衡，才能解决自己的种种不安与焦虑。当幸福并没有伴随物资如约而来时，我们更应该意识到精神追求的重要性。丰衣足食可以带来暂时的幸福感，而内心丰盈却可以带来更深刻长久的幸福感。《美丽新世界》彻底解构了现代社会人们所追求与幻想的幸福生活，对人类的发展进程有着预言和警示作用。

四、结语

《美丽新世界》彻底解构了现代社会人们所追求与幻想的幸福生活，对人类的发展进程有着预言和警示作用。读者可以从这个"美丽新世界"中看到一个可怕的世界并引以为戒。在这个"美丽新世界"里，科技控制了一切，人性被抛弃，传统文化被丢掉，精神世界荒芜，人们沉溺在虚假肤浅的幸福生活之中。

行走于20世纪的英国文学长廊——20世纪英国小说精华阐释

作｜者｜介｜绍

阿道司·赫胥黎，英国小说家、剧作家、诗人。他出身于著名的赫胥黎家族，这可谓真正的科学精神与人文精神融合的典范之家。他的祖父是著名生物学家，并因捍卫查尔斯·达尔文的进化论而有"达尔文的猎犬"之称的托马斯·亨利·赫胥黎，著有《天演论》一书。父亲是英国小说家，哥哥是著名动物学家，弟弟是诺贝尔奖得主。

赫胥黎早年入伊顿公学和牛津大学，后因眼疾改学文学。他下半生在美国生活，1937年移居洛杉矶，在那里生活到1963年去世。他以小说和大量散文作品闻名于世，也出版短篇小说、游记、电影故事和剧本。通过他的小说和散文，赫胥黎充当了社会道德、标准和理想的拷问人，有时候也是批评家。他认为现代社会的堕落，肇因于科学的盲目发展和人类和谐的败坏。在人生的最后阶段，赫胥黎在一些学术圈被认为是现代思想的领导者，位列当时最杰出的知识分子行列。作品有《克罗姆·耶娄》、《滑稽的环舞》、《那些贫瘠的叶子》、《旋律和对立》、《迷失在加沙》、《许多个夏天之后》、《时间必须暂停》、《天才与女神》、《岛》等，而1932年创作的长篇小说《美丽新世界》为他赢得了巨大的声誉。

《美丽新世界》是20世纪最经典的反乌托邦小说之一，与乔治·奥威尔的《1984》、扎米亚金的《我们》并称为"反乌托邦三部曲"，在国内外思想界影响深远。在美国兰登书屋评选的20世纪百大英文小说当中，《美丽新世界》排名第五。

| 第 五 节 |
背离中的困惑——《一把尘土》的伦理解读

一、作品概述

小说的开端部分便描绘了英国上流社会的汤尼与布伦达·拉斯特夫妇，

住在乡间哥特式建筑的海顿豪宅中，原是人人称羡的一对美满夫妻，但个性上极大的差异使两人生活起了变化。

汤尼生性温和，性格内向，喜欢安静，在豪宅里自得其乐，鲜与他人交际，过着如隐士般的生活，几年的乡间婚姻生活使他认为自己终于找到了幸福和适合于自己的生活。他却没有意识到：自己的妻子已经厌倦了乡间生活，而他本人也被妻子称为"疯狂的老封建"，他已不再能够适合妻子的口味了。某天汤尼的友人约翰·毕沃尔来访，汤尼没有觉察到，当他的朋友毕沃尔先生应邀到家里做客时，妻子布伦达是多么奇怪地渴望着这位客人的到来。汤尼没有想到，生活中的点滴小事使他与妻子越走越远。汤尼是该小说中唯一一个把现实世界与虚幻世界联系在一起的人。他是如此地天真，认为爱情能够永久；他是如此地容易轻信他人，让朋友陪伴爱妻。他是值得受人尊敬的，但他只是自然的创造物，而没有能力改变自己的境况。

布伦达性格外向，爱自我表现，喜欢热闹，酷爱社交，与她的丈夫汤尼形成鲜明对比。虽然她的物质生活来源基本依赖丈夫，在去伦敦购物时，她也很少为丈夫买他爱吃的莫克姆湾小虾，而只是偶尔"为汤尼买一小罐莫克姆湾小虾作为惊喜"。后来，布伦达下定决心摆脱枯燥的生活来到伦敦。她先租了间小公寓，滞留在这社交频繁的大都市之中，而且渐渐爱上比她年纪小的毕沃尔，追求着浪漫的恋情。

毕沃尔毫无个性魅力，既无财产又没靠山。在波莉夫人的聚会上没有人知道他是谁，而且似乎也没有人喜欢和他说话，但他却很乐意陪在布伦达身旁。他一直渴望能参加贵族的聚会，结识一些尊贵的人，按照他的看法，布伦达的这些老朋友都是在社会上值得敬仰的人，并且他也很高兴能够参加上流社会的聚会。他羡慕他们的优雅，还尽量找机会和他们说话，这在他看来是从未有过的幸福。虽然他也有自己的家庭，还得到了好友汤尼的信任，但却充当了布伦达的情人，遵从着布伦达的命令，每次伤心时都能从布伦达慰藉的话语中得到满足。实际上，毕沃尔和布伦达在一起，是因为他看中了她的贵族朋友和她丈夫留给她的财产。但毕沃尔的出现确实使汤尼与布伦达的夫妻关系慢慢地瓦解了。知道了他的心理和他所追求

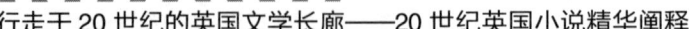

的梦想，不难想象，当布伦达离开了她的丈夫并且失去了她的贵族朋友和她优越的物质生活后，毕沃尔与她的浪漫爱情会持续多久。他最终使布伦达失去了高贵的生活，使她的梦想离她越来越远。

二、荒诞的世界

小说展现了一幅20世纪前期社会伦理价值丧失后的荒诞社会图像，或者说是一种对于绝对腐败世界的厌恶情绪。在伦敦的上流社交界，充斥着空虚与虚伪，毕沃尔在与布伦达交往之前是全伦敦最悠闲的人，整天无所事事地等着别人对他的邀请，可人们对毕沃尔先生的邀请多数时候要到最后一刻才通知他本人；有时甚至还要来得迟些。等到他已经开始一个人进餐，就会突然有人来电话说：伦约翰，亲爱的，乱了套了，索尼亚来了，可没有带雷吉。你可以做点好事，帮我解解围吗？只是要快一点，我们就要进去了。然后他匆匆去坐出租车，在上了第一道菜后才赶进去，说上一些抱歉的话。人们似乎只是将毕沃尔视为不得已时解围之人，视为小丑，可毕沃尔也并不觉得有什么不好意思的，反正闲着也是闲着。另外，对这个追求新奇与刺激的社交界而言，邪恶与美德之间的差别在闲言碎语的泛滥中已不复存在，布伦达同毕沃尔之间的奸情并不是什么罪恶，也没有什么不光彩的，只是为长舌妇们提供了一个更有趣的话题，"有那么一些人，他们喜欢躺在床上，在电话上跟朋友谈论男欢女爱的事，并以谈论这些既简单又与己无关的事为快。而且，毕沃尔是人们嗤之以鼻的小丑，布伦达是神话中被囚禁的公主，毕沃尔与布伦达的交往远比布伦达同乔克·格兰特—孟席斯和罗宾·比斯利以及他们每个人都先后与之争吵过的其他花花公子相处，并最后又与他们一一决裂的消息更受欢迎。因为这让所有的长舌妇们更有机会把布伦达的胆大妄为升华到一种诗的境界。布伦达为了减少自己的内疚感，也是为了更方便自己在伦敦的生活，竟然和自己的女友们讨论怎样让别的女人去引诱汤尼，甚至她们还讨论了这个问题的所有细节。

明明是布伦达背叛了丈夫，汤尼却必须在法庭上充当有过错的被告，他要花钱找一个妓女陪他到海边度假，还要雇两个私家侦探看见他和这个

第二章 两次世界大战之间的英国小说

妓女在床上,以提供法庭需要的他对妻子不忠诚的证据。当然这样荒诞的事情并不是只发生在汤尼一个人身上。毕沃尔借离婚律师之口说出了一个更荒谬的故事:"最近,我们接了一个尤其棘手的案子,当事人是一位道德感极强的男子,还有点缺乏自信。到最后他的妻子竟同意和他去提供证据。她戴了一副红色的假发。干得非常成功。"① 这种离奇的故事是让人发笑的,正是离婚制度的荒诞性导致了这种荒唐故事的发生,在这里,沃将讽刺的矛头指向了家庭婚姻伦理及社会制度本身。我们不难看出,资本主义的道德正当性在失去了宗教超验纽带的维系后,已经被享乐主义所取代,即以快乐为生活方式。文化意象的楷模已同现代主义的冲动合二为一,它的意识形态原理就是把冲动追求当成了行为规范。资本主义的文化矛盾就在于此。事实上,资本主义的伦理困境也源于此。

与热闹的伦敦社交界相比,赫顿的生活是单调乏味的。古老而巨大的房子是如此的空荡,年复一年、日复一日的日子也使得布伦达有理由对这种生活表示厌倦,也正是这种厌烦促使了她出走伦敦。而赫顿对汤尼而言就不同了,是汤尼的先辈1864年推倒了当时本郡最著名的建筑之一赫顿修道院后,完全按照哥特式的风格重建的,即使在一些人看来现在已是毫无趣味可言,甚至是需要把整个屋子炸了重来,但赫顿庄园依然是汤尼内心的挚爱,对他而言,这所房子肯定是英国生活的一部分,并且他一直在试图恢复当时赫顿修道院的风采。因此当汤尼意识到离婚意味着要卖掉赫顿时,他感觉他整个的哥特式世界都完蛋了。现在在林间空地上再也看不见闪闪发光的盔甲,在绿茵茵的草地上再也看不见穿着绣花鞋的脚了,带斑点的米色独角兽已经逃之夭夭。所以他拒绝了离婚,并且将赫顿的假定继承人定为他的旁系亲属而不是他的妻子布伦达,因为他总是希望用自己的财产去维持这座宅子以便把它保持在他认为"合适"的状况下。

作者并没有特意表明原有的建筑赫顿修道院是中世纪的,但汤尼执着地要恢复从前的一点一滴,回到具有历史意义与美学价值的过去,回到代表着"真"、"善"、"美"的过去。在汤尼的身上,我们不难看出,从19世

---

① 伊夫林·沃. 一把尘土 [M]. 伍一莎译. 南京:译林出版社,2000:140.

纪开始，西方文明从一个有活力的创造性发展高峰时期进入一种颓废败落的状态，其有机生命结束了。而后转的态势使汤尼执意要回到从前、回到乡间。然而，当他的哥特式美梦在现实之前面临破碎的危险时，对西方文明与伦理现状的失望使得他转而去寻找更古老而失落了的文明——巴西丛林中的城市遗址，以求得心灵的慰藉。在想象中远离已经衰退的西方文明，已经破碎的伦理现实，并寻求对这种衰落文明及伦理价值的可能拯救，沃的这种表现与 D. H. 劳伦斯对伊特鲁里亚人和阿兹特克人等"自然人"的崇拜以及庞德引进汉字或他想象的中国文学并无不同。然而，当托德这个半文明人和半野蛮人以和遥远的伦敦同样卑鄙的方式拘禁了汤尼时，证实了这个失落的世界同样荒诞，也证实了作者和汤尼的梦想也随之破灭。

三、荒芜的内心

假如世俗的意义系统已被证明是荒诞的，那么人依靠什么来把握现实？或许在一个荒诞的世界中，人完全可以依靠自己的信仰活着，在原初的文化中，信仰主体和信仰对象（超验内容）是完全一体的，正因为如此，亚伯拉罕和约伯们才能够如此虔诚地去信仰。然而自启蒙主义以来，人们所信仰的超验教义变得不那么确切了，信仰主体与信仰对象发生了某种分离，信仰对象被当成了某种抽象的规定性，随之就被当作幻想排除了，只剩下信仰主体孤零零地生活在这个世界之中。被用来规定节俭积累的宗教伦理（主要是新教）也被资产阶级社会无情地抛弃。人的内心需要与伦理渴求历史地站在一个"空白的零点"之上。牧师的布道词是几十年前在卫戍部队教堂讲道时编写的，并没有因任职环境的变化而做过任何修正，多数布道的结尾都要提到远离自己的家庭和亲人，我们好容易才真的盼来了圣诞节。可我们没有木头烧得通红的壁炉和抵挡漫天大雪而紧闭的窗户，而只有外国太阳严厉的凶光；我们没有亲人的笑脸和家人的团聚，而只有被征服者虽然无疑是充满感激和野性，却又不理解的愤怒的目光；我们没有心平气和的牛和伯利恒的驴，我们的同伴是狂暴的老虎外域的骆驼，偷偷摸摸的狐狼和笨重的大象……"当牧师把褪色的讲稿念了一页又一页，村民们对

第二章　两次世界大战之间的英国小说

此并不觉得奇怪，在教堂里说的话似乎同他们没有任何关系，他们年复一年，听了一遍又一遍，从牧师滕德里尔先生到这个教区以后的每年都一个样。即使"疯狂的老虎和外域的骆驼"长期以来成了大家的笑料和在所有游戏中经常使用的口头禅，他们也非常喜欢这位牧师的布道，而且他们知道当他开始提到远方的家人时，就该他们拍掉膝盖上的灰尘和搜寻雨伞的时候了。

于汤尼而言，他会照常穿上每个星期天穿的那件黑西装和硬领白衬衫，准时来到教堂，将从他父母在世时比较严格的要求中演化而来的简单、平淡的仪式心满意足地坚持到了现在，即使每当布伦达看见他摆出旧派绅士那种正襟危坐、畏惧上帝的架势总要开他的玩笑。然而礼拜时汤尼到底在做些什么呢？汤尼吸入了使人舒心却又有点发霉的空气，按熟悉的方式坐下、起立和前倾，他的思绪一桩桩一件件地盘旋着一周来发生的事情和未来的计划。他偶尔也听见礼拜仪式上的一些用语，让他又回到当时的情景，但上午的大部分时间，盘踞他脑海的是浴室和厕所问题，如何尽可能做到既保持宅子的现有特色，又能将这些东西加进去。现代社会，人的内在需求发生了转变，在上帝死了之后的社会里，在"一战"之后欧洲破碎的现实中，人们似乎并不愿意信仰，当信仰的空洞和宗教的干涸成为现实，现代人无法再忠心耿耿地信奉这种现成的宗教时，显然他们也不会"清醒"地声称宗教只是人类的黄粱美梦。于是，对一个缺失信仰的心灵而言，对一个缺少爱与同情的社会而言，面对这个世界不可预知的苦难，只能是一种空荡的虚无和深涩的麻木，在约翰意外死亡之后等待布伦达回来的这段时间里，汤尼几乎成了一个空心人，语无伦次，不知道去干什么事情，麻木地让人摆布，度日如年，而且还在担心着布伦达如果知道了会有多伤心，而这时的布伦达却沉醉在算命人对她说的有四个男人主宰着她的命运的话里，这使得她听到约翰的死讯时一下子没有反应过来。

正是在对荒诞社会和荒芜内心的描绘中，沃将他作为一个讽刺作家的才能发挥得淋漓尽致。沃对宗教的讽刺态度使得有人质疑他作为一个天主教作家的地位，他不得不给威斯敏特教堂的红衣主教写了一封信为自己辩护，声称故事中描写的是文明与一切伴随而来的可悲的灾难和野蛮之间的冲突。然而正如沃在"二战"之后的一段时间中所认为的：小说所涉及的完全是人的行为，道出了对人类行为不得不说的一切。这种不得不说的人类行为包括人们一方面缺少信仰，另一方面却是对个人主义式的自己理智的过分自信。汤尼在接到布伦达要求与他离婚的信时首先想到的是布伦达失去了理智，他说据他所知她只见过比弗两次。对布伦达的爱恋与信任他已经习以为常了，这也是他冲动之下跑到伦敦要见布伦达，当布伦达拒绝之时，他并没有往其他方面想，还为自己的醉酒行径后悔不已，感到自己的行为卑劣的原因。布伦达正是充分利用了汤尼的这种信任：他自己犯了这么大的错误，无论我做什么他也不敢表示不满，更不能有怨言……他必须学会不搞突然袭击。这种对自我理智的极端相信使得人们容易忽视他人真正的想法，事实上，汤尼并不知道布伦达内心真正需要的是什么，只是从自我出发，想当然地以为对方会需要什么。

四、结语

小说犀利地指出所谓"文明"的伦敦社会的野蛮和小说中男主人公在南关丛林中遭遇到的残忍，两者之间存在着强相似性。伊夫林·沃将小说的名字取作"一把尘土"是有渊源的。小说的名字源于英国诗人 T. S. 艾略特的长诗《荒原》："我要指点你一件事/它既不像你早起的影子，在你后面迈步/也不像傍晚的，站起身来迎着你/我要给你看恐惧在一把尘土里。"

小说展现了一种对于绝对腐败世界的厌恶情绪，在伦敦的社交界里，到处充斥着麻木与虚伪，邪恶与美德之间的差别在闲言碎语的泛滥中已不复存在。布伦达同毕沃尔之间的奸情似乎并不是什么罪恶，也没有什么不光彩的，只是为长舌妇们提供了一个更有趣的话题："有那么一些人，他们喜欢躺在床上，在电话上跟朋友谈论男欢女爱的事，并以谈论这些既简单又与己无关的事为快。"而且，毕沃尔是人们"嗤之以鼻的小丑"，布伦达是"神话中被囚禁的公主"，长舌妇们把布伦达的胆大妄为"升华到一种诗的境界"，布伦达为了减少自己的内疚感，也为了更方便自己在伦敦的生活，竟然和自己的女友们讨论怎样让别的女人去引诱汤尼，甚至她们还

"讨论了这个问题的所有细节"。沃将讽刺的矛头指向了家庭婚姻伦理及社会制度本身,资本主义的道德正当性在失去了宗教纽带的维系后,已经被享乐主义彻底取代。

同时,这部小说展示了荒谬的20世纪早期的社会伦理道德的迷失,伦敦的上流社会充满了空虚和虚伪。与布伦达约会之前,毕沃尔在伦敦是最懒惰的人,他什么也不做,每天等待着被邀请。人们把他当作最后一个备胎,一个小丑,但他自己却不觉得羞愧,因为他本来无所事事。虽然布伦达背叛了她的丈夫汤尼,但汤尼不得不在法庭上被当成被告。他付给一个陪他在海滩上度假的妓女一笔钱,还雇用两位私家侦探作为他对妻子不忠的证据提供的证人,荒谬的制度导致了这种荒谬可笑的故事。

作|者|介|绍

英国小说家伊夫林·沃(1903~1966)出身于书香门第,父亲是一家出版公司的资深编辑,其兄是一位小有名气的小说家。沃的作品今天仍然被人们所喜爱,主要缘于其简洁明快的文体和辛辣入木的嘲讽。伊夫林·沃属于争强好胜之人。他在平静、富足、安乐的环境中度过了童年,但是恃强凌弱似乎是他家族的特点,也是他个性的组成部分。后来沃认识到这样做会受到人们的鄙视,就极力掩饰。他在学校里尽力好好学习,获得了认可和尊重。但他性情孤傲,瞧不起智力平平的同学,因此没有朋友,感到十分孤独。沃在牛津大学学习历史的几年成为他最自由、最开心的时期。在致朋友的信中,沃说牛津的生活是极其美丽、与过去完全不同的新生活。沃在牛津大学期间,一心结交权贵子弟,放纵情感,酗酒无度,还有短期的同性恋行为。他与导师的关系极为恶劣,以致没有拿到学位,负债累累、不体面地离开了牛津。

离开牛津之后的日子是沃一生中最为落魄的时光。他求职受挫,爱情遭拒,尝试写小说、电影剧本都不成功,绝望中曾试图自杀。在他走投无路之际,一家出版社的编辑朋友安东尼·鲍威尔约他写一部罗塞蒂的传记。沃与罗塞蒂之间的诸多共同之处——酗酒、忧郁和失眠使他写起来得心应手。沃讲述罗塞蒂的生活仿佛就是在讲述他自己。1867年,他的忧郁和烦躁不安发展成了严重的失眠症,患了这种病症的人一般都想方设法尽可能多睡一会儿,努力维持自己逐渐衰弱的身体。罗塞蒂做不到,他既不能休息也不能工作,日子一天天在极度忧郁中度过,他的思想和谈话越来越多地集中在自杀的问题上。沃的最后几年也是这样度过的,他的小女儿在感谢人们对父亲的哀悼时认为如果他们亲眼目睹了他最后几年精神上的痛苦,知道他是怎样一天天艰难度日的话,就不会为他的离世感到悲痛了。

沃的优美文笔和横溢才华在罗塞蒂传记中得到充分展现,也为他后来写小说谋生奠定基础。沃的第一部小说《衰落》(1928)使他一举成名,温斯顿·丘吉尔曾经拿这部小说作为圣诞礼物送给朋友,足见其影响。小说标题取自爱德华·吉本的《罗马帝国的衰亡》,意在讽刺大英帝国的衰亡。小说主人公保罗是个天真的大学生,因为佩戴的徽章与某俱乐部的徽章相似,被俱乐部的成员剥光了衣服。他只穿一条短裤跑回宿舍,又被校方以行为不检由开除。监护人以他被开除为由剥夺了他的继承权,用这笔钱为女儿置办嫁妆。保罗去乡下当了教师,被学生的母亲看中,做了她的情夫。这个女人的财富来自在南非经营的妓院,保罗受她委托安排一批女子前往南非,却不知道这是替她贩运妓女,被国际联盟的官员逮捕判刑。这个女人后来与内务大臣结婚,制造了保罗死在手术台的假证,让他隐姓埋名重回牛津大学读书。小说讽刺了英国的教育机构、上层社会和监狱制度。保罗被迫进入的是一个恃强凌弱、落井下石的世界,而他的天真成了他们盘剥、欺辱他的借口。小说的循环结构也值得注意:序幕把保罗推入了社会,尾声又把保罗送回了校园,中间三个部分分别讲述保罗在小学教书、在上流社会的奇遇以及在监狱的见闻。小说叙述人不动声色,对于发生的恐怖、邪恶事件无动于衷,不置可否,一副完全置身事外的姿态。

随后,沃沿袭第一部小说的风格连续写出了《肮脏的肉体》(1930)、《黑色恶作剧》(1932)、《一把尘土》(1934)、《独家新闻》(1938)等一系列讽刺小说,成为红极一时的畅销作家。与此同时,沃还写了大量日记、信件、新闻报道和游记。他的《地中海之行》(1930)、《远方的人们》(1932)、《沃在阿比西尼亚》(1936)等都是根据日记、笔记和回忆写成的。

在此基础上，这些材料经过作者丰富想象力的幻化和加工又演变成小说。他的小说有些内容是直接从游记搬过来的，将他的日记、信件、游记和小说参照阅读，会发现前者为理解后者提供了有益的线索和丰富的佐证。沃以讽刺小说成名，读者首先欣赏的是他的机智与幽默，还有相当程度的冷酷无情和玩世不恭。但他作品的主要人物大多有生活中的原型，小说里的不少人物尽管经过作者的改头换面，仍然被同时代人一眼认出，沃为此吃了不少"诽谤罪"的官司。

沃还是一位大文体家，他的小说艺术最显著的特点除讽刺之外，就是对简洁、优美文字的刻意追求。沃认为英语语言的丰富性使得其中每一个词都有不可替代的特殊内涵，而作者的任务就是挖掘这种内涵，从而达到用词的绝对精确。他认为文体的要素包括简洁流畅、优美雅致和个性化三个方面，这三者的完美结合可以确保文体的完美。沃的文体概括起来有如下特征：使用很短的简单句和省略式短语，多用排比和同位语结构；多用主动语态，少用隐喻；句子结构平衡而富有变化；大量使用文学典故；多用"展示"，少用"讲述"。他对刻画丰满的人物形象不感兴趣，认为写小说不是为了"探究人物心理，而是操练如何使用语言"。沃创作的年代正是现代主义文学的鼎盛时期，以伍尔芙为代表的现代主义小说家专注于描写那接受日常生活中"形形色色印象"的心理，那"无数原子的不间断碰撞"。但是沃和他的朋友们，如格雷厄姆·格林，不愿意放弃对外部客观世界的描述，不愿意去探索纷繁复杂的内心意识。他不企图描写人物的内心世界，而是通过对外部细节的精确描写来暗示人物的感情。

1928年，沃与贵族出身的佳娜结婚，但两年后离婚。国外诸多评论对于沃的离婚有不同的解释，一般认为他的酗酒和短暂的同性恋经历使他对性生活不感兴趣，佳娜则因为自小缺乏关爱，与沃结婚是为了寻找温暖与依靠，而沃的自私、缺少爱心使她绝望。沃撇下新婚妻子跑到乡下闭门创作，佳娜在舞会上认识了英国广播公司的记者，行为出轨。离婚事件使沃颜面扫地，深深的羞愧使他经历了人生中第二次，也是最后一次沉重打击。小说《一把尘土》里主人公得知妻子背叛后的反应可以说是沃心情的写照："仿佛理性而体面的社会突然完全崩溃了。他经历过的一切，他所期望的一切，转眼间就像梳妆台上放错位置的、微不足道的、不通人性的物体那样毫无意义。他感到刺耳的喧嚣尖叫声从四面八方向他压迫过来，过去曾经有过的一切难堪和此时此刻的任何疯狂，都无法刺激他麻木的神经。"他转向宗教寻求慰藉，正式成为罗马天主教徒，接着以战地记者的身份到埃塞俄比亚从事新闻采访，开始了时间更长的漂泊流浪，直到1937年他与佳娜的表亲劳拉·赫伯特结婚，婚后生有四子三女。沃最畅销的小说当属《旧地重游》（又译作《故园风雨后》）。

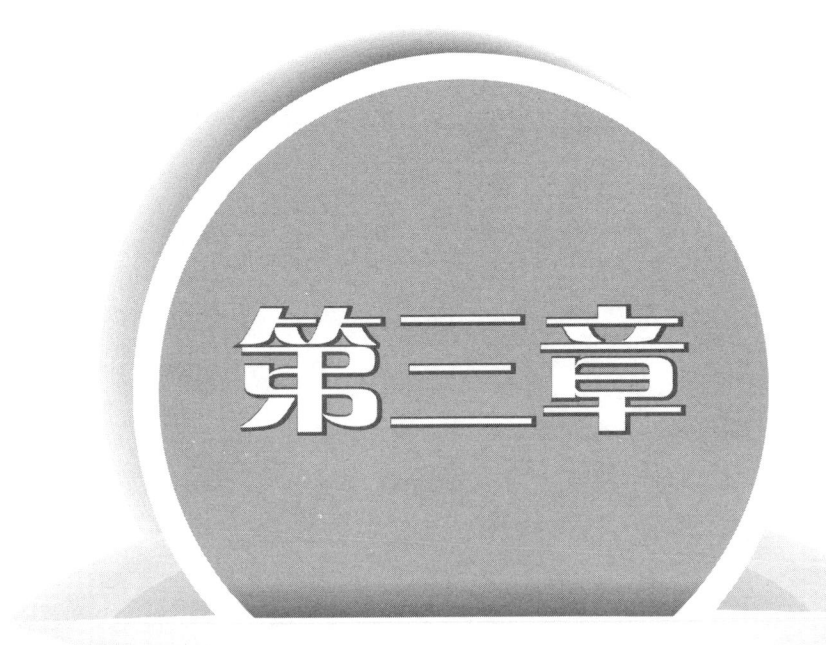

第三章

"二战"后至60年代英国小说

第三章 "二战"后至60年代英国小说

第二次世界大战削弱了资本主义世界,改变了国际阶级力量的对比。英国国内的阶级关系发生了深刻的变化,各种社会矛盾更趋尖锐,经济状况愈见衰竭,传统的价值观念进一步面临全面挑战。战后文学中各种流派及倾向同时并存,相互掺杂,变化流动,很难说哪一种倾向绝对居于主导地位。20世纪40年代后半期,随着存在主义哲学影响的扩大,以存在主义为基础的现代主义文学在战后萧条悲凉的气氛中开始抬头。文学作品又追求以完美的形式对个人感受做细致入微的描绘,反映当代西方人对世界与人类存在的深刻怀疑和对人生的无穷悲观。在小说范围里,现代主义的主要代表是塞缪尔·贝克特以及其他实验派小说家。他们荒谬的象征手法表现存在的荒诞与人生的虚无,流露出对资本主义社会的幻灭感和绝望心理。

1945年第二次世界大战结束,经历过多年的战乱纷争,英国开始逐渐进入和平时期。虽然"二战"给英国人民在思想和精神上带来的震撼和抨击远不如"一战"的强烈,但这时期人民对现实生活充满了忧虑和不满,人们并没有享受到所谓的"福利",一股浓重的悲观主义情绪被迫产生,这些都在该时期的文学作品中得到了体现,存在主义和荒诞派剧开始兴起。其中代表有荒诞派剧的重要人物爱尔兰作家塞缪尔·贝克特,他的作品包括戏剧、小说和诗歌,尤以戏剧成就最高。他的小说"以一种新的小说与戏剧的形式,以崇高的艺术表现人类的苦恼",通过一种惊人的诙谐和幽默表现出人生的荒诞、无意义和难以捉摸。他的代表剧作《等待多戈》使他获得诺贝尔文学奖,理由是"他那具有奇特形式的小说和戏剧作品,使现代人从精神困乏中得到振奋"。另一代表人物是乔治·奥威尔。他的政治寓言小说《动物庄园》和《一九八四》以类似辛辣讽刺的手法表现出一股强烈的社会责任心和对极权主义威胁的忧虑。乔治·奥威尔是这一时期政治倾向最鲜明的一个作家。他的政治讽刺作品《动物庄园》(1945)及《一九八四》(1949)猛烈抨击了斯大林时期社会主义的所谓弊病,并阐述了他自己带有浓重资产阶级个人主义色彩的、非马克思主义和反共产主义的社会主义观点。其作品的积极意义体现在他对极权主义的抨击具有警世作用。

20世纪50年代初期,由于英国人民对当时社会的不满与愤怒,现实主义文学便有了再度崛起的条件。随着战后英国社会阶级关系的变化,包括工人阶级在内的下层中产阶级要求在政治与经济领域里发出自己的呼声。在诗歌中,他们被称为"运动派";在小说与戏剧中被称为"愤怒的青年"。"愤怒的青年"因约翰·奥斯本轰动伦敦剧坛的剧本《愤怒的回顾》(Look Backin Anger, 1956)而得名。这批来自中下层社会的年轻作家目睹战后英国社会病入膏肓,对资本主义上层社会的腐朽充满强烈不满,对前途感到渺茫空虚,从失望进而变为愤怒。他们抒发怨愤,抨击时弊,以严肃的态度讨论社会问题与道德问题,形成了一股风靡于50年代、具有明显现实主义倾向的文学潮流,被有的评论家称为"社会文献派"。他们中的主要代表有约翰·韦恩、金斯莱·艾米斯、约翰·布赖恩、艾伦·西利托等。

这些人往往出身卑微而又受过良好的高等教育,目睹了社会的不公平,他们的作品多数表现出他们对英国社会等级森严、贫富不均现状的愤怒和不满,所以被称为"愤怒的青年"。金斯利·艾米利是其中的一位代表作家。他的《幸运的吉姆》(1954)以轻松、诙谐的口吻塑造了一位喜剧式的"反英雄"角色,抨击了"二战"后英国文化界的现状。他反实验主义的创作观点为英国文坛带来一股新鲜空气。之后又连续出版了《拿不准的感觉》(1955)、《结束》(1974)等,探讨了道德问题及两性关系的冲突。他的《老魔鬼》(1986)为他赢得了当年的英国布克奖。这一时期还出现了以拉金等为代表的运动派诗人,他们反对现实主义的抽象晦涩,表现出回归传统的倾向。在这期间一直活跃在文坛上的另一重要现实主义作家是格雷厄姆·格林。他在战前就发表了多部小说,主要有《权力与荣耀》(1940)。战后主要作品有《事情的实质》(1948)、《风流情了》(1951)。他在书中以揭示主人公无辜与罪恶的矛盾心理为主题,阐明了他带有天主教色彩的善恶观。

20世纪60年代资本主义社会进入相对繁荣的阶段，英国工业实现了全部自动化，就业队伍扩大，科学技术突飞猛进。这一时期崛起的重要作家还有安格斯·威尔逊、威廉·戈尔丁和艾丽丝·默多克。他们大多受萨特的存在主义哲学的影响，着重从哲学角度探讨当代社会，探讨人在社会中的地位和价值，在创作技巧上多用寓言及象征等技巧，因此被称为"寓言编选家"。他们的创作构成了60年代前后现代主义小说的一个重要部分。威尔逊50年代的主要作品《盎格鲁—撒克逊态度》（1956）及《爱略特夫人的中年》（1958）具有现实主义的风范。但他以后发表的《仿佛是魔术》（1973）等却明显地转变了创作方向。他的《燃烧的世界》（1980）已不再是纯粹的社会小说，而具有了审美倾向。威廉·戈尔丁被誉为20世纪最具独创性的作家。他不受任何正统观念或形式的约束。他的《蝇王》（1954）以现代寓言的形式阐述了人性之恶的主题。他80年代发表了一组航海小说，《通过礼仪》（1980）等是他最优秀的作品。他把现实同幻想结合起来，汲取民众和诗歌神话的营养，探讨人类状态的悲剧性。为此，《通过礼仪》于1980年为他赢得英国小说布克奖。他还在1983年获得了诺贝尔文学奖。艾丽丝·默多克是一位多产作家。其创作生涯一直延续了几十年。她的创作手法主要沿袭现实主义传统，其哲学、美学观点，特别是她的善恶观贯穿于她的作品中。她深受法国存在主义哲学的影响，如她1954年发表的《在网下》就是一部哲学探索小说。后来她又认为存在主义不能令人满意地解释人的存在及行为，因为它忽略了人的内心世界。情爱是她小说中一个重要主题，如《布鲁诺的梦》（1969）、《大海、大海》（1978）、《书本与情谊》（1987）。其中《大海、大海》荣获1978年英国小说布克奖。穆莉尔·斯帕克的出现，壮大了英国天主教小说家的创作队伍。她在对书中人物揶揄的同时，惟妙惟肖地展示了他们的心态。她的代表作《吉恩·布罗迪小姐的青春》（1961）将个人生活与探讨人的道德本质有机地结合在一起，其叙述技巧独特、新颖，为她赢得了国际声誉。她后期的小说，如《不得打扰》（1971）、《有目的的游荡》（1981）等更具有实验性，描写的社会范围也更广。

第一节
一场反乌托邦盛宴——《动物庄园》的极权主义解读

一、作品概述

《动物庄园》（Animal Farm）又被译作《动物农场》、《动物农庄》，是英国著名作家乔治·奥威尔的重要作品之一，被公认为20世纪最杰出的政治寓言，和《一九八四》并称为乔治·奥威尔最重要的代表作，本故事描述了一场"动物主义"革命的酝酿、兴起和最终蜕变，它们建立起一个自己管理自己的家园。以隐喻的形式写革命的发生以及革命的被背叛，自然还有革命的残酷。1945年首次出版英文版。

《动物庄园》的故事发生在曼纳庄园。从前，被人豢养的禽畜行尸走肉地生活着。一天夜里，动物们在谷仓中听了雄猪老麦哲所讲的梦，仿佛听了一堂福音传道成启蒙教育课，任人宰割的动物从此认清了受人剥削、被人奴役的处境。不久他们群起暴动，赶走主人琼斯，自己当家做主，推行"动物主义"，农场更名为"动物庄园"，奉行"所有动物一律平等"。

农场里的一头猪老少校（Old Major）在提出了"人类剥削牲畜，牲畜须革命"的理论之后死去，若干天后，农场里掀起了一场由猪领导的革命，原来的剥削者——农场主琼斯被赶走，牲畜们实现了"当家做主"的愿望，尝到了革命果实的甘美，农场更名为"动物庄园"并且制定了庄园的宪法——"七诫"。但不久领导革命的猪们发生了分裂，一头猪雪球被宣布为革命的敌人，两只处于领导地位的猪为了权力而互相倾轧，胜利一方宣布另一方是叛徒、内奸。获取了领导权的猪拿破仑拥有了越来越大的权力和越来越多的特别待遇，成为新的特权阶级。动物们稍有不满，便会招致血腥的清洗。农庄的理想被修正为"有的动物较之其他动物更为平等"，动物们又恢复到从前的悲惨状况。一场正义运动最终蜕变成为和人类完全一样的牲畜剥削,动物庄园的名字也被放弃。

二、荒诞背反的人性

为了凸显人性的荒诞色彩,乔治·奥威尔站在动物的角度展示了一个人性化的动物世界。动物同人类一样也经历了民主意识的觉醒与斗争,而带头争取民主权利的却是最不起眼的几头公猪,这的确让人觉得有些匪夷所思。与以往作家们笔下"猪"的形象不同,作者将人类的思想意识都赋予在了这一群最不起眼的"猪"身上,打破了人类对于"猪"形象的思维定式,超越了传统的思维模式。在《动物庄园》中,几头公猪都拥有超人的智慧与勇气,带领农庄里的其他动物们进行反抗,争取它们应有的权利。小说中作者赋予了这些动物更多人类的性格特征,阴险、狡诈、狠毒、贪婪。将动物首领拿破仑刻画成带有人类劣根性的公猪,评论家们认为他真正影射的是苏联的极权领袖——斯大林,而为什么以一头猪作为代表?很明显,作者是有意而为之的。作者选择"猪"作为小说的中心人物、动物农场里的领袖,是用其具体化的形象来传达作者所要展现的荒诞效果。

丑陋的外表是荒诞性的最明显的标志。猪,作为一种普通的家畜,其肉经常在我们的餐桌上见到。在我们眼中,猪的形象通常已经被定义化了:肥头大耳,膘肥体壮,憨头憨脑,好吃懒做,往往我们一提到猪就会不约而同地联想到一些贬义词,因为在我们心里,猪已经被定义为丑陋、懒惰、邋遢、愚蠢的代表。而在小说中,猪被称作最聪明的动物,拥有超人的智慧,与我们的思维模式形成了极大的反差。但是,当猪成为农庄里的最高领导人时,权力也将猪本身的性格特征引诱出来了。小说中当拿破仑成为庄园里唯一的统治者时,贪婪的本性暴露无遗,它们住进了原先主人琼斯的房子,睡上了原先主人睡过的床,前脚也站起来了,穿上了人类的衣服,像人类一样,却还是把房间折腾得像猪圈一般脏乱,喝牛奶、吃鸡蛋、喝美酒,嘴边留着恶心的口水,可见哪怕是过上人类的生活,这些邋遢的家伙仍然摆脱不了本性的限制,一样让我们感到厌恶。

拥有超人的智慧是另一明显标志。在小说《动物庄园》中，猪不再是那又蠢又笨、好吃懒做的低能动物，它们像人类一样学会了思考，将思想付诸行动，还组织了一场惊人的动物起义，被称作最聪明的动物。首先是动物们的启蒙家——麦哲（一头德高望重的猪）把所有的动物召集到一起，提出了"人类剥削牲畜，牲畜须革命"的理论，鼓动动物们起来反抗，推翻人类的奴役和控制，农场里借机掀起了一场由猪领导的反抗，雪球和拿破仑（庄园里的两头猪）策划并领导了动物革命，赶走了原来身为人类的剥削者——农场主，牲畜们实现了"当家做主"的愿望，尝到了革命成功的果实，并把农场更名为"动物庄园"。

它们学会了奋斗，也将人类那套革命历程照单全抄，经历了外部斗争和内部斗争，建立了政权。为了巩固农庄的统治，提高生产力，他们又想出了"风车"项目的工程创意，农庄里所有的动物都为之劳动着。为了保持健康，他们将智慧之果苹果和牛奶作为食物。过去愚蠢懒惰的猪变成了最聪明的动物，过去的低能儿变成了脑力劳动者，这无疑成为小说中最荒诞的安排。这样的反差也让我们不自觉地意识到小说的讽刺意味。

《动物庄园》里的猪也颠覆了以往童话、寓言里温顺、善良的形象，作者赋予了它们更多人性的丑恶，当拿破仑成为农庄的最高也是唯一的领导人时，它一改原来面目，变得老谋深算，阴险狡诈，赶走了自己的战友雪球，并宣称它是叛徒、内奸。拿破仑和它的同伙逐渐侵占了其他动物的劳动果实，成为新的特权阶级，它们享受着糜烂的生活，却宣扬不平等的"七诫"条款来残酷虐待着其他动物，最终成了继人类之后的又一个农场独裁者。这些形象的颠覆都让我们深刻体会到作者的讽刺意味，深化了小说描写人性的荒诞性。

在现实生活中，人们立足于社会，最重要的莫过于财富、权力、地位。而《动物庄园》里的动物世界模仿了人类社会的生存模式，将动物们的身份地位也分为三六九等，它们将动物们清晰地分为脑力劳动者和体力劳动者，相对应的就是上层阶级（资产阶级）和下层阶级（工人阶级），让动物们的劳动做到了合理分工。在这个群体中，首当其冲的猪们作为革命的开拓者和领导者，无疑是享受优等待遇的上层阶级，尖嗓子和那九条戴着黄铜颈圈的大狗扮演着拿破仑残害劳动阶级的帮凶，地位次于拿破仑，而其他的动物们就不得不成为他们谋取利益的牺牲品，每天早出晚归辛勤劳作，成为工人阶级的扮演者。这些都直接引射出我们现实社会的阶级划分。猪已不再是我们餐桌上的美食，由从前的任人宰割到如今的主宰命运，从过去的默默无闻到如今的声名鹊起，作者彻底颠覆了猪的生存状态，将这些动物圈里的底层推至命运的最高峰，再一次让我们感受到了现实与小说的反差，从而进一步延伸了小说所蕴含的荒诞性。

从温顺、愚蠢到奸诈狡猾，从餐盘中的腌肉到革命的领导者，从压迫阶级到统治阶级，作者从外表、思想、阶级地位三个方面将普普通通的家畜——猪改造成动物革命的领袖人物，赋予了它人性的多面，它即使带领着动物群体摆脱了人类的奴役和控制，建立平等自由的开拓者，也是迫害革命同伴，侵占革命成果的罪恶者，这样的变化不得不使我们再一次展开对人性的探讨，对社会发展的预测。奥威尔运用农场里的一群动物上演了人类革命斗争的整个过程，经历了残酷的外部斗争与内部斗争，从最初的为了自由和平等的革命理想逐步走向极权主义之路，这是人类革命社会发展的一个缩影，让我们对于极权主义社会的黑暗产生了畏惧，同时也警示着世人极权主义对未来社会的危险性。

三、极权的社会

《动物庄园》中的极权主义着重于一种意识形态的极权，任何违背独裁者意识的思想都将被抹杀。其一，意识形态的灌输。小说中，意识形态的灌输始终是服从、服务于现实政治的需要而存在的。当"老少校"以先知的姿态出现在这群动物面前，讲述自己有关平等与自由的理想之时，他动人的语言所描述的那个理想国度，不由令在场的所有动物心驰神往，激起了他们对平等与自由的热切渴望，革命的热情在他们的内心生根发芽，进而开花结果，蔚然成荫。在煽动民众进行革命阶段，意识形态成了凝聚人心的首要力量。那么当一个极权主义的政党夺取政权之后，他靠什么来操纵其构筑的"美丽新世界"呢？答案依然是意识形态。这种意识形态有内外两种功能：对内为统治集团成员之间提供一种相互联络的信号，对外则为被其统治的民众灌输一种特定的世界观。一旦登上统治者的宝座，猪压榨其他动物的本事一点也不比人类差，甚至有过之而无不及，而且比人类更加名正言顺，无论是对革命宗旨的修改，对历史的篡改，对现实的粉饰，还是对特权的美化，统统是借助控制意识形态实现的，是建立在谎言与压迫之上的。小说中斯奎拉负责意识形态的宣传，凭三寸不烂之舌，为统治者传旨达意，解释政策，传播政治口号等，比如"四条腿好，两条腿坏"，比如把拿破仑吹捧成"伟大"，比如把大饥荒说成"经济调整"。为了使动物们不反抗，统治阶级处心积虑地向动物们灌输它们已经自由了的信念。即使是像拳击手之死这样的悲剧，也被拿来作为愚弄民心的素材。随着意识形态的渗透，平民动物被成功洗脑和麻痹，动物们越来越没有怀疑和反抗意识，持续浸淫在统治者编织的谎言里，听其摆布，任其压迫。

其二，暴力威胁。对武装力量和秘密警察的掌控，向来为极权所必需，拿破仑显然比它的政治对手雪球更懂得权力的基础和保障。拿破仑把九条小狗从母亲身边带走，取缔亲情和血缘，自己亲手豢养和调教，确保它们对领袖绝对忠诚。后来，当拿破仑和雪球在动物大会上怒目相向，剑拔弩张之际，九条恶犬突然出现，雪球被逐，拿破仑从此成了农场的唯一主宰。手中握有军队的拿破仑毫不留情地利用恐怖和杀戮对动物们实行暴力统治，在以莫须有的罪名杀害了母鸡与绵羊之后，在进行了多次血腥清洗之后，动物们都被惨绝人寰的屠杀吓得魂飞魄散，它们越来越恐惧，起初是不敢做声，到后来甚至是不敢有任何违抗统治者的想法，它们养成了逆来顺受的习惯，不论发生什么事都从不抱怨，从不评论。

其三，树立敌人。故事里的雪球早就被异化成了假想敌，每每拿破仑推行项目失败，永远宣称是雪球捣的鬼，仇恨瞬间转移。树立敌人的另一大好处在于可以随时用它做借口，将团体内敌对分子，或是开始动摇提出反对意见的群众扼杀在摇篮之中，强化极权统治。拿破仑树立的另一个敌人是琼斯先生。老少校让动物们认清了它们获得平等与自由的最大敌人是人类，是琼斯先生以及他的农场制度。因为"人类是唯一消费而不事生产的动物"。革命成功之后，在集权统治者的不断重复与误导下，动物们都坚信不疑世界上最坏的可能是琼斯先生回来了。他们对琼斯先生回来的恐惧与憎恨如此之深，以致它们一再服从和轻信新的领导。琼斯先生确实没有回来，然而拿破仑的统治只能让动物们的处境更加水深火热，苦不堪言。

其四，沉默的民众。在这样的铁幕笼罩下，在这样的极权统治中，个人该如何呢？这里的个人不是"比其他动物更平等"的猪或是充当打手的狗，而是普通的平民大众，它们又该怎样？小说中关于动物们性格中的贪婪、自私、懦弱、虚荣和愚蠢的描写，明显可以解释为人性中的黑暗面，然而，民众中的主体还是驯服的和不知反抗的，沉默隐忍似乎成了它们唯一的生存之道，其中最具代表性的是拳击手和本杰明。在拳击手身上，无处不体现着一种质朴的善。它内心的虔诚与善良，赢得了每一个动物的称赞与敬佩。拳击手的另一良好品质在于它的勤奋。这使它在普遍蒙昧的动物群体中获得了尊重，甚至年纪最老、脾气最坏的驴子本杰明也对它心悦诚服。它拥有强健的体力，是生产的砥柱中流，不遗余力且高效地为猪的政权做出实质的贡献。拳击手常说的两句话是"我要努力干活儿"和"拿破仑永远正确"，它对革命忠心耿耿，在心理上毫无质疑又在生理上毫无保留地执行着来自拿破仑的所有正确或错误（往往是错误的）的决定。在雪球的"风车计划"使拿破仑成功地清除了异己，将雪球驱赶出农场并废除大会之时，拳击手终于第一次产生质疑，它隐约觉得这个决议不太对头，有些惶恐不安，但结果还是想不出任何话要说，依旧沉默，继续隐忍。然而无论美好的未来还是幸福的生活最终都没有来到这片农场，拳击手无私忘我的工作只是变成了满足特权阶级私欲的各种食物、饮料，甚至它自己最终都遭到屠宰，换作威士忌供猪群享用。本杰明是农场里一头睿智的驴，然而同样由于它的睿智，它所选择的处世哲学是"沉默"。本杰明是农场中为数不多识文断字，足以质疑、挑战拿破仑权威的动物之一。然而，它最终做出的选择是沉默，它选择通过沉默来保存自己的生命，继续过一种聪明却碌碌无为的生活。当革命的狂流席卷而来时，它只说着"驴子的寿命很长"之类的玄话。当拿破仑和雪球以及支持它们的两派为了修建风车争论不休时，本杰明是不属于任何一派的唯一动物。但是，它的心中依然存有良知，它了解普通动物善良、无私的品质，与它们交往，与它们为友。

它和拳击手是很好的朋友，小说最后，当本杰明发现拳击手是被送往屠宰场后，终于激发出了它深藏不露的良知，并做出了在它理智控制下能够做出的在最大程度上反抗统治者的行为：它勇敢地向目不识丁的群众喊出了这个事实，大声喊着让拳击手回来，挺身而出试图阻止这件事。事后，本杰明固然了解事实真相，却也没有说什么，只是继续它漫长的驴的生活。最后，果然如本杰明所说，它同时代的伙伴都一一死去了，而它仍然活着，证实了驴子的寿命超长。在新一代动物们的意识里，革命已成为神话，事实不复存在。只有本杰明这头冷眼旁观的驴子，见证一切、牢记一切。

四、结语

《动物庄园》尽管以动物寓言的形式出现，看似荒诞不羁，但是其隐含的讽刺和寓意深刻。从温顺、愚蠢到奸诈狡猾，从餐盘中的腌肉到革命的领导者，从压迫阶级到统治阶级，从外表、思想、阶级地位三个方面将普普通通的家畜——猪改造成动物革命的领袖人物，赋予了它人性的多面，它既是带领着动物群体摆脱了人类的奴役和控制，建立平等自由社会的开拓者，也是迫害革命同伴，侵占革命成果的罪恶者，这样的变化不得不使读者再一次开始对人性进行探讨，对社会发展进行预测。奥威尔运用农场里的一群动物上演了人类革命斗争的整个过程，经历了残酷的外部斗争与内部斗争，从最初的为了自由和平等的革命理想逐步走向了极权主义之路，这是人类革命社会发展的一个缩影，让我们对于极权主义社会的黑暗产生了畏惧，同时也警示世人极权主义对未来社会的危险性。

作 | 者 | 介 | 绍

乔治·奥威尔（George Orwell，1903年6月25日~1950年1月21日），原名艾里克·阿瑟·布莱尔（EricArthurBlair），英国左翼作家，新闻记者和社会评论家。

乔治·奥威尔于1903年生于英属印度一个殖民地政府下级官员家，家境并不宽裕，无力就读贵族学校，只能进入一个二流的寄宿学校——圣塞浦里安学校，寄宿学校带有许多极权主义社会的特点，鞭子教育、等级制、恃强凌弱、规范化、敌视智力等，之后奥威尔依靠自己的努力考取奖学金，进入英国最著名的中学——伊顿公学，但穷学生的背景使他备受歧视。早年的经历对他同情社会底层、呼唤平等和人性解放思想的形成以及对极权主义的认识有着极其重要的影响。

从伊顿公学毕业的奥威尔加入英国在缅甸的殖民警察，作为英籍警官，他享有很多特权，能够近距离观察审判、笞刑、监禁和绞死囚犯，这一阶段的经历让他细致地观察到了人性中残暴的一面，对西方殖民主义政策产生了反思，更进一步地认识了极权主义。在缅甸的经历让他认识到了殖民主义罪恶的一面，并因此离开了殖民警察部队。

辞去公职的奥威尔回到英国，开始了长达四年的流浪生活，在这四年里他辗转英国本岛和欧洲大陆，深入社会底层，先后做过酒店洗碗工、教师、书店店员和码头工人，但他的上层社会身份和在伊顿公学形成的贵族口音使他很难被底层社会真正接纳。不过这一段经历仍然使他深切地感受到了社会整体对于个人的压力和普遍的社会不公并且最终接受了社会主义思想。奥威尔自己曾经提到贫困的生活和失败的感觉增强了他天生对权威的憎恨，使他第一次意识到工人阶级的存在。

在经历了社会底层的生活之后，奥威尔与几千名国际志愿者一道参加了由西班牙共产党领导的共和军，支援反佛朗哥的西班牙内战，几个月之后因为喉部中弹而不得不回国休养。在这短暂的时间里，他看到了由共产国际领导的国际纵队内部的权力斗争和清洗。接纳了奥威尔的巴塞罗那马克思主义统一工人党被共产国际认定为托派组织，斯大林下令消灭马统工党，把政治警察特务、搜捕异端及清洗专家和军事指导员一起派至西班牙，在共和军中建立恐怖统治。奥威尔夫妇被定为"狂热的托派分子"，当然受到严密的监控。妻子爱琳的房间受到西班牙共产党的搜查，他保存的一批资料也被抄走。更为可怕的是，在共和军内部，受伤的马统工党党员仍然遭到逮捕，甚至连孩子和被截肢的人也不放过，包括奥威尔本人也在撤退到巴塞罗那之后还遭受到共和军的追杀。权力与支配无所不在，不容存在任何个人意志的斯大林式极权主义反而使奥威尔更加坚定了对社会主义或民主社会主义的信念。奥威尔曾在他的文章中提到"西班牙内战和一九三六年至一九三七年间发生的事件改变了态势，此后我就知道我的立场如何。一九三六年以来，我所写的每一行严肃作品都是直接或间接反对极权主义，支持我所理解的民主社会主义"。后来，奥维尔将他在西班牙的经历写成《向加泰罗尼亚致敬》，揭露了共产国际一些关于西班牙内战的谎言，这也是奥维尔的成名作之一。

第二次世界大战全面爆发之后，奥维尔受雇于BBC从事有关战争的报道，1944年经历了西班牙内战和反法西斯战争的奥威尔写成了《动物庄园》一书，这本书成为奥威尔个人写作史上的一座里程碑，标志着他的文字从单纯地关注底层社会的生活，转向了捍卫真正的民主社会主义，他在1947年为《动物庄园》乌克兰语版所做的绪言中写道："在过去十年中，我一直确信，如果我们想使社会主义运动恢复生机，就必须得摧毁俄国神话。"

1948年奥威尔写成了他的传世名著《一九八四》。在这部作品中，奥威尔描绘了一个极权主义达到顶峰的可怕社会，在这个社会中思想自由是一种死罪，独立自主的个人被消灭干净，每一个人的思想都受到严密的控制，掌握权力的人们以追逐权力为终极目标并对权力顶礼膜拜。《一九八四》出版之后奥威尔在给朋友的信中曾经提到过他撰写这本书的初衷："我并不相信我在书中所描述的社会必定会到来，但是，我相信某些与其相似的事情可能会发生。还相信，极权主义思想已经在每一个地方的知识分子心中扎下了根，我试图从这些极权主义思想出发，通过逻辑推理，引出其发展下去的必然结果。"但令人遗憾的是，奥威尔笔下的寓言式的社会却不断以各种形态出现在人类的历史中，尤以红色高棉在柬埔寨的暴力统治达到顶峰。

《一九八四》耗尽了奥威尔的全部精力，该书出版后不久，在1950年，奥威尔因肺结核去世。

第 二 节
生存还是毁灭——评析《野草在歌唱》的权利话语

一、作品概述

小说主人公玛丽的童年生活是在贫困中度过的，落后闭塞的乡镇和整天吵闹的父母在她心中投下难以抹去的阴影，她从小就从大人那儿接受了仇视"黑种穷鬼"的教育，尽管她和全家人同样在经济拮据中忍受着煎熬。这种现实与理念相悖的教育，使玛丽的心理从幼年时期起就未得到健康的发展。不过，作为一个逐渐长大的女孩，无论从物质上还是精神上，她都渴望摆脱贫穷和压抑，过幸福自由的日子。当她跨出寄宿学校的大门，终于在一家公司找到职位后，她甚至对单调刻板的工作感到满意，因为她自认为在经济上已经完全独立，从此可以不受任何干扰地生活下去。由于幼年时目睹家里的争吵打闹和父亲的邋遢潦倒，使她对男性和婚姻有一种本能的抗拒，她希望永远过单身自由的日子。但是到了 30 岁，人们的异样目光和恶意议论使她感到惶恐不安，世俗偏见逼迫她终于意识到：必须找一个丈夫。遇到迪克后，她虽然不爱他，却迫切地想立刻结婚，因为她心中隐隐约约地把期望寄托在迪克的农场上，认为那儿一定充满了自然的气息。

可是残酷的现实在她渴求独立遭受失败后，又给了她沉重的一击。迪克虽然本性善良却固执无能，家中一贫如洗，惨淡经营的农场也年年亏损。玛丽用尽了自己所有的积蓄来改善家中的布置，可是这既改变不了穷困的境况，也摆脱不了精神上的失落感；日复一日，玛丽在破败的房子里打发着沉闷空虚的日子。终于，在极度痛苦中她决定逃离褊狭的农场回到城里去，这是她向生活所做的唯一一次抗争。可是她原先任职的公司拒绝了她，这个城市的其他地方也不接纳已婚的女人，在人们眼中，她的社会身份已经从经济独立的白领女子转变为寒伧可怜的乡下女人。于是，她只能心灰意冷地跟随寻她而来的迪克回到农场，回到与她母亲的命运几乎毫无差别的生活中。她在生活中第二次被打败了，这次打击几乎使她变得麻木，而迪克却在此时染上疟疾，现实生活迫使她必须面对面地和农场上的黑人雇工打交道。

　　她先前接受过中等教育，也受过民主平等思想的影响，甚至在初次听到迪克称黑人佣工为"老畜生"时，还愤愤不平地觉得他没有教养；但是"黑人品性顽劣、不可信任"的种族歧视观念早已牢牢地扎根于她的思想深处，这种观念使她本能地对黑人充满了敌意和戒心。当她手执皮鞭监视黑人干活时，她心里竟然感到十分踏实，当她扬起鞭子对准不驯服的摩西脸上抽下去时，虽然心中掠过一阵恐惧，但最终却体验到征服者的得意。在玛丽身上发生的这种现象，在接受过英国文明教育的青年托尼身上也不难见到。先进的民主平等思想对于他们只是空泛的概念，根本不可能在现实中实践，这是由他们在殖民社会中的奴役地位所决定的，但这也铸就了玛丽的悲剧。因为一方面由于社会、历史和现实生活的因素，她完全不能主导个人的命运，只是一个可怜的受命运摆布的弱者，但是在另一方面，她又是一个凌辱欺压黑人的白人雇主。这种人格分裂的状况，使她的内心体验和道德判断一直处于痛苦的矛盾中，每次对黑人滥施淫威后，她总是被更加歇斯底里的绝望所吞没。与此同时，迪克的精神也日益颓唐，在玛丽的眼中，他不过是一具没有灵魂的躯体。穷困潦倒的生活似乎已经走到了尽头，然而生存的本能使她乞求一种外来的变更，她想生一个孩子陪伴自己，可这一回是迪克冷酷地用贫困作为理由剥夺了她做母亲的权利。

　　生命的支撑点眼看就要倾倒，作为一个女人，尽管她身上带有鲜明的种族歧视的烙印，可在潜意识里她还是渴望着安慰、爱抚和力量。因此，当她忍不住当着摩西的面失声痛哭后，竟不由自主地接受了这个黑人对她表示的善意安慰。以后，她又被摩西强健的体格和沉静果断的举止所吸引，而摩西似乎也细心地体察到她的苦闷心境，总是在生活上尽力照顾她。在他们俩的关系微妙变化的过程中，玛丽已经在内心对迪克和摩西进行了选择，尽管她自己并未清醒地意识到这种选择及其后果。她的思想成天跟随着摩西的踪影，可同时她又对自己的感情觉得恐惧，恐惧中还夹杂着对摩西作为黑人的憎恨。排斥与渴望的力量在她内心剧烈地冲突着，这种冲突实际上是还未完全泯灭的良知与被扭曲的人性之间的抗争。玛丽最终和摩西发生了暧昧的关系，这种关系在当时的南部非洲是讳莫如深的，莱辛不仅大胆地触及了这个敏感的问题，而且尖锐地指出了这种关系在本质上无法逃脱阶级属性的事实。一方面，玛丽在肉体上和某种感情寄托上需要摩西；另一方面，她绝没有忘记他们之间的种族差别和雇佣关系，依旧时常以女主人的身份对摩西吆五喝六。这种不正常的关系是无法长久维持的，玛丽和摩西的心中都隐约地感觉到有一个可怕的结果在等待着他们。果然，他们没有逃过种族歧视社会的道德监视。英国来的青年托尼发现了他们的秘密，震惊之下，他觉得玛丽简直是跟野兽发生了关系，虽然他以前对白人统治阶级的某些伪善行为很反感，并且一直为自己具有平等的先进思想而骄傲，但他此刻却愤怒地感到白人的尊严受到了玷污，于是他立即以白人卫道士的面目严厉呵斥摩西滚开。托尼强烈的种族歧视态度似乎唤醒了玛丽的白种人意识，她马上站到了托尼的立场上，冷酷无情地叫摩西快滚。事后她又痛悔地哭泣，这种矛盾的两面性注定了她的悲剧结局。在她终于认识到那个英国青年无法从精神上拯救自己的同时，她也看透了自己；在生命的最后一个黎明，她无限留恋地沉浸在大自然的美妙变幻中，她能感受到无数小动物的生命搏动，可她知道自己面临的只有毁灭。

二、充满对立的社会

首先是白人—黑人的对立关系。根据当地法律，白人的地位是绝对优于黑人的：黑人不能抬头与白人说话；黑人不能碰白人女人的身体，哪怕是尸体。于是在第一章中，摩西被禁止与玛丽的死尸同坐一辆车。但是在后文我们发现，摩西竟然与白人女人玛丽有染。他们之间的这种关系在那个社会中可谓大逆不道、有违天理。那么，社会是如何惩罚这对叛逆者的呢？玛丽因为被摩西年轻强壮的男人气质所吸引而终日惶惶不安。她日日处在"无声的压制"中，头脑混乱，心灵备受煎熬。像麦克白夫人每日都会面对无形的谴责一样,玛丽老是觉得周围有种邪恶要她的命。邪恶就在那儿,但我不知道它由什么组成。其实在摩西杀她的肉体前,玛丽已经在心理上日趋死亡。这种压制她心灵的力量让玛丽觉得到处都有监视的眼睛,逼迫她自我惩罚直至死亡。而对摩西的惩罚往往为人所忽视。摩西想通过占有玛丽来提升自己在这个家中的地位,但是他的地位是不被其他白人所承认的。包括托尼在内的所有白人都不愿相信他征服过白人女人这一事实。他将玛丽当作战利品来庆贺自己对托尼的胜利:"他又看了眼托尼——他已经战败的敌人。"① "然而查理他们把此案只当成一般的抢劫凶杀案,让人们相信摩西是个贪财的恶棍,闭口不提其他,这无疑是对摩西试图以生命为代价获取别人对这个事实的承认的最大的惩罚。"

其次是男人—女人的关系。这是一个男权中心的社会,在这里甚至连受歧视的男性黑人都不愿自己的主子是个女人,女性的地位可见一斑。一方面,女性始终处于社会的监视下,她们的一举一动都必须在规训之中。自恋者玛丽婚前一直生活在"一个自我沉思、固步自封、自给自足的避风港里"②。一次偶尔偷听旁人对她的议论,玛丽发觉自己在这个社会里已经成了怪人。福柯认为,"像疯癫一类的划分都体现了权力意志"。③ 怪人这个标签是权力强加于她身上的,同时通过像舆论那样的监视手段来胁迫她就范。即使第一次恋情的伤痛还在,玛丽还是迫不及待地结婚了。人们强迫自己遵守被文化规范化的模型,为的是换取主体地位的承诺,被接纳为正常人。这样的玛丽是无论如何也享受不到婚姻带来的两性愉悦的。她的婚姻没有性和爱,留下的是作为社会缩影的家庭里的权力意志。尽管玛丽后来拥有了管理农场的权力,她还是将这个舞台拱手还给了迪克。她得想想迪克,他必须有自己的成功。社会中的男权思想已内化为玛丽的意志。另一方面,菲勒斯意志物化女人,将她们当作战利品。迪克把娶老婆当成添了件新家具,摩西将玛丽作为自己和男性白人战争的胜利品。玛丽预感摩西要来取她的命,因为她也认为自己违背了社会的规则。

---

① Doris Lessing. The Grass Is Singing [M]. New York: Plume Book, 1978: 245.
② 朱莉娅·克里斯蒂瓦. 恐怖的权力——论卑贱 [M]. 张新木译. 北京: 三联书店, 2001: 21.
③ J. 丹纳赫等. 理解福柯 [M]. 刘瑾译. 天津: 百花文艺出版社, 2002: 71.

最后一组关系最为微妙，即大农场主对小农场主小资产阶级的压迫关系。在故事发生的非洲，一切的权力之争都显现出它原始、野性的一面。众多像托尼那样的白人来到这里，为的是重现英国人在18世纪"圈地运动"中一夜暴富的美梦。迪克这位失败的小农场主处处受大农场主查理的压迫和规训。查理暗示他去养蜂他就去养蜂，查理养猪赚钱他也跟着走，总之他对查理的权威很迷信。而查理也一派当家人的样子，他的规训之手时不时地伸向人家的家务事中。他不能容忍摩西在这个家做主的样子，就安排迪克和玛丽去海边度假，计划吞掉迪克的农场。大资产阶级总是在按照自己的意思规训小农场主，这种规训性的力量来源于金钱权力。托尼带着资本淘金梦来到这里，欲把自己所学的知识化为现实，但是他低估了自己创业的难度。在文章的第一章，托尼一心想要说出案件真相，但却被查理打断了。真相由这位权力的使用者控制着，他规训托尼接受这个"真相"。通过托尼的心理活动可以看到这种力量如何使真相成为"真相"的。而警官完全和查理站在一起，他们判案的逻辑全是按照个人意志，那么不难想象法律也只不过是大中产阶级规训的手段而已。托尼明白他周围弥漫的是"权力真相"，他的资本之梦是得不到自由的润土来实现的，所以他离开了。

权力在群体中游移实施，社会之中构架着这样层层交错的权力网，在这个网中谁也躲不过。"福柯认为逃避权力的威慑是非常困难的"，个体承受着它所在的群体的权力规训：是黑人就该服从白人，做女人有做女人的规矩，作为小农场主、小资产者就要听从大农场主的意思。然而，毕竟每一个个体都有他的独特性，当压迫降临时，个体做出了以下两种回应：疯狂与沉默。

三、疯狂与沉默的人生

既然社会中充满了权力的气息，每一个人也都必然为权力的不可抗拒而感到压抑。"尽管我们可能是权力关系产生作用的结果，我们并不是任由权力塑造和摆布的无助的对象，而是被政府的权力和规范性实践建构为主体的人。我们可以选择回应或者抵制这些实践。"在玛丽和摩西身上，读者看到了一种近乎疯狂的回应，而这种疯狂也是人性的体现，因为"欲望是自然赋予人的，而且自然用世上循环往复的生生死死的伟大教训教导着欲望……欲望的疯癫，疯狂的谋杀，最无理智的激情，这些都属于智慧和理性，因为它们是自然秩序的一部分。人身上一切被道德、宗教以及拙劣的社会所窒息的东西都在这个凶杀城堡中复活了……事后的复仇与放肆的欲望一样，都属于自然本性"①。他们的疯狂是面镜子，从中反射出来的是社会权力在他们身上烙下的深重烙印。与此形成鲜明对比的是托尼和迪克，他们给出的回答是消极的人生态度。消极作为另一种抵制告诉权力的使用者们：权力永远不可能实现它试图做到或宣布要做的事情。因为消极作为一种冷对抗虚无了自我也粉碎了权力可操纵的对象。然而无论是疯狂还是陨落，都是牺牲品。

玛丽这个人物既可恨又可悲。她的婚姻毫无爱和幸福可言，因此报复的火山也就喷发得更猛。家庭主妇的角色赋予她的只有家务这个舞台，而玛丽正是从这里开始放肆行使她的权力。她非人地对待黑仆，从而尝到报复的快意。在丈夫—妻子关系中被剥夺了欲望的玛丽，从黑仆身上搜刮，充实欲望的空囊。然而，这种滥用同样是有违自然法则的。每一次黑仆的辞职都是一次反物化，而迪克也在警告她：不要虐待黑仆。万般无奈之下，玛丽选择了逃离，但结果更不尽如人意：城市已经抛弃了她，那个地方不再提供她欲望的满足。重新回到家中的玛丽因为迪克生病得到了在农场放肆的机会。在那个大舞台上，她将映射在自己身上的权力规训放之黑奴：运用权力使后者黑奴不仅在做什么方面而且在怎么做方面都符合她的愿望。通过纪律，增强了人体的力量，把体能变成了一种才能、能力，并竭力增强它。但是另一方面，这种规训减弱了这些力量，玛丽遭到了反抗。即便这样，待她退回到家务中后，玛丽仍没有放弃释放自己疯狂的欲望。

她像一个榨油机，不放过摩西身上一点可捞的东西。玛丽在不断释放自己的欲望，从造成他人的痛苦中得到了心灵的平衡和宁静。她是社会权

---

① 米歇尔·福柯. 疯癫与文明 [M]. 刘北成，杨远婴译. 北京：三联书店, 2001：263.

力的牺牲品，也是它的刽子手。在菲勒斯中心世界里受侮辱的玛丽利用白人的权力找到了平衡。

比起玛丽心灵上的创伤，摩西的伤更清晰可见。玛丽用鞭子给他留下了第一道疤痕："晶亮的红血从他的脸颊迸出，一些流淌下来，一些还溅到他的胸前。"摩西忍下了这口气，因为他是黑人。做了迪克家的家佣后，摩西的忍耐力受到了更大的挑战：他成了玛丽的出气筒。不管他做得多好，永远没有让主人玛丽满意的一刻。于是再顺从的摩西也终于容忍不了，要辞职了，但是此刻戏剧性的复仇机会来了。玛丽因为害怕迪克谴责，用一种乞求的口气让他别走。比起人到中年形容憔悴的玛丽，摩西要年轻强壮得多。对摩西而言，男人的权力是他报复的砝码，他对玛丽的感情在更多意义上是征服，征服一个白人女人的快感。慢慢地，他开始成为这个家的主人，因为病怏怏的迪克"老早就被打败了"。当着查理的面，他敢用主人的口气来反驳玛丽，而后者连吱一声的勇气都没有。当托尼发现二人的关系后让他滚时，摩西是不敢与他顶撞的，但是对玛丽，他敢。他质问玛丽："夫人让我走就是因为这个主人（托尼）？""这时玛丽连看都不敢看他一眼。"摩西作为一个男人的意识被激活了，他为自己男人的权力被剥夺而感到愤怒。于是，在一个狂风暴雨的夜晚，他实践了自己的权力，他是男人，就绝不会允许自己的女人背叛自己。在对白人权力下忍耐的摩西把枪口朝向了女人。

与疯狂的肆虐和枪杀相反的是永远的沉默和陨落。迪克在小说中是个可怜的人物，他的人生目标很简单：好好经营他的农场，然后赚钱养家。在维持小农场身份的斗争中他很坚韧而且也一直以此为改变人生的契机。迪克结婚时还背着一身债，因此婚姻一开始他就因贫穷而沉默，因为没有爱而默默接受玛丽的冷漠。这对男人来说意味着男人权力的不完整。迪克每天在地里挥汗如雨，为的是不被大农场主们"圈地"。然而无形的压力还是胁迫他部分地放弃自己作为男人的权力。他没有反抗，甚至还请求玛丽来掌管农场。在当时的社会而言，这简直是对男人的侮辱。在那些男人眼里，"女人们根本不知道如何对待黑鬼"，又何况是规训整群的黑奴呢？尽管迪克曾经努力尝试各种方法使自己免于成为贫民，但是身体的虚弱只能让他一再地承认失败。病中的迪克和照看他的摩西形成鲜明对比。最后当迪克用一种"游离而悲怆的口吻"道破自己在受查理的"施舍"时，他已经完全接受了自己的陨落。连名字在新闻上都被写错，他在这世间真的是什么也没留下。

托尼的沉默和陨落不同于迪克。他满怀热情来到这个地方，却发现一切都是那么的狭隘和排外。年轻人托尼是多么想融入这个社会来实现他的淘金梦，但是周围的空气已让他插不上嘴了，更别说在此有一番作为。在查理和警官的权力意志下他选择了沉默。他本想说自己并没有打算就此打住，然而他最终什么也没说。初来非洲就挨了这么一拳，托尼从此改变了自己的人生态度。他在殖民地到处漫游直到自己身无分文才去找了份文书工作，而自己是为逃避做文书才来非洲的。他的激情在村庄的狭隘和排外中，在大农场主的倾轧下，全部消失殆尽。

不论是走向疯狂或沉默，这些个体都是权力倾轧的牺牲品。托尼和迪克渴望凭自己的努力获取权力、赢得尊严，而玛丽和摩西则把权力之剑挥向无辜者。个体生活在层层交错的权力网中，处处受权力的压迫。只有使用权力，个体才能找回生存的精神平衡，然而这种个体的平衡却导致了社会的不平衡：要么是无理智的滥杀，要么是绝望的虚无，到处是悲哀的呼号。

四、结语

现世中权力意志无处不在，且到处都是规训惩罚，真理由权力做主；现代文明又加速了这种规训力量由体力上的折磨转为精神上的压抑。小说中的主人公们选择了疯狂或是陨落，走向的都是寸草不生的荒原。然而莱辛也绝非是一个悲观主义者，她在前言中同时也引了这样一句话："只有检查一个文明的缺憾和不足，才能确定它脆弱的地方。"荒原之后有希望。这预示了无论是疯狂还是陨落在荒谬面前的反应都是没有意义、没有价值的死亡。一种人运用已有的权力疯狂地报复权力所指的对象，如玛丽凭借白人的身份来折磨黑人，摩西仰仗男人的地位来压迫玛丽；另一种人"看到生活的意义被剥夺，看到生存的理由消失。"① 虽然他们没有肉体上自杀，但精神上已经给自己宣判了死刑，典型的例子是迪克和托尼。迪克行尸走肉般地看着查理他们给自己的妻子之死定案；托尼则"完全不用自己原来的雄心壮志来要求自己"。疯狂的结果是，玛丽发现连灌木（青草）都在吞噬她的家，也在吞噬她自己，她陷入了无比深重的自我惩罚中；沉默的结果是，灌木（青草）也可以传播疾病使迪克在肉体上垮掉。小说中青草的形象可谓是多义的，它是对个体两种反应的否定。青草在歌唱，冷冷地看着主人公们倒下，因为面对各种权力的物化，我们的主人公们选错了路。

作│者│介│绍

多丽丝·莱辛（DorisLessing，1919年10月22日~2013年11月17日），英国女作家，代表作有《金色笔记》等，被誉为继伍尔芙之后最伟大的女性作家，并几次获得诺贝尔文学奖提名以及多个世界级文学奖项。在2007年10月11日，瑞典皇家科学院诺贝尔奖委员会宣布将2007年度诺贝尔文学奖授予这位英国女作家。她是迄今为止获奖时最年长的女性诺贝尔获奖者。此外，她是有史以来第三十四位女性诺贝尔奖得主。

多丽丝·莱辛于1919年10月22日出生于伊朗，原姓泰勒，父母是英国人。在莱辛五岁时她全家迁往罗得西亚，此后20余年家境贫困。她15岁（一说是12~13岁）时因眼疾辍学，在家自修。16岁开始工作，先后当过电话接线员、保姆、速记员等。她青年时期积极投身反对殖民主义的左翼政治运动，曾一度参加共产党。

莱辛曾两次结婚并离异，共有三个孩子。1949年她携幼子移居英国，当时两手空空，囊空如洗，全部家当是皮包中的一部小说草稿。该书不久以《野草在歌唱》（1950）为题出版，使莱辛一举成名，它以黑人男仆杀死家境拮据、心态失衡的白人女主人的案件为题材，侧重心理刻画，表现了非洲殖民地的种族压迫与种族矛盾。此后莱辛陆续发表了五部曲《暴力的

---

① 赵敦华. 现代西方哲学新编 [M]. 北京：北京大学出版社，2001：137.

孩子们》，即《玛莎·奎斯特》(1952)、《良缘》(1954)、《风暴的余波》(1958)、《被陆地围住的》(1965)以及《四门之城》(1969)，以诚实细腻的笔触和颇有印象主义色彩的写实风格展示了一位在罗得西亚长大的白人青年妇女的人生求索。这期间她还完成了一般被公认是她的代表作的《金色笔记》(1962)。

莱辛已出版两卷回忆录，叙述其从童年到20世纪50年代的生活。人们曾认为，她接下的书该是回忆录的第三部分，内容将写到20世纪60年代。恰好相反，她却用小说手法描写这段生活，并取名《最甜蜜的梦》(The Sweetest Dream)。她在这本书里，通过讲弗兰西斯和其前夫约翰尼的故事，探讨"妇女如何在60年代转错方向"。

大约从20世纪60年代以来，莱辛对当代心理学及伊斯兰神秘主义思想的兴趣在作品中时有体现，但她仍然关注重大社会问题。70年代中她撰写了有关个人精神崩溃的《简述下地狱》(1971)及讨论人类文明前途的《幸存者回忆录》(1974)。《天黑前的夏天》(1973)讲述一位中年家庭主妇的精神危机。此后她另辟蹊径，推出一系列总名为《南船座中的老人星：档案》的所谓"太空小说"；包括《什卡斯塔》(1979)、《第三、四、五区域间的联姻》(1980)、《天狼星试验》(1981)、《八号行星代表的产生》(1982)等，以科幻小说的形式写出了对人类历史和命运的思考与忧虑。

莱辛是一位多产作家，除了长篇小说以外，还著有诗歌、散文、剧本，短篇小说中也有不少佳作。如今仍不断有新作问世。像《简·萨默斯日记》(1984)和《好恐怖分子》(1985)一类的作品，就题材和风格而言，似是对作者早期写实方法的一种回归。

第 三 节
一场真实的人性测试实验——《蝇王》中的人性主题解读

一、作品概述

小说《蝇王》描述了一个骇人听闻的故事：在未来第三次世界大战中的一场核战争中，一架飞机带着一群男孩从英国本土飞向南方疏散。飞机被击落，孩子们乘坐的机舱落到一座世外桃源般的、荒无人烟的珊瑚岛上。那儿鸟语花香，野果遍山，还有密密麻麻的森林，蓝蓝的大海，松软的沙滩，俨然是一个伊甸园。

岛上有充足的淡水、丰美的食物、湛蓝的海水和绵长的沙滩，呈现出一幅如同人之初亚当和夏娃栖息的伊甸园一般的景象。在这样一个与世隔绝的生存环境下，充满新鲜感的孩子们开始了新的生活。起初孩子们身上还带着文明社会的习惯和印痕，还能够按照文明社会的理性和秩序来运转他们那个"小社会"。在他们自发召开的第一次全体会议上，拉尔夫就规定，谁持有"海螺"，谁才有发言权。会后孩子们分成小组去采集食物，用树枝建造房屋，还点燃一堆烟火向海上传递求救的信号。但好景不长，有序很快转为无序。搭建住棚和看守火堆这些文明社会中所应担负的责任很快让孩子们觉得限制了个人自由，最后选择跟随杰克去打猎，因为那样让他们感到刺激，既无拘无束，又可以吃肉。

孩子们分为两帮，分别以拉尔夫和杰克为首。但是危机不久就出现了。孩子们在饥饿、绝望与恐惧的驱使下，抛弃了拉尔夫的文明统治而归顺于杰克的野蛮部落。权力争斗的愈演愈烈及欲望和责任的冲突很快使孩子们文明有序的社会走向分裂。为了争夺对小社会的统治支配权，建立可以发号施令的权威，两派开始明争暗斗。在随之而来的斗争较量中，拉尔夫和猪崽子一方被杰克和罗杰一方打得大败。失去了文明世界的理性和秩序，没有了纲纪规则，没有了互助合作，这群孩子完全堕落成一群嗜血的"野兽"。故事的结尾，当杰克和他的猎手们认定拉尔夫是仅剩的唯一叛逆者时，罗杰狰狞地削尖了木棒的两端，准备用对付野猪的手段来除掉拉尔夫。可怜的拉尔夫被追得四处乱窜，无处藏身，直到英国皇家海军舰艇经过荒岛相救，才幸免于难。故事的结局是，荒岛呈现出这样一幅悲伤凄惨的景象："海岛已经全部烧毁，像块烂木头"，"拉尔夫的眼泪不禁如雨水般流了下来，他为童心的泯灭和人性的黑暗而悲泣。"故事以崇尚本能的专制派压倒了讲究治理的民主派而告终。

二、从《珊瑚岛》到《蝇王》

1857年，英国著名作家罗伯特·迈克尔·巴伦坦出版了一部儿童历险小说《珊瑚岛》，勾画了一幅善战胜恶的传统格局，体现了维多利亚时代的乐观精神。在此后一个世纪的时间内，这部小说影响了一代又一代人，成为一部经典之作。然而，这种过于抽象乐观的观点是不具备强大说服力的。在《珊瑚岛》出版后的100年间，西方世界灾难深重，危机迭起，许多作家开始对《珊瑚岛》中表达的人性之善产生怀疑。英国当代著名小说家威廉·戈尔丁认为，"灾难的出现完完全全是由于野蛮的天性。这整个情况是英国人在一百年内所不得不记取的悲剧性的教训，即一伙人与另一伙人生来是没有两样的：人类的唯一敌人存在于人类的内心"[①]。因此，戈尔丁反其道而行之，从外在形式来看，《蝇王》简直是从《珊瑚岛》脱胎而来，不但故事情节有许多相似之处，就连作品中主人公的名字也相差不多。

《蝇王》中也有杰克和拉尔夫，彼得金·盖则改名为猪仔，另外再加上一个西门。而两部作品的不同之处在于戈尔丁致力于探讨"人心的黑暗"。

---

① 威廉·戈尔丁. 谈谈《蝇王》中的寓言 [M] //王宁. 诺贝尔文学奖获奖作家谈创作. 北京：北京大学出版社，1987：540-541.

他认为现代人的本性中存在着十分危险的兽性,如果不能有意识地加以控制,"野兽"出"笼",后果将是不堪设想的。戈尔丁对人性的这种基本估价,是以现代资本主义社会的种种丑恶现象为大背景的,同西方现代主义作家们对人的看法相一致,当然,更与他个人的经历有关。戈尔丁参加过空前残酷的第二次世界大战,对法西斯主义的罪恶,对战争的灾难,对血与火中表现出来的一些人的劣根性,有着比较真切的体察,因而感到悲愤和忧虑。为了帮助人们睁开眼睛看自己,《蝇王》采取逐步展示人性丑恶的手法,将《珊瑚岛》式的"文明"无情撕裂。孩子们刚踏上这个与世隔绝的荒岛企图开始一种新生活时,基本上还能按照在成人世界所受的教育和养成的文明习惯开展理智的活动,整个荒岛充满了乐园的气氛:他们有共同的奋斗目标——争取获得营救;有象征民主和秩序的螺号——谁想发言必须手握螺号,不得乱来;他们民主选举了自己的"头头"拉尔夫,大家都得听从他的指挥。一切似乎都进行得有条有理,简直就是"文明"世界的缩影。然而,这种《珊瑚岛》式的文明并没有维持多久,杰克一伙人便制造分裂,为所欲为。象征民主秩序的螺号被打得粉碎,一个美丽的小岛最后终于葬身火海。在岛上,孩子们时时受到"野兽"、"怪物"的惊扰。而事实证明,孩子们害怕的野兽是潜伏于人性中的恶;把荒岛变成屠场、火海的也不是什么怪物,正是人类自身。如亚里士多德所说:"人类由于志趣善良而有所成就,成为最优良的动物。如果不讲礼法,违背正义,他就堕落为最恶劣的动物。"

三、恶从心中来

在《蝇王》中,有两条主线贯穿始终:其一是小说的记叙性,作者详细描述了男孩们一步步从文明走向原始、野蛮的心路历程;另一条更为重要的线索是不断发展起来的"野兽"。这个词首先是由一个身上长着胎记的男孩讲出的,他看到有一个蛇样的东西在林子里走来走去。于是从此刻起,恐惧的种子便深深根植于孩子们的内心,这种非理性的恐惧实际上便是人类本质上的"恶疾"。如果说我们害怕的"野兽"实际上是在我们的内心深处,人类的本质是非理性的,或者说人性本恶,而《蝇王》只不过是一部简单的关于"原罪"主题的小说,那样便抹杀了这部小说非同一般的现实主义意义。实际上,在讲述这群被迫降落到荒岛上的孩子们的同时,戈尔丁也是在描绘他们刚刚离开的那个成人的世界,一个正处在战争与毁灭边缘的世界。这样一个大背景,正是作者本人熟悉并且亲身经历过的。孩子们曾不止一次将自己的行为与外面的世界进行比较。"大人们懂事,"猪仔说,"他们不怕黑暗。他们聚会、喝茶、讨论,然后一切都会好的","他们不会在岛上到处点火或者烧掉","他们会造一条船","他们不会吵架","不会砸掉我的眼镜","也不会去讲野兽什么的","要是他们能带个消息给我们就好了"。拉尔夫绝望地叫喊道:"要是他们能给我们送一些大人们的东西一个信号或者什么东西就好了。"拉尔夫的要求得到了答复:成人世界确实送来了一个信号,更确切地说,是战争本身送来的——而这个信号却加快了他们这个正在改变的世界趋于颠覆的步伐。在十英里高空中,一场战斗带来了成人们的信号:一顶降落伞带着一位飞行员的尸体降落到小山顶上,于是孩子们头脑中虚构的野兽此时终于变得具体了。而将儿童世界与成人世界联系到一起的降落伞,本是一种文明的标志,现在却变成了孩子们恐惧的来源。戈尔丁曾经亲自解释过这一点:"这具死尸本身就是历史"。孩子们已处在困境之中,而这具可怕的尸体便是我们所能给他们的一切了。他已经死了,却又不肯躺倒在地上。这是一个丑恶的战争与腐朽的象征。他给这座人间天堂带来了血腥,他本身却又恰恰符合孩子们想象中野兽所具备的一切。这位死去的飞行员,对孩子们来说是一种威胁,其实他本质上却又是外面世界中更大意义上的威胁的牺牲品。他是人类之间相互憎恨的产物。他的出现则象征了成人世界的毁灭也是不可避免的。

《蝇王》的结尾部分历来是争议的焦点。许多人认为海军军官突然降临显得太传统,很像两千多年前古希腊、罗马戏剧中的"降神"。人们在期待一个开放式的结尾。然而,假如没有海军军官的出现,这部小说也只能列为普通的描写人性堕落的荒岛历险记,其深刻的现实意义则无从实现。海军军官见到了岛上的肮脏与混乱,他责备说:"我本以为一群英国孩子——你们都是英国人吧,是不是?——应该比刚才那样玩得更好。"军官的话立刻使读者想起了杰克曾经讲过的一番话："我们要制订规则。人人都要遵守。我们毕竟不是野人。我们是英国人，英国人做什么事情都是最棒的。"①然而事情发展到最后却是极具讽刺意味的：杰克不但退化成野蛮人，还变成了岛上的大独裁者。戈尔丁曾经讲过，英国人这种盲目的大国沙文主义正是他在《蝇王》中要极力抨击的。正如岛上的孩子们一样，英国人总是倾向于将一切罪恶都实物化、外部化。这种自我膨胀的心理导致了一切罪恶的产生。杰克一伙对于信仰、理性和科学的憎恨及使用的暴力，正是对英国社会赤裸裸的讽刺。更明确地讲，孩子们在岛上的经历其实也就是成人们在外部世界进行的一切。成人将仍在继续的战争，即另一轮的相互杀戮之中。相对于成人来说，儿童们的罪恶只不过是同一罪恶的低级阶段，童心无邪已经变成了一种谎言，因为人的本性就是邪恶的。戈尔丁选择了一群孩子作为他小说的主角，使得对真相的揭示更加生动、可怕。他粉碎了人性本善或非善非恶的谬论，因为人们永远也忘不了孩子们涂黑的面孔与手执的利棍实际上便是军官身上的白斜纹布军装、镀金的钮扣和腰间的左轮手枪。于是人们明白了一条真理：儿童是成人的替身，童心的泯灭实际上就是人性的泯灭。戈尔丁将这群学龄儿童置放在一个与文明世界完全隔离的孤岛上，让他们听凭自己的天性自然地发展下去，是有其深刻用意的。

四、两种文明的毁灭

《蝇王》中死去的两个孩子西门和猪仔，分别象征着两种文明的毁灭：前者是道义和精神文明的毁灭；后者则是现有秩序和物质文明的毁灭。西门是作者着力刻画的美德的体现者，一个耶稣式的殉难者。他虽然身体瘦弱，患有癫痫病，但极富友爱精神和正义感。他善于思索，有很强的洞察力，敢于正视黑暗的现实。孩子们听说山上出现野兽时，西门的内心里浮

---

① Nelson, William. William Golding's Lord of the Flies: A Sourc Book [M]. The Odyssey Press, 1963: 113.

现的是这样一幅画面：一个既有英雄气概又是满面病容的人。西门首先揭开了怪兽之谜，认识到邪恶是人性中固有的东西。然而当他赶来拯救其他孩子时，却被自己的伙伴当作怪兽残忍地杀害了。这时从"猪头"——"蝇王"口中发出的预言终于实现了："你知道我是你们的一部分吧！而且分不开，分不开，分不开！""你不要胡闹了，我可怜的误入歧途的孩子，否则，我们就要干掉你，你懂吗？杰克，罗杰，莫里斯，罗伯特，比尔，还有猪仔和拉尔夫，都要干掉你，懂吗？"荒岛上所有的孩子都是"蝇王"的组成部分，都是"我们"中的一分子，都有"干掉你"的罪恶的基因，就连表面上与"你"并肩携手、同舟共济的猪仔与拉尔夫也要"干掉你，也要吃人"！西门的死并不是一次偶然的事故，他是被自己的伙伴们残忍地谋杀的。对于身陷绝境的孩子们来说，唯一能够将他们从疯狂与混乱中解救出来的便是要保持清醒、理性的头脑，尽力去发现事物的本质。在荒岛上只有西门一人具有这种理性，然而他们却将西门拒之门外。西门的人格是通向光明与救赎的理想人格。从这一角度说，他便是这个微缩世界中的上帝。当西门被那些受偏见和狂热控制的孩子们当作"怪兽"活活咬死时，也就是人类在微缩世界中再一次杀死了能够拯救他们的先知，人性已经完全被兽性代替了。

　　猪仔是务实派，是理性的代表。他善于思索，知识渊博，相信科学；他最热忱、最坚定地维护螺号的权威。他是现代"文明"社会的一名忠实的"公务员"。然而他又有许多缺陷：哮喘、脸色苍白、行动笨拙、口齿不清、高度近视，如此虚弱不堪一击，最后终于成为杰克强权制度下的牺牲品。他的死显示了当今西方世界的种种"文明"制度与物质生产的发展是敌不过人性的丑恶的，民主到头来只会变成强权下的一堆碎片。

　　在对待野兽这一问题上，猪仔显示了他最大的局限性。他认为"生活是科学的"，人性本善，只不过人生具有一种愚蠢但却是可以改变的习性，即盲目追随杰克一伙。当西门提议爬上山顶面对"野兽"时，猪仔表示绝对的不理解。他所能提出的最好的解决办法（并且也得到孩子们一致的赞扬）就是把山顶让给野兽，将信号火堆转移到一个更安全的地方。西门之死，拉尔夫与猪仔也负有责任。但是事后他们竭力为自己的过失开脱。猪仔只知道一味地责怪杰克——我们什么也没做，什么也没有看到，全是杰克一伙干的。从某种角度来看，他的话也有一定道理。但他根本没有意识到自己在这场谋杀中的作用。杰克应该受到指责，因为他的本性存在于我们每个人身上；所有的人都应受指责，因为人性本是黑暗的。但是，猪仔的"掩耳盗铃"比杰克的赤裸裸地宣泄兽性更令人触目惊心。

五、结语

小说《蝇王》既是一部反映人类社会状况的哲理小说，也是一部实验人性的实验小说。戈尔丁观察实验的反应，得出他关于人性本恶的结论。这群12～16岁的孩子，像鲁滨逊一样，凭借人类的聪明智慧克服了外部的一切困难，可他们却战胜不了自己天性中的邪恶，以至于悲剧一个接一个地发生。西方文明的阴影自始至终贯穿于整个悲剧的始末。这个文明的实质就是战争。故事的起因是一场未来的原子战争：孩子们是为了逃避战争才来到这座荒无人烟的小岛；情节的发展也是按照战争中对权力、血腥和杀戮的渴望逐步展开的；故事的结尾也和现实世界中的战争有关：那位上岸拯救拉尔夫和所有孩子们的英国军官和他的战舰其实正在从事一场充满血腥味的战争。军官及军舰代表的那种"文明"，只不过是"战争"或"野蛮"的同义词而已。神话的寓意：儿童世界是成人世界的缩影；正如没有人能拯救这些儿童一样，世界上也没有任何一种力量能够将人类从他们的相互杀戮中解救出来。

作｜者｜介｜绍

威廉·戈尔丁（1911～1994），英国小说家。生于英格兰康沃尔郡一个知识分子家庭，自小爱好文学。1930年遵父命入牛津大学学习自然科学，两年后转攻文学。1934年发表了处女作——一本包括29首小诗的诗集（麦克米伦当代诗丛之一）。1935年毕业于牛津大学，获文学士学位，此后在一家小剧团里当过编导和演员。1940年参加皇家海军，亲身投入了当时的战争。1945年退役,到学校教授英国文学,并坚持业余写作。1954年发表了长篇小说《蝇王》,获得巨大的声誉。1955年成为皇家文学会成员。1961年获牛津大学文学硕士学位,同年辞去教职,专门从事写作。

戈尔丁是个多产作家,继《蝇王》之后,他发表的长篇小说有《继承者》(1955)、《品契·马丁》(1956)、《自由堕落》(1959)、《塔尖》(1964)、《金字塔》(1967)、《看得见的黑暗》(1979)、《航程祭典》(1980)、《纸人》(1984)、《近方位》(1987)、《巧语》(1995)等。其中《航行祭典》获布克·麦克内尔图书奖。此外,他还写过剧本、散文和短篇小说,并于1982年出版了文学评论集《活动的靶子》。

戈尔丁在西方被称为"寓言编撰家",他运用现实主义的叙述方法编写寓言神话,承袭西方伦理学的传统,着力表现"人心的黑暗"这一主题,表现出作家对人类未来的关切。由于他的小说"具有清晰的现实主义叙述技巧以及虚构故事的多样性与普遍性,阐述了今日世界人类的状况",1983年获诺贝尔文学奖。

威廉·戈尔丁七岁开始写作。父亲是当地学校的校长,也是一位学者,痴迷于求知和探索。其父对政治有极大的热情,相信科学。母亲是位主张女性有参政权的妇女。戈尔丁继承了父亲开明、理智的秉性,自小爱好文学。在这个典型的英国中产阶级家庭里,威廉·戈尔丁度过了宁静而孤单的童年。由于外出时永远有父母或保姆相伴,戈尔丁在上小学前没有结识过家庭成员之外的任何人。他很小就开始读书,却不擅长数学。他熟读所有儿童文学,包括古希腊至现代的一切童话故事。12岁时,戈尔丁开始动手尝试小说创作,计划写一部关于工会运动史的长篇巨著,可惜这一计划没有完成。戈尔丁的家后来搬到马尔波罗,他就在马尔波罗的语言学校就学。在从父亲任教的马尔波罗中学毕业后,1930年遵父命入牛津大学布拉西诺斯学院学习自然科学,两年之后,戈尔丁终于发现理科不是他所喜爱的专业,转而攻读英国文学——这两方面的影响在他后来的大部分作品中都常有反映。他悉心研究盎格鲁—撒克逊时代的历史,这段学习对他后来的文学创作影响很大。1935年,戈尔丁大学毕业,获得英文学士学位和一份教学许可证。1934年,在毕业的前一年,戈尔丁出版了处女作——一本题为《诗集》的小册子,包括29首小诗的诗集,被收入新星诗人丛书中(麦克米伦当代诗丛之一),其中显示了他的写作才华。毕业后,他做了四年社会工作,工作内容包括写作、表演,在一家小剧院当过临时演员、导演和编剧等各种工作。1939年,他同安·布鲁克菲尔德结婚,并步父辈的后尘,在英国南部萨利斯布里的一所教会学校——霍兹霍斯主教中学任英文与哲学讲师。第二次世界大战的爆发打破了戈尔丁的平静生活,1940年戈尔丁以中尉军衔加入了英国皇家海军直接参战。作为战舰的指挥官,他亲身经历了许多难忘的战斗,他参加了击沉德军战列舰俾斯麦号的战役。随后他又参加了诺曼底登陆。战争结束后,戈尔丁于1945年退役,他重又回到该教会学校执教,教授英国文学,并坚持业余写作。经过战争,他对人类的看法完全改变了。以后他就开始了小说创作,从《蝇王》到《纸人》,阐释了人的本质是罪恶的观念。

此后他陆续出版了《继承都》、《品契·马丁》、《赢得自由》、《塔尖》、《金字塔》等作品。1955年成为皇家文学会成员。1961年获牛津大学文学硕士学位,同年辞去教职,专门从事写作。1962年退休之前,戈尔丁在美国弗吉尼亚州堆林斯学院做了一年客座教授。1970年获布赖顿市萨西斯大学文学博士学位。此后,他就在旅游、演说、教书、写作、拨弄乐器和航海中度过他的时光。

晚年的戈尔丁过着从容优裕的生活,英国女王伊丽莎白二世于1988年赐予戈尔丁爵士荣誉。戈尔丁于1993年6月19日卒于家乡康沃尔。

第 四 节
小人物的愤怒与抗争——《幸运的吉姆》中愤怒的原因探析

一、作品概述

主人公吉姆（詹姆斯·狄克逊）是个出身平常，长相也一般的白面后生，在远离伦敦的某省立大学历史系任合同讲师。他过得不怎么如意，因为他不喜欢教书这个行当，尤其是在这样的环境中，他的系主任——内德·威尔奇教授是个附庸风雅、不学无术的虚伪之徒。吉姆绝无与学校其他人搞好关系的本领，因此，如何顺利度过试用期，让学校继续聘用，全看他能不能捏着鼻子讨得威尔奇教授的欢心了。

他先做的三件事是：第一，照威尔奇教授的指示给一家杂志投稿来表明他近期的学术成果，以便留任。一家杂志接受了他的文章，却不告诉他何时发表。第二，吉姆答应参加学院期末举行的学术演讲周，威尔奇派给他的题目叫《可爱的英格兰》。第三，他"欣然"答应本周末前往威尔奇举行的家庭晚会。吉姆的女同事玛格丽特·皮尔住在威尔奇一家楼上，与吉姆过从甚密，她是个其貌不扬，有点做作和神经质的女知识分子，相传她失恋后自杀未遂。吉姆不十分喜欢她，却糊里糊涂地成了她的男友，担负起安慰、陪伴她的责任。周末晚上，吉姆、玛格丽特等人应邀参加了威尔奇的家庭晚会，不久威尔奇教授的儿子伯特兰德和女友也驾到。伯特兰德是个粗鲁、自私、跋扈的"半瓶子醋"的画家，他的女友克里斯廷·卡拉汉却是位容貌美丽，衣着朴素，神态端庄的妙龄姑娘。当吉姆第一眼看到她时便被她深深地吸引了，心里有一种说不出的滋味，奇怪这样一个女孩子竟会跟丑陋的威尔奇一家有密切关系。晚会上大家聊天，伯特兰德出言不逊，吉姆也毫不客气地回敬了他，并愤然走出客厅，到街上的酒店里喝了两杯。当他带着醉意回到威尔奇家时，无意中发现他同事的妻子，一个名叫卡洛尔的女子与伯特兰德有暧昧关系。他昏昏沉沉地回到自己的临时卧室，一觉睡到天亮，大吃一惊地发现自己的香烟把床单和毛毯烧了好些大洞。他霎时感到六神无主，这要是被刻薄的威尔奇太太看到，定不会饶了他。恰好这时，他碰到克里斯廷，在她的帮助下，烧毁的毛毯、家具很快被收拾停当。过了两天，他接到克里斯廷的电话，请求吉姆帮她打听伯特兰德的下落以及校长邀请他们参加的夏季舞会何时举行。

由此，吉姆进一步得知伯特兰德对克里斯廷三心二意，加之吉姆本人对克里斯廷有一份秘而不宣的感情，他机智地扮成晚报记者，骗过威尔奇太太和伯特兰德，搞来克里斯廷需要的消息。一来二去，他和克里斯廷亲密、默契了不少。夏季舞会开始了，故事前面提到的那些人物都翩翩而至。这一次克里斯廷带来她的舅舅朱利叶斯·戈尔阿夸特先生。他是一位爱好美术、富有的上流社会人物，很有正义感，对社会"文明"和学术界的价值也感到怀疑。威尔奇一家，特别是伯特兰德早就想通过克里斯廷来攀附他。戈尔阿夸特先生对校长和威尔奇一家并不感兴趣，相反对吉姆的态度倒是很友好。舞会上，伯特兰德和卡洛尔跳舞，玛格丽特跟戈尔阿夸特也聊得蛮热乎，被冷落的克里斯廷和吉姆跳了几轮。克里斯廷请求吉姆告诉她伯特兰德和卡洛尔的关系，尽管吉姆对伯特兰德充满厌恶感，且对这事比较知情，但他却保持君子风度，对此缄口不言。看到克里斯廷在晚会上再三受到冷落，吉姆出于同情和爱怜，决定送克里斯廷回家，分手之前两人都鬼使神差，情不自禁地吻了对方，并约好了再次会面的日子。过了两天，玛格丽特来到吉姆住处，一通歇斯底里，吉姆束手无策，道义上无法摆脱玛格丽特。

这几天吉姆非常忙：一是要催问他的文章何时发表，结果发现文章已被他人盗用，盗用的人被任命为国外某大学的教授，吉姆这才发现所谓的"教授"都是这么当的。二是他要准备期末的演讲并安排期末考试和下学期的课题。三是要赴与克里斯廷的约会，约会结果并不理想，克里斯廷出于道义的考虑，也认为她和吉姆都不应该甩下伯特兰德和玛格丽特……在这个焦头烂额的时刻，威尔奇教授又把自己干不完的工作交给吉姆完成。还要吉姆以为所有一切都是出于对他的"信任"。然而尽管如此"信任"，威尔奇教授却无论如何不肯告诉吉姆下学期是否还继续聘用他，吉姆怒不可遏，真想抄起把扳手朝他脖子后面敲几下。吉姆为威尔奇无偿服务了之后，威尔奇教授也不管吉姆乐意不乐意，作为"恩典"邀请吉姆去家里吃饭。到家之后，威尔奇太太和伯特兰德纷纷找吉姆算账，追问烧坏毛毯一事，谴责他假扮记者和勾引克里斯廷的行为。

不久，吉姆和克里斯廷约会的事被伯特兰德知道，他前来寻衅，被吉姆打翻在地。期末演讲会终于开始了，院系师生和一些社会知名人士包括克里斯廷的舅舅戈尔阿夸特先生也前来聆听。演讲之前，戈尔阿夸特先生为了给吉姆壮胆，给他喝了不少烈性酒。想不到吉姆酒性发作，到了台上胡言乱语起来。他先是模仿校长和威尔奇教授的说话声调和姿态，惹得满堂哄笑、跺脚和尖叫。而后他越发神志昏乱，想把在座的威尔奇教授和太太、伯特兰德、校长、注册主管员、学院行政委员会和学院统统臭骂一通。演讲终于失败了，吉姆丢掉了工作，也断绝了与玛格丽特的关系。然而出乎意料的是，戈尔阿夸特先生一直赏识他，吉姆成了他的报酬优厚的私人秘书。同时，克里斯廷也认清了伯特兰德，来到了吉姆身边。幸运的吉姆在事业和爱情上都有了一个完美的结局。

二、引发吉姆愤怒的诱因分析

小说《幸运的吉姆》以喜剧甚至闹剧形式展开，诙谐幽默的语言拉开了吉姆生活的一幕又一幕，有时喧嚣热闹，有时胡言乱语，有时迷乱，有时癫狂。但就是在这种看似轻松的、喜剧式的讽刺幽默之下，读者又时时能够感受到吉姆身上散发出的愤怒情绪，并且这种情绪还十分强烈。究其由来，不难发现，吉姆所处的学术环境和生存环境是导致其愤怒的根本原因。

首先，令人窒息的学院派作风使吉姆感到无比压抑。吉姆作为一名试用期的历史教师任职于外省一所不知名的大学，这所大学的气氛使吉姆感到不愉快，甚至厌恶。这里等级森严、制度荒唐、论资排辈，学院派作风盛行。学院里的人矫揉造作、思想迂腐、虚情假意。但是迫于生计，为了能够续聘，保住自己的教职，吉姆不得不忍受这里的氛围，特别是要忍受并且时时讨好自己相当反感的系主任威尔奇教授。威尔奇教授在小说中是一类学院人的缩影，是学院派作风的代表。他们装模作样以学者自居，却没有高深的学问，靠论资排辈他们熬到了一定的位置，当能够掌控他人前途时，他们已经变得自负且自私，趾高气扬。威尔奇教授对吉姆始终以恩主自居，因为他能给吉姆提供机会，能影响吉姆的前途，也因此他理所当然地给吉姆布置各种各样的"学术"任务，让吉姆跑各种各样的差事。吉姆曾经被迫去公共图书馆帮威尔奇教授查阅写地方历史书的资料，却被威尔奇教授轻描淡写地说成是查一查"顺便能找到手的资料"；被迫帮着威尔奇教授修改一篇将发表于某杂志的长篇文章，却被威尔奇教授简单地说成是"只粗略地扫一遍"。对于威尔奇教授的各种要求和差事吉姆丝毫不敢怠慢，更不敢拒绝，虽心中极不情愿，"对屡次受到的讹诈感到厌倦"，充满愤恨，但也只能听命，还要表现得毕恭毕敬，因为"这个人具有摆布他将来命运的决定性的权利"。整个学校的学术气氛皆如此，就连出场并不多的校长也酷爱夸夸其谈，发号施令。学校的管理也笼罩在这种沉闷窒息的气氛中。在这里，年轻老师们很难有出头的机会，只能熬年头浪费大好的年华。

　　学院派作风使吉姆感到非常不自在，难以忍受。但是，对于一个出身低微，没有任何关系和背景的试用期的年轻教员来说，唯一能做的就是忍气吞声、委曲求全，敢怒而不敢言。这种心态对于同等身份、同等地位的"愤怒的青年"们应当说是普遍存在的。小说中所描写的学院派作风揭露了20世纪50年代英国大学里的学术特权现象及学术权贵的伪善，年轻的"吉姆们"人在屋檐下，不得不低头。但是可以想见，学院派作风下这种学术上的压制使他心中燃烧着愤怒的火焰：（吉姆）"简直火冒三丈。他重新闭上眼睛，希望等威尔奇笨手笨脚地换完两档中的最后一档以后，他们会转换话题，不再闲扯学术"①。

　　其次，虚伪"精英文化"的趾高气扬令吉姆感到极度厌恶。金斯利·

---

① 金斯利·艾米斯. 幸运的吉姆［M］. 谭理译. 南京：译林出版社，2013：7.

艾米斯在《幸运的吉姆》写作之前已经给小说定调为一场"反精英文化"战役。金斯利·艾米斯本人曾以笔记形式勾勒出小说的框架：小说定位在外省一所大学，故事发生在大学里的一群人身上，这群人很可能热衷于文化、蹩脚的、毫无价值的文化（伪精英文化），出现了一个看起来反文化的、不合时宜的小伙子。吉姆实际上受过良好的教育，算得上是个文化人，但是由于出身贫寒，得不到精英文化的接纳，"还未取得现存秩序发放的文化身份证"。另外，在上流社会的社交场合，他时时感到窘迫，难以适应，不论他如何努力"也难以达到威尔奇们的文化标准，自己只落得个洋相百出"，成为别人的笑柄。因此，吉姆之类"愤怒的青年"通常对文化，特别是对精英文化有着本能的反感和抵触，甚至是蔑视。特别是当精英文化变得虚伪和浅薄，成为装腔作势、趾高气扬的伪精英文化时，"吉姆们"感到极度厌恶。但是，尽管感到厌恶和痛恨，他们的生存环境使他们躲不开这些所谓的精英文化，进一步加剧了他们心理上的愤怒。

小说开场部分写到威尔奇教授邀请吉姆参加在他家举办的一次附庸风雅的文化周末活动，吉姆虽反感，碍于教授的面子只得答应前往。但是为了能尽早逃离那种与他格格不入的氛围，他聪明地设计了一个环节，请他的同事到时往威尔奇教授家里打一个电话，佯称吉姆父母来看他，请他立刻回去。但是，在这次周末文化聚会上吉姆还是出了差错，成了别人嘲笑的对象。吉姆并不喜欢音乐，为了讨好这些上流社会的"文人雅士"，在聚会上也不得不加入了他们的多声部合唱，但当人们一齐哼唱起来时，他顿时感觉被"包围在催眠般的嗡嗡声中"。这一描写绝妙地体现了吉姆的不习惯、不适应，甚至反感。吉姆并不识谱，羞于说出事实，他谎称自己能"勉勉强强"识点谱，结果麻烦来了，轮到他这个声部时，就躲不过去了，结果引来他同事的嘲笑和威尔奇教授的不满，还是威尔奇教授的儿子带着女朋友的到来暂时给吉姆解了围。但值得一提的是，威尔奇教授的画家儿子伯特兰德的出场给吉姆带来的却是更多的困扰和不快，使他对上流社会精英文化更加厌恶。

伯特兰德以"和平主义者"画家自居，是金斯利·艾米斯笔下典型的伪精英文化人。不学无术，自命不凡，飞扬跋扈，颐指气使，是一个爱故弄风雅的画家,一个阶级偏见很深的花花公子。在吉姆看来,他"只是一个奸诈鬼、势利眼、恶霸、傻瓜"。对出身和地位不及他的中下阶层,他傲慢无礼,不可一世。初次见面,当吉姆搞混了他女朋友的名字,他不仅不羞愧于自己的朝三暮四,竟用粗恶的语言相对。但对上层社会人士、对富人,他又是另一副嘴脸。他时刻想提醒别人他"艺术家"、"文化人"的身份,也毫不避讳自己非常势力的价值观。他当众夸夸其谈:"对,我喜欢美术。你还要不要我告诉你,我另外还碰巧喜欢的是什么吗?我还喜欢富人。如今说这种话是不得人心的,但我感到骄傲。我为什么喜欢富人呢?因为他们可爱,因为他们慷慨大方,因为他们能欣赏我碰巧喜爱的东西,因为他们的屋里充满了美丽的东西。"吉姆不是富人,他属于穷人之列,他要时刻计算着他的小铁盒里还剩几英镑,还要想方设法留一小笔钱以备万一失业时使用。伯特兰德的言行大大激怒了他,令他十分作呕,同时也使他暗下决心,一定要打好这场反伯特兰德战役。他(吉姆)发动了以文化为假想敌的战争。但他的对手不能只是一个抽象概念,而必须有血有肉。伯特兰德就再好不过地满足了这一正义要求。问题在于,艾米斯真正的敌人是文化或文化的精英性,可怜的伯特兰德不过是替它吃了枪子,或替它挨了吉姆的笑而已。

最后,功利驱使下的学术不端行为让吉姆感到怒不可遏。"二战"后,英国社会进入到一个新时期,一方面,人们急于摆脱战争阴影的困扰,想使自己的生活能够立刻有所改善,真正享受"福利国家"带来的"好日子"。另一方面,战后破败的经济和紧张的阶级关系使得许多社会问题得不到及时解决,社会矛盾激化。"二战"后,英国处于一个调整期,战争创伤累累,殖民体系的瓦解使英国从一个强盛的殖民大国走向衰落。社会上普遍存在幻灭和失望情绪。而战后国际形势的动荡不安及各种社会矛盾的激化无疑使人民更加恐慌、困苦。经济困顿,物资匮乏,缺乏安全感,浮躁不安。在这种社会矛盾下,人们开始心态失衡,急功近利,出现道德滑坡现象。学术道德问题也时有发生,为了追求个人学术成就,有些人会不择手段。小说中,吉姆就经历了学术不端行为带来的极大困扰。

小说中讲到一件事情,威尔奇教授让自己的学生替自己写论文,没想到论文中指责的一本书竟是他本人教过的另一名学生所写,而且吉姆后来发现那本书是在威尔奇的倡议下,并且其中有部分还是在他的亲自指导下写成的。对于这种荒唐滑稽的学术乌龙事件威尔奇教授反而指责吉姆在一堂演讲课上向学生灌输了错误的概念,影响了学生论文的观点,这让吉姆觉得可笑且无语,同时感到气愤。在这样的一个地方,他是怎么当上历史教授的呢?是凭出版过的著作吗?不是。是凭格外优秀的教学效果吗?根本谈不上。另一件让吉姆感到更加气愤的事情,是他辛辛苦苦写好投稿的文章竟然被人剽窃了,而这个剽窃者居然是他所投稿杂志的主编、伦敦的一位教授、一个马上要被任命到阿根廷一所大学担任商业史系主任的人,卡顿博士。这件事对吉姆来讲可谓当头一棒,因为这篇文章的发表对他来讲太重要了,能够改变他在系里的处境,对他是否能留任是一个重要的砝码。小说从始至终穿插着描写吉姆围绕这篇文章投稿的前前后后表现出的各种心态,从焦虑到兴奋,到失望,到愤怒。这一心态变化的描写是这部小说诸多叙事脉络中非常巧妙的一条,虽然着墨不多,却很有力度,意味深长。吉姆的文章多次投稿无果使他十分焦虑,发表不了文章说明他在学术上无能,很有可能就不被续聘。当他收到所谓新办杂志主编卡顿博士的来信,说打算发表他的文章时,兴奋到了极点,他取下一顶毡帽戴到头上,在窄小的厅里手舞足蹈了一阵。他高兴地认为威尔奇想解雇他可不那么容易了。但是自此之后,文章发表的事情却犹如石沉大海,杳无音信。吉姆只好打电话追问,卡顿博士吞吞吐吐,给出一大堆堂而皇之的理由,绝口不提何时文章能够发表,让吉姆失望无比,他只能深深地吸气,然后气也不换,整整地呻吟了一分钟。当吉姆发现自己的文章竟被卡顿博士以释义的形式剽窃并且发表在一本国外专业杂志上时,他震惊、愤怒,他吸了一口气辱骂起来,然后又咯咯地发出歇斯底里的笑声。原来人们就是这样当上教授的!不管怎么说,就是这样当上那种教授的。

学术不端行为并不是哪一个社会或哪一个时期的独有现象,时至今日这种现象在学术界仍时有发生。人性的弱点、利益的驱动和制度的缺失都可能诱发学术不端行为,从这个意义上来讲,《幸运的吉姆》不仅鞭挞了当时英国学术界的腐败,对当今学术界也是一个警醒。

三、吉姆的抗争代表着"愤怒的青年"们对现实的反击

金斯利·艾米斯把吉姆这个人物刻画得非常丰富、生动,个性鲜明。他的生活有着很无奈的一面,时常感到空虚、迷茫和压抑,有时不得不曲意逢迎、忍气吞声,向现实妥协。但他的性格中又有叛逆的一面,他的身上散发出一种少有的鲁莽式的勇气。面对现实世界的不公平,面对一个个接踵而至的意外与挫折,他没有让步。他有时玩世不恭,更多的时候,他愤怒、抗争,他甚至打了一场漂亮的反击战。

首先,滑稽剧式心理层面的抗争表达出吉姆痛苦挣扎的心理。对待威尔奇教授的种种虚伪、种种威严,吉姆敢怒不敢言,因为他想要留任,必须讨好这位系主任。但是,吉姆心理上的抗争从未停止过。这种抗争带有一点中国式阿Q精神,读来非常滑稽可笑。小说开场时吉姆和教授在校园里散步,教授故弄风雅地在大谈特谈吉姆既不感兴趣,也不十分懂的各种乐器和音乐演奏,吉姆只能恭恭敬敬,随声附和,脑子里想的却是"一把将教授拦腰抱住,揪着他那件浅蓝色皮毛背心,让他喘不过气来,带着这个笨重的家伙奔上阶梯,穿过走廊,冲进教职员盥洗间,把他那双穿着无头鞋的、小得出奇的脚塞进便池里,扯着放水的拉手拉一次、两次、三次,同时用手纸堵住他的嘴"。任何读者看到这样的心理描写都会忍俊不禁。再有,故事里自始至终困扰吉姆的最大问题就是试用期后是否能留任,他几次想从威尔奇教授嘴里探点口风,而这位教授不知出于什么原因,也许是出于自私想继续控制住吉姆,使他仍是顺手好用的"工具",也许是真的给不出答案,他总是闪烁其词,顾左右而言他,使吉姆非常恼火,又不敢继续追问,只能在心里反击,"必须想个办法,或是动用迫击炮,或是抽出刺刀,把威尔奇赶出阵地,使他不再守口如瓶,不再谈辄离题"。而且他还在威尔奇教授背后自编歌词唱出来,说他是草包光吃饭,是傻瓜老混蛋,是胡言胡语,胡喷胡吐的大笨蛋。金斯利·艾米斯在描写吉姆心理反抗时用了很多近乎精神病人的疯狂语言,充分展示了人物内心那种苦痛、挣扎、扭曲和强烈的躁动。

其次，激烈的言语行为上的抗争代表着吉姆向社会权贵宣战。如果说对威尔奇教授吉姆不得不克制自己的反抗，只能在心理上进行抗争，那么对教授目中无人的"艺术家"儿子的盛气凌人、恃强凌弱，吉姆在忍无可忍之下开始进行正面还击了。在故事开始不久的教授家庭文化周末活动上，初次见面，吉姆与伯特兰德立刻对立起来，伯特兰德行为上的傲慢无礼，言语中的嫌贫爱富惹怒了吉姆，有这样一段情节：伯特兰德朝狄克逊（詹姆斯·狄克逊）倾过身子，压着嗓子嚎叫一声："你到底什么意思？""谁是你的精神病医生？"狄克逊回答说，话头对准了伯特兰德。"你听着，狄克逊，你这样说话是想吃巴掌吗？"狄克逊每逢情绪激动思路就会变得混乱起来，说："即使我想挨巴掌，你该不会认为我想要吃你的巴掌吧，你说呢？"这段描写火药味十足，一个"愤怒的青年"终于起来正面反抗了。这只是吉姆向代表精英文化的社会权贵发起的首次宣战，是他"反伯特兰德战役"的开端。随着故事的发展，两人有多次交锋，吉姆针锋相对，毫不相让，而且最终取得了全面的胜利。他赢得了伯特兰德的女朋友，他得到了伯特兰德垂涎欲滴的"肥差"，在最后的较量中，他朝伯特兰德猛击一拳，伯特兰德被打得嗷嗷直叫，倒在地上，吉姆还不忘加上一句：你是该死的垃圾地上的图腾柱。

吉姆对伯特兰德的胜利绝不只是个人的胜利，这一胜利是20世纪50年代英国出身中下阶层"愤怒的青年"们反对社会恶俗势力，反对"精英文化"的胜利，代表着社会中下阶层民众自我意识的觉醒。小说采用喜剧和闹剧的一些手法嘲讽、揶揄、捉弄社会精英，达到抨击精英文化的目的。吉姆不是传统小说中的英雄，他是反英雄；他是个小丑式的主人公。这种小丑式的主人公不正代表着社会中下阶层的小人物吗？他的奋力抗争就是社会中下阶层普通民众对现实的有力反击。吉姆最终是幸运的，他的幸运使他在小说结束时狂笑不止，前仰后合，几乎到了不能自已的地步。但值得一提的是，吉姆虽然对上流社会有着无产者的愤恨，小说结尾时他的幸运却来自上层社会的恩惠，来自商界富甲的提携，他也万分乐意地接受了这种恩惠和提携，这使小说带有戏剧化色彩，是对社会和人生的一大嘲讽。

四、结语

《幸运的吉姆》所表现的是知识层,文化人在社会转型期的心态失落和人格变异,小说写作的社会背景决定了它的现实内容和思想高度。讽刺辛辣、诙谐幽默的语言引人入胜,但同时,读者们又能够深刻感受到小说所散发出的那种小人物愤怒和抗争的力量。小说对大学围墙内的学院生活的描写和对当时学术界不端行为的揭露与痛斥对不同时代,乃至当今都具有现实意义。同时,小说所反映出来的社会不公平现象在其他任何时代也都或多或少存在,因此,这部小说不仅批判历史,也教育当今社会。

作│者│介│绍

金斯利·艾米斯(Kingsley Amis),英国小说家、诗人,"愤怒的青年"代表作家之一。1922年生于伦敦南部,中学毕业后适逢第二次世界大战,参军服役,在皇家通讯兵里任中尉。退伍后他就读于牛津大学圣约翰学院,获英国文学学士学位。1949~1963年他先后在威尔士的斯旺西城和剑桥大学任讲师。

艾米斯是"愤怒的青年"代表人物之一,他的成名作是长篇小说《幸运的吉姆》(1954),用滑稽的讽刺笔触揭露英国大学里的特权和伪善。小说描写了出身中产阶级下层的大学讲师詹姆斯·狄克逊的遭遇。吉姆思想激进,对现存制度持尖锐的抨击态度,甚至主张把它推翻;对于假冒伪善、装腔作势、玩弄权术都极其反感,成为英国当代文学中著名的反英雄典型。这个性格很受当时读者的欢迎,被称为"愤怒的青年"(Angry Young Man),1956年出版的《露水情》也是同一类的一部批评社会、表示"愤怒"的讽刺小说。

到了60年代,"愤怒的青年"不再愤怒,艾米斯也把讽刺转向反对现状和传统的人当作机会主义分子加以嘲讽。如长篇小说《一个英国胖子》(1963)和《我们现在就要》(1969)。他的其他小说还有:《我喜欢在这儿办》(I Likeit Here, 1958)、《翘辫子》(Ending Up, 1974)、《杰依克的东西》(Jake's Thing, 1978)、《俄罗斯迷藏》(Russian Hide and Seek, 1980)、《斯坦利和女人》(Stanley and the Woman, 1984)。他的这一类小说大多是揭露现实矛盾之作。比如《翘辫子》尖锐揭露了英国社会老人晚年生活的凄凉,《杰依克的东西》描写了中年人的庸碌无能,分析了其中的原因。

金斯利·艾米斯也写其他类型的作品。他的《反死亡同盟》(Anti Death League, 1966)表面上是一部侦探小说,其实是对宗教的控诉。它揭露了上帝对人的残忍,从而否定了上帝。

艾米斯主要以小说闻名,但也写诗,并爱好侦探冒险小说,自称是"邦德迷",曾对英国当代惊险小说家伊恩·弗莱明所创造的间谍詹姆斯·邦德的形象做过论述,写有《詹姆斯·邦德的档案材料》(1965)一书。《孙上校》(Colonel Sun, 1968,用笔名罗伯特·马克安发表)是典型的惊险小说。侦探小说《河边别墅的谋杀案》写于1973年。

他未能忘情于他一向喜欢的科幻小说。1960年出版的《地狱新地图》(New Maps of Hell), 1981年出版的《科幻小说的黄金时代》(The Golden Age of Fiction)都是关于科幻小说的论文。他自己也写科幻小说,1976年出版的科幻小说《变化》(Alteration)曾获约翰·W. 坎倍尔纪念奖。他还写过一本神怪小说《绿人》(The Green Man, 1969)。

1975年他出版了《吉卜林和他的世界》(Rudyard Kiplin and His World),是研究英国著名的小说家、诗人路德雅·吉卜林(1865~1936)的。1979年和1980年他分别出版了他的诗集和短篇小说集。此外他还曾写过一些有关政治、教育、语言、电影、电视和饮酒的作品。

第五节
后现代小说的标杆——《法国中尉的女人》的后现代解读

一、作品概述

《法国中尉的女人》是英国作家约翰·福尔斯的代表作,于1969年出版,出版后即引起各界的热烈反响,以及学术界对其中女主角、多种结局和写作手法等的广泛讨论。

故事发生在1867年的英国。富家子弟、化石学业余爱好者查尔斯·斯密森去小镇莱姆会见已经与他订婚的欧内斯蒂娜·弗里曼小姐。查尔斯长得很一般,黑眼睛黑头发。性格也没有什么特点,还有过不清白的历史,像所有那个时代的贵族男人一样。查尔斯的父母都已经不在了,他孤身一人。欧内斯蒂娜只有21岁,是一位标准的大家闺秀,长得比较好看,是一位商人的女儿,文化水平不高,很天真单纯。在海边,他们遇上被人称为"法国中尉的女人"的萨拉·伍德拉夫。萨拉长得并不好看,也很一般,但有着一头美丽的金发;她受过很好的教育,但家境贫寒,没有亲人。性格非常有特点。查尔斯对萨拉非常有兴趣,他的朋友,一位心理医生觉得萨拉是有自虐倾向的,查尔斯希望自己可以帮助这个不幸的女人。随着和萨拉一步步地深入交往,查尔斯发现自己越来越渴望见到她,可是他又要压抑自己的感情,毕竟萨拉已经不清白了,毕竟他已经订婚了,而且要他放弃自己的名誉地位,和这样的一个女人结合,他又缺乏勇气。欧内斯蒂娜没有任何让人不满意的地方,他们一开始交往,对于欧内斯蒂娜查尔斯只是觉得她是一个很适合结婚的对象,而不是像对萨拉那样爱着她。尽管查尔斯内心深爱着她,但还是极其痛苦地把她推开,选择了逃离。后来,萨拉走了,也把查尔斯的心带走了。

接下来故事给出了三个不同的结局。第一个结局:查尔斯最终没有去找萨拉，萨拉从此再也没有出现在他的人生中。他和欧内斯蒂娜如期结婚，婚后生了六七个孩子。查尔斯后来从商，过着平淡乏味的生活。山姆和玛丽也如愿地在一起了。第二个结局：查尔斯去找了萨拉，两人出轨。萨拉失踪后两年后他找到了她。查尔斯向她求婚，萨拉拒绝，查尔斯临走之前，萨拉让他见了两人的孩子，一家团聚。第三个结局：时间倒退到查尔斯临走的时候，没有出现孩子。查尔斯最后离开了她。一个人孤独地在河边走着，一边走一边流泪，不知走向何方。

欣赏小说《法国中尉的女人》，其后现代性是一个绕不过、避不开的关键点，只有从这个角度出发，小说的实验性才有更高层面的意义。

二、虚幻多变的主体——萨拉

现实主义文学以模仿为基本的文学范式，遵循艺术模仿生活，小说模仿现实的美学原则。为此人物的刻画都在逼真上做文章，逼真性成了人物刻画成功与否的标准。后现代主义小说家挑战模仿和表现（镜与灯）的基本文学范式。传统人物塑造的基本原则即言行一致、内外一致不再有效。人物的认识场遭到破坏，价值评判难以进行。本质的性格特征保证了人物的固定本体的存在，而后现代主义小说人物却缺乏这样一个本质，因而其固定本体遭到破坏。事实上，后现代主义小说受后结构主义的影响，将人物视为虚幻多变的主体，搁置于无限的话语网络之中，成为多种话语建构的产物。话语意义的不确定性决定了主体的多重性和碎片性。关于后现代主义的人物，小说的人物，是虚构的人物，其形象不再完整无缺，其身份不再固定，不再具有稳定不变的社会、心理特性，如姓名、场景、职业、情形等。在新型的小说中，小说人物将更加变幻不定、虚幻莫测，他们如同构建他们的话语一样无名、不可命名、虚假而不可预测。一言以蔽之，后现代主义小说的人物只是一个影子、一种符号，是话语构建的主体。萨拉虽然以维多利亚家庭教师的身份出现，却虚幻多变、诡诈难测，关于她的叙述话语，众生喧哗、互为矛盾、相互瓦解。叙述者承认他对萨拉的了解非常局限。他无法窥探她的内心世界，对萨拉的表述也只局限于外在的、有限的视角。叙述者直言不讳:"我只陈述外在事实。"当谈及萨拉,叙述者所有词汇皆模棱两可,如"也许"、"可能"、"似乎"、"很难说"、"据说"等。莱姆镇的人称萨拉为"悲剧"、"娼妇"。蒲尔特尼,萨拉的雇主,将萨拉纳入基督教的赎罪叙事话语,使其每日朗读《圣经》,向上帝虔诚忏悔。镇上的牧师,被问及萨拉的故事时,禁不住长叹一声:"说来话长啊!"然后就编了一个故事,以满足听众的需要。查尔斯将萨拉理解为一个堕落的、恳乞怜悯和帮助的女人,而他自己则以弱者的施恩者和保护者自居。他曾想象她濒临绝境的场景:她会跳下悬崖,了却一生吗?她会在街上流浪,身无分文吗?查尔斯的思维沿袭的是一种古老陈旧的假设和与之相应的行为模式,即女人是弱者,而男人的存在是为了拯救她们。查尔斯没能超越男人强大的古老而虚幻的神话。他千里迢迢寻找萨拉,准备"斩杀食人巨龙,救出落难女子",可他看到的不是锁链、啜泣和求援的双手。萨拉在"离经叛道"的前拉斐尔派罗塞蒂家族似乎如鱼得水。这使查尔斯想到自己假想的荒谬性,"失足的女人肯定会继续失足。他感到无限震惊,正像一个人猛然发现他周围的世界完全翻了一个个儿一样"。查尔斯最后承认他不了解萨拉,而事实上,正是谜一样的萨拉使他着迷。在给萨拉的信中,查尔斯写道,"我的甜美而神秘的萨拉"、"我的既甜蜜又使我迷惑的萨拉"。当他发现萨拉仍是处女时,他疯狂地试图解开萨拉之谜:歇斯底里的女人、渴望权力的女人、憎恶男人的女人等。萨拉虽然表面上自由不羁、特立独行,却未能逃脱强加其身的男性话语。小说以自然而不乏深刻的方式探讨了福柯的权力与话语的关系以及它对主体萨拉的影响。格罗根医生作为莱姆镇权力的化身,维多利亚道德规范的代言人,运用医学原理去阐释萨拉。他认为萨拉由于对不幸的命运产生绝望而患了"模糊性忧郁症"、"神经失常",好比"功能性的伤寒,时冷时热"。他建议查尔斯摆脱萨拉的纠缠,把萨拉送进爱克斯特一家私人办的疯人医院。不仅如此,他取出19世纪初有名的中尉审判案的文本,递给查尔斯。文本作者马太医生为了替中尉辩护,一一列举了他行医生涯中的六位姑娘在性爱方面的变态故事。女人可怜地追求爱情与安全感而变得歇斯底里。这已成为男权话语下的经典叙事。于是,萨拉成为这一叙事中的又一位女主人公。叙述者将萨拉的行为阐释为一个不需要男人的潜在的女同性恋者，她的存在威胁着既定的社会、道德秩序和自然规律："当时，充满色情味的同性恋已经存在；但是女人同床而卧在维多利亚时代极为常见，这种现象可能是由于那个时代的男人的令人绝望的傲慢，除此之外并没有什么其他可疑动机。"当山姆和玛丽发现查尔斯跟萨拉在一起时，叙述者说，"查尔斯满脑子充满了那古老而永恒的男人'玩火自焚'的故事"。在维多利亚男权意识形态建构之下，萨拉是一个危险的对男性秩序构成威胁的女人。叙述者和查尔斯都将萨拉和欧内斯蒂娜看作一组相互对照的人物。小说中有许多平行并置的场景和图画。按照维多利亚时代的标准，欧内斯蒂娜堪称美女；鹅蛋圆脸，樱桃小嘴，不失端庄温顺。萨拉长得浓眉宽嘴，一张脸暗含悲怆的表情，不符合当时人们的审美情趣。欧内斯蒂娜的服饰追求时尚前卫，而萨拉却逃避时尚，时常身穿黑衣，微带男子气。欧内斯蒂娜是居家的、世俗的，而萨拉，正如其姓伍德拉夫（Woodnfff，一种普通野草的名字）的含义，像林中女神一样，时常漫游于山野之中。萨拉甚至能跟耶稣的思想情感产生共鸣，成为一个抹去时间痕迹的人物。萨拉读《圣经》时，不是用通常的布莱西特戏剧演出中的疏离而陌生化的语气；她泪流满面，直接述说耶稣的苦难，述说那个在拿撒勒的男子的经历。就在那一刻，"历史时间不再存在"，苦难经历犹如发生在眼前。此时的萨拉，似乎远非一个堕落的女人，她与耶稣"结盟"，远离人间。萨拉之所以成为一个无固定意义的多元文本，是因为至少有三个指涉代码——社会代码、生物代码和逻辑代码在萨拉身上不复存在。社会代码即给小说中的人物一个社会定位。这种定位包括一个家、一份工作、一个社会阶级或阶层、种族、宗教等。萨拉的社会定位对读者来说却异常模糊。其母亲，文中只字未提；其父亲据说是个穷困潦倒的农民，已经去世。一个偶然的机会，无亲无故无友无业的萨拉被视为慈善事业的对象由牧师推荐给古板乖戾的蒲尔特尼太太。而且，关于她怎样成为"法国中尉的娼妇"的故事也是众说纷纭，莫衷一是。萨拉与现实中的人物的直接联系切断了。社会代码的缺席就这样使萨拉处于这样一种无根的、边缘的状态。现实主义小说中的人物通常都蕴含本质的心理特征，以保证人物性格的内在统一性和连贯性。因此，人物的心理意识的揭示成为现实主义小说家人物刻画的重要手段和组成部分。佛克马的心理代码就是读者可以根据小说人物的言行去推知人物的心理状态并与心理本质相联系。萨拉却颠覆了现实主义小说用来指涉人物的这一代码。萨拉曾直言她内心的孤寂和痛苦："甚至桌子、椅子、镜子等物体都串通起来加剧我的孤独。"她也曾一度指责周围的人缺乏同情心："不管我犯了什么罪，我不该忍受那么多痛苦。"对萨拉与周遭环境格格不入的生存状态，读者毋庸置疑。然而，萨拉对此状态所做出的反应与行动却让人大感不解。事实上，她的行为加剧了人们对她的疏离和鄙视。她虚构故事，自我扮演法国中尉的娼妇的角色，臭名昭著。萨拉冒天下之大不韪，到康芒岭散步。当查尔斯劝她离开莱姆镇开始一种新的生活时，她拒绝了并解释说："正是这种耻辱使她活了下来"，使她"不同于其他女人"。查尔斯不能理解，读者亦然。由行为不能推知意识，所指与能指关系断裂。萨拉不属于分析型或解决问题型，而是直觉型。她知道她孤苦无依，但她未必就对她自己以及她的处境有很深刻的认识。在埃克萨特场景以后，读者可能怀疑她从一开始就步步为营，操纵一切。但是，萨拉何时操纵，何时乃性情所致或真情流露，以及操纵行为有何动机等，组成了一座内心意识的迷宫。就萨拉与查尔斯的关系来说，是萨拉出于自私的目的利用查尔斯，或者是她真正爱上了查尔斯？在何种程度上，萨拉"设计"了她的行为？在何种程度上，她的行为仅仅出于"自发"？对于这些问题，读者不得而知。事实上，萨拉的行为是混合的动机、暧昧的氛围以及语言表达现实的不确定性的综合产物。佛克马用来指涉人物的另外一种代码是逻辑代码。逻辑代码表明人物的行为应该避免明显的自相矛盾。萨拉的人物刻画也挑战质疑了这一代码。萨拉与法国中尉瓦格尼斯的故事使萨拉充满了悲剧色彩，同时充满了神秘和诱惑，从而引起了查尔斯对萨拉的同情、兴趣和帮助。实际上，查尔斯一步步在实际生活中扮演了故事中瓦格纳的角色："一个是拿萨拉当玩物的瓦格纳，一个是冲上去将瓦格纳打翻在地的查尔斯。"在萨拉的诱惑下，查尔斯逐渐陷入了一种尴尬困惑的"雌雄同体"的境地：他像女人萨拉一样被社会遗弃，像男人瓦格尼斯一样在背叛（他背叛了蒂娜）。他是引诱者，也是被引诱者；他是抛弃者，也是被抛弃者；他是受害者，也是害人者。他同时扮演着二元对立的难以言说的角色。而这一切似乎都与先前萨拉与瓦格尼斯的故事不无关系。然而，后来萨拉却否认了瓦格尼斯故事（至少故事的重要部分）的存在。查尔斯似乎被"牵"进了一座黑暗的迷宫，渴望光亮的出口，"我只恳求你能做出解释"。萨拉却说："不要叫我解释我做过的事情。我解释不了。再说，他们也不是可以解释的。"第二个句子表明主体萨拉不具备解释的能力；最后一个句子的被动语态则暗示了解释并不是故事存在或故事讲述的基础或理由。现实主义文本的叙述的逻辑性、人物的逻辑性都不复存在了。

三、互为补充又相互瓦解的多重结局

经典的维多利亚现实主义文本通常都有一个单一的结局。在这个结局中，神秘的事件得到曝光，主人公有了婚嫁归宿，财产问题也有了解决，被打破的秩序、得以和谐恢复。小说《简爱》的结局就是一个典型的例子。单一结局基于这样一种预设：现实是客观的、有序的，人类的理智可以忠实地再现外在客观现实及其永恒的规律。在新型的社会文化背景下，这种理想化的、近乎天真的预设及其对应的叙事受到质疑和挑战。大卫·洛奇认为小说的多重结局摒弃了绝对而单一的秩序，这是后现代主义小说的典型特征之一。这部小说是作者站在20世纪的高度对维多利亚小说的戏拟。故事发生在英国历史上著名的维多利亚盛世——19世纪60年代。年轻的贵族、古生物爱好者查尔斯携其未婚妻、典型的维多利亚淑女蒂娜前往莱姆镇度假，在那里遇上了被当地人指责伤风败俗的被法国中尉抛弃的女人萨拉。热爱自然、思想独立的查尔斯经常在浓密的森林、幽深的谷地采集化石，其间与萨拉多次相遇。查尔斯逐渐被萨拉所吸引而不能自拔。正值此时，查尔斯年老的叔叔突然结婚，查尔斯本可享有的财产和爵位继承权化为乌有；萨拉也被古板乖戾的蒲尔特尼太太解雇，而请求查尔斯的帮助。查尔斯的好朋友，医生格罗根告诫查尔斯理智地摆脱萨拉。查尔斯去伦敦见了蒂娜的父亲弗里曼，弗里曼让查尔斯在他公司任职，这让查尔斯感到屈辱。空虚落魄的查尔斯在一群老同学的怂恿下进了一家妓院。在从伦敦回来的路上，查尔斯经过萨拉住的埃克斯特旅馆。查尔斯必须做出是否见萨拉的决定。为了挑战现实主义文本单一结局的传统，福尔斯设置了多重结局。多重结局都具有一定程度的可信性，因为每重结局都反映了以某个特定历史时期为背景的虚构世界，以及在不同的历史时期小说人物做出的不同选择。第一个结局出现在第44章，查尔斯毅然放弃见萨拉的机会，而回到了蒂娜的身边。他们顺乎时尚，终成伉俪，婚后相亲相爱，育有七个子女，而萨拉则永远从他们的生活中消失了。19世纪中叶的英国一方面朝着20世纪的现代社会不断演进，另一方面却又残留着不少18世纪的影子。第一个结局被搁置在18世纪道德风尚和文化背景之下，可以说是对18世纪小说结局的一个戏谑模仿，一个戏拟结尾（Parody Ending）。在第一个结尾中，查尔斯构想了与蒂娜结合的场面，并用了典型的18世纪术语做出评论："这很简单，人们的生活充满了无奈和伤感，人们相互嘲讽，却又循规蹈矩……人应该学会妥协，换句话说，人应该学会满足现状，接受现实。"满足现状是18世纪小说家和思想家所关注的一个重要主题。因为他们对理智与情感、主观与客观、个人与社会的和谐统一尚存信心。再者，他们已经开始认识到人类的局限。约翰·洛克，18世纪享有盛名的哲学家，他的著作《关于人类的认知》就表达了这种思想：人们最好不要插手超出自己理解力的事情，对于智力所不能及的事情最好撒手。洛克的这种思想在18世纪可谓蔚然成风。萨拉在这个结尾被遗忘了。她从莱姆镇消失了，再也没去麻烦查尔斯。她的可悲的结局，缘于她"不满足现状"。她试图摆脱家庭教师的角色，去追逐一个华而不实的上尉，这正如《傲慢与偏见》中的莉迪亚追逐威克姆。而且，萨拉追逐的对象查尔斯乃上流绅士，这就使她的行为越发不可理喻，愚不可及。第一个结尾是"虚假"结尾（False Ending），因为它仅存在于查尔斯的想象中。

在第二个结尾中，福尔斯似乎因循了传统小说的固有模式：小说必须有一个适当的结尾。当叙述者首次闯入查尔斯的火车车厢，浑身上下透着19世纪上帝般的居高临下的神气时，一个维多利亚式的戏仿结尾（Parody Ending）就拉开了序幕。出现在第60章的第二个结局就是一个维多利亚式的幸福大团圆。在与萨拉发生性关系后，查尔斯与蒂娜解除婚约，忍受了法庭对他的惩罚性判决。在萨拉拒绝求婚并不辞而别后,查尔斯周游世界两年多去寻找萨拉,最后终于在前拉斐尔派画家罗塞蒂家中找到了萨拉。然而此时的萨拉已今非昔比,再次拒绝了查尔斯的求婚。查尔斯伤心愤怒至极,痛斥萨拉,并意欲离开。萨拉没让查尔斯离开房间,并将他们的小孩带了进来。查尔斯与萨拉紧紧相拥,故事于此有了戏剧性的转折。萨拉起初的拒绝也似乎变成了对查尔斯的爱的考验。一个名叫拉拉治的小孩的出现至少在形式上起到了不可忽视的作用。然而,具有基本的生理学知识的读者将会对小孩的出生产生怀疑。虽然查尔斯与萨拉仅做爱一次,也可能使其怀孕,但这种概率很小,即便是在最好的条件下。但当时他们做爱的条件并非最佳。那 90 秒钟的鱼水之欢既包括了狂热地宽衣解带,又包括了他从客厅到卧室的两个半来回走动。叙述者将这个结局归因于"上帝"之手。而叙述者在最后一章题词中似乎也对拉拉治的出生间接做出解释:"简单说来,进化只不过是机遇与自然法则一起作用。造就出更能适应生存的更佳生命体的过程。"依据维多利亚的文化背景,我们可以这样解释萨拉:一个被真爱拯救的女人或在婚姻中找到真正自我的人。萨拉对查尔斯的接受实际上是她维多利亚式的成功:女人的梦想得以实现,拥有幸福的婚姻,可爱的小孩以及舒适的家,这些都是萨拉告诉查尔斯她在塔尔博特夫人家看到却被剥夺的东西。因此,她到韦茅斯去追寻瓦格尼斯上尉的决定实际上是实现她成为与她同龄的塔尔博特夫人的梦想。她在爱克斯特对查尔斯的诱惑即是完成她尚未完成的在韦茅斯对瓦格纳的诱惑行为。在罗塞蒂家中,查尔斯发现萨拉表现出一种新的自我,似乎不再需要他了。但在查尔斯的斥责中,萨拉协调了婚姻与自我、对自己的义务与对他人的责任的冲突。

当叙述者再次闯入小说时,已不再是有维多利亚大胡子小说家的形象。他穿着时髦,"尊贵的大胡子修剪成法国式",看上去像个"功成名就的歌剧院经理"。他取出怀表,轻轻地拨了一下,时间退回到一刻钟以前,第三个戏拟结尾(Parody Ending)由此拉开序幕。

第三个结尾中的萨拉已经具有了 20 世纪强烈的自主和自由意识。萨拉拒绝了查尔斯做她的丈夫。这正如她拒绝维多利亚社会赋予她的"家庭教师"的身份一样。妻子也好，家庭教师也罢，在萨拉眼里，都是对自我的一种背叛。活跃于维多利亚著名艺术家和文学家家族罗塞蒂家中，萨拉寻求到一种新的自我和精神上的完整性，而这些因为查尔斯的到来与婚姻迅速发生冲突。正如萨拉所说："我希望就这样过下去。而不愿成为未来的丈夫……所希望我成为的那个样子。""我担心的不是您，而是您对我的爱。我深知，在婚姻与爱情中，没有什么东西是不可侵犯的。"[①] 在这样的结尾中，爱与义务的定义不再明确，凸显的却是自由与自我的主题。依据拉康的理论，萨拉的自我意识的构建是在以社会习俗为"他者"，并对之进行坚决反叛而完成的。上帝已死，终极价值判断的根据不复存在，人自由了，世界多元了，对于萨拉的选择读者也可见仁见智。在第三个结尾中，查尔斯由一个进化论者转变为具有存在主义意识的自由主义者。但是，许多问题悬而未决，以开放的结局（Open Ending）出现。一个小孩出现了，但是否名叫拉拉治，与查尔斯又有何关联，以及查尔斯的前程如何，读者不得而知。在分手的关键时刻，萨拉的诡秘的微笑和表意模糊的手势，都呈现出"复义"的特点和多种阐释的可能。萨拉作为罗兰·巴特时代的产物，其"斯芬克斯"的神秘性贯穿小说始终，它代表了生活本来具有的开放性、未知性和不可预测性。许多批评家将最后一个结尾看作真正的结尾，但叙述者告诉读者：没有一个结尾比另一个更真实。事实上，分别论之，无一个结尾完美无瑕。

第一个结尾墨守成规，缺乏新意；第二个囿于迎合，有失浅薄；第三个则又过于严峻而有陷入虚无之嫌。实际上，小说的结尾模式又何止三个？三重结局既相互补充又互为否定、互为瓦解。它们之间的辩证关系暗示了人类生活的复杂性和多元性，任何一个虚构的单一的结局都不能反映人类生活的真正现实。该小说的不确定结局实际上否定了文本意义的终极性和统一性，给读者提供了参与创作的空间和自由，意义解读多元化和互动性由此得到提倡。读者可以根据自己的审美和价值取向构建一个完全不同的结尾。

[①] 约翰·福尔斯. 法国中尉的女人 [M]. 刘宪之，蔺延梓译. 天津：百花文艺出版社，1985：36.

四、元小说特征

传统现实主义小说都试图营造一种小说中的故事的确发生过的"幻觉",以此表明小说是在探索普遍的真理、永恒的意义。而元小说通过叙述者对小说创作过程、叙述成规以及小说的虚构性的自我暴露和自我反思来实现对传统现实主义的超越。元小说因其游移在真实与虚构、历史与现实之间,成为后现代主义小说的一个重要特征。传统现实主义小说中,营造"真实幻觉"的企图往往通过叙述者的全知全能叙事来体现。而在《法国中尉的女人》中叙述者的权威性和原创性却被自我暴露和自我消解,文本意义的终极性和统一性因而受到否定。首先,叙述者直接或间接地暴露小说的创作过程和真实性,以反观现实主义传统。在前13章,叙述者戏仿了维多利亚小说,营造故事真实发生的幻觉。13章以后叙述者在不同的场景开始袒露实情,"我假装回到1867年","这两个人物只存在于我想象之中"。当查尔斯在岩石上搜寻化石时,叙述者夸张地说:卡尔·马克思正在大英博物馆阅读。叙述者还安排蒂娜正好死于希特勒入侵波兰的那一天;女仆玛丽的曾孙女是百年之后即当时英国的当红女明星。这些细节的安排本意在说明该小说的真实性毋庸置疑。但叙述者的嘲谑戏仿的态度却让小说的虚构性质欲盖弥彰、暴露无遗,从而瓦解了叙述者高高在上的全知全能的地位。叙述者还故意运用了"文学剽窃"以瓦解作者的权威性和原创性。在该原小说的第39章,查尔斯备感人生的虚无和无奈,与他的同学一起来到了一家当时伦敦有名的妓院。接下来,叙述者本应该对查尔斯在那个红灯区的所作所为进行描述,但他却调侃地放下了他的笔,找了一本18世纪的名为《人类心灵的历史》的色情书:"我尤其高兴的是,这一古老的娱乐形式,古往今来,一直未变,因此我有机会借用他人的想象力。最近,我在一个二手书店里淘到了一本不引人注目的好书。在'医学'的标签下有《肝脏学简介》和《支气管系统疾病》。在这两本书之间夹着《人类心灵的历史》。该书书名颇有些枯燥,但实际上远非如此,它是关于男性生殖器的生动的历史。"叙述者继续借用18世纪的文本。在接下来的几页里,小说湮没在大量的性文本之中。叙述者对先前作家的角色和场景描写的直接的"文学剽窃",使他很难像传统现实主义小说那样在认知层面上再"大于"主人公,在见解和精神品格等心理层面上"高于"主人公。叙述者的亲切的讲述口吻本是为了使小说的故事显得更加真实,但结果却破坏了真实性。小说中不乏真实存在的物品的描述。当萨拉到达爱克斯特城的恩迪科特旅馆时,叙述者不厌其烦地描述她包裹里的东西,包括茶壶和啤酒杯等。为了使读者确信无疑,叙述者说:"啤酒杯已经磨损了不少,随着时间的推移,还将继续磨损下去。这一点我可以作证,因为一两年前我也买了一只这样的瓷啤酒杯,花费远远超过了当时萨拉花的三个便士。不过我同她不一样,我喜欢的是希尔拉·伍德的艺术,而她喜欢的是那男子的笑容。"萨拉、啤酒杯和叙述者被置于本体上等同的地位。福尔斯似乎在将小说当作历史纪录片来写,其效果是欲盖弥彰,读者会发现真实只是一种幻觉而已。生活的真实与小说的真实是截然不同的。他在运用现实主义写作传统的同时,颠覆了传统。这种本想抹杀或模糊虚构与真实界限的障眼法最终适得其反。正如该文第二部分所述,叙述者"我"被角色化、戏剧化,成了个能进入作者虚构世界的独立的角色。他时而闯入查尔斯的火车车厢,浑身上下透着19世纪上帝般的居高临下的神气,时而穿着时髦,看上去像个"功成名就的歌剧院经理"。由此福尔斯构建了颇有创意的多重结局。叙述者"我"毫不掩饰他的不完善性和"人性"。他也有七情六欲:他似乎很爱萨拉,对女仆玛丽存有非分之想。他不能够了解萨拉,但却好谐谑调侃和夸夸其谈,喜欢双关和反讽的语言游戏。叙述者向读者承认他是一个偷窥者。他出现在小说中的第一次形象就是一个持望远镜四处观望的人,这暗含了他在小说中的"偷窥"的视角。他的望远镜时而悬挂在爱克斯特的上空,时而指向阴沉的街道,街道上萨拉所住的旅馆,萨拉的房间及其本人。也正是这架望远镜"不体面"地闯入蒂娜的房间,窥探其隐私。总之,小说叙述者"我"不再是一个权威的施动者,不再具有全知全能的威力,他与小说人物一样被搁置于无限的话语网络之中,成为多种话语建构的产物。

五、结语

《法国中尉的女人》的成功证明了小说没有"衰竭",走在"十字路口的小说家"(大卫·洛奇)可以大胆尝试,超越传统现实主义。当然,超越现实主义并不意味着完全摒弃,而是以一种高度自觉的意识去反观传统,为小说创作提供一个崭新的艺术视角。许多后现代主义小说因其过于学术化、过于晦涩难懂而遭世人诟病,而福尔斯的小说在易于被普通观众接受的同时,不失其厚重和深刻。福尔斯在小说《法国中尉的女人》中的创新无疑为踯躅于十字路口的英国小说注入了新的生机和活力。

作|者|介|绍

约翰·福尔斯(1926年3月31日~2005年11月5日),在世界文坛上享有盛名的英国作家,于1926年生于离伦敦不远的埃塞克斯郡小城昂西,父亲是烟草商人,母亲是教师。福尔斯曾短期就读于爱丁堡大学。1945~1947年,他在英国皇家海军陆战队服役两年。在牛津大学专修法文,对法国文学艺术兴趣浓厚。大学毕业后先后在希腊等地教英文。他的第一部小说《收藏家》发表于1963年,一出版即大获成功,成为当年畅销书。小说以第一人称讲一位专门收藏蝴蝶标本,患抑郁症的男子绑架一位搞艺术的女大学生米兰达的故事。小说以米兰达的死和收藏家又多了一个蝴蝶标本结束。该书取得成功后,福尔斯专门从事写作,1965年便有了《贵族们》问世。这是一部集大成的旨在阐述个人哲学思想的著作。《大法师》发表于1966年,以希腊的一个小岛为场景,写一位叫尼古拉—德夫的英国教师一系列鬼怪的经历,小说充满神秘气氛,颇具超现实主义色彩。《埃伯尼塔楼》(1974)是一部中短篇小说集。《丹尼尔·马丁》(1977)写电影剧作家丹尼尔在与好莱坞、资本主义、艺术以及妹夫的关系中,寻找自我的漫长经历。小说的场景变化多端,叙事手法多样,是一部实验小说。《曼蒂莎》(1982)是一部写性幻觉的小说,带有浓厚的神话色彩。

福尔斯是一位多产的作家，写作生涯长达 40 多年。他所创作的多部小说是畅销书，而且从不重复同一个内容。但最为批评家和读者称道的还是 1969 年发表的《法国中尉的女人》，此外，还有《巫术师》、《尾数》等。他还写过一些短篇小说、诗歌、哲学作品和电影剧本。

1988 年，福尔斯罹患中风，两年后，和他相依相伴 33 年的妻子伊丽莎白去世。此后，福尔斯只出版了日记集等极少量作品。他晚年一直深居简出，很少参加社会活动。他的出版商说，福尔斯"讨厌玩著名作家的游戏。他只想呆在莱姆里吉斯自家花园里。他热爱的是大自然、鸟和花朵，而不是人群"。福尔斯于 2005 年 11 月 5 日在英国西南部多塞特郡家中病逝，享年 79 岁。

约翰·福尔斯是当代英国乃至世界文坛上享有盛名的作家，他的《收藏家》、《大法师》（或译为《魔术师》）以及《法国中尉的女人》已经成为当今英美大学英语系 20 世纪英国小说课程的读物，也是西方评论家多做评介的著作。他在《法国中尉的女人》中，用令人惊叹的笔法模仿了英国 19 世纪维多利亚小说的文体。从语言、对话、细节以及环境上，都精确地描摹出了维多利亚时代的神韵，令人坚信这是一个发生在一百多年前的故事。

第四章

70年代以后的英国小说

第四章 70年代以后的英国小说

60年代末70年代初，随着国际政治局势的动荡、西欧"反文化运动"的兴起及法国"新小说"派对小说形式的改革，英国小说也进入了一个实验型时代。除了几位50年代成名的作家的后期作品中对艺术和现实的关系、小说形式所做的探索性的实验外，最具代表性的作家是多莉丝·莱辛和约翰·福尔斯。多莉丝·莱辛1962年发表的《金色笔记》以全新复杂的叙述结构讲述了一个故事中的故事。它貌似分散的内容和形式恰恰表达了作者想要揭示的寻找自我完整的主题。约翰·福尔斯1969年发表了《法国中尉的女人》。他调动现实主义以及各种实验手段，站在20世纪现代社会的角度对维多利亚时代的特点和时尚进行了重构和解构的评析，而又以维多利亚时代的观点对现代社会进行了俯瞰。这一试图在传统和现代之间建立一座艺术桥梁的努力对以后的英国小说家产生了巨大影响。这一时期，实验小说大量涌现，有的甚至真走向了极端。最典型的是B. S. 约翰逊。他的《阿尔伯特·安杰罗》（1964）在书页中留下了许多孔，以使故事能从叙事的一部分"漏"到另一部分。他1969年发表的《不幸的人们》是一部装在盒子里，由27张书页组成的书。读者可以随意组合其顺序。他认为这是一个混乱、分崩离析的世界，因而不会有连贯的故事。60年代的小说家们把小说形式推到了边缘，因而70年代相对来说比较疲软，更像是80年代疾风劲雨前的过渡期。它明显的特点是转回到了历史小说的创作，如J. G. 法雷尔的《帝国三部曲》和保尔·斯格特的《统治四重奏》。

70年代，在虚假繁荣与深刻危机互为表里，在物质的丰裕与精神的贫乏同时并存的情况下，英国小说中的两种倾向交相贯通，兼容并蓄，出现了十分复杂的形势。随着不受现实主义传统约束的新一代作家的崛起，从70年代中叶到80年代，英国小说创作进入了一个"黑色幽默"时期。马丁·艾米斯，金斯利·艾米斯的儿子和伊恩·麦克尤恩是这一时期同时崛起的青年作家。马丁在他的第一部作品《雷切尔文件》（1973）及《死婴》（1975）、《成功》（1978）中，从描写毒品、死亡、变态和暴力等颓废现象入手，对现代社会进行了辛辣的调整和批评。他80年代的《钱：自杀者的绝命书》（1984）确立了他在文坛的地位。在这部小说以后的《伦敦原野》（1989）、《时间之剑》（1991）中，他小说中的黑色幽默色彩更加浓烈。对金钱的崇拜、道德的沦丧、自我的丧失、精神的混乱，无一不是他批判的主题。伊恩·麦克尤恩同马丁一样，描写的主题大多为性、死亡、疯狂及暴力等，但他更注重揭示人物精神的荒原和内心的恐怖。他的主要作品有短篇小说集《始而爱情，终而仪式》（1975）、《被单之间》（1979）；小说《水泥庭院》（1978）、《时间里的孩子》（1987）、《天真的人》（1990）、《黑狗》（1992）。1998年，他的《阿姆斯特丹》荣获英国小说布克奖。萨尔门·拉什迪是一位出生在印度的英国作家。他以印度政治历史和社会状况为题材的小说《午夜的孩子们》（1981）确立了他在文坛的地位，并获得1982年布克奖。他在小说中把现代主义、后现代主义及魔幻现实主义等技巧全部糅合在一起，为20世纪后期的英国小说开创了一个新时代。他1988年发表的《撒旦的诗篇》由于对伊斯兰教创立的讽刺及对霍梅尼本人的影射激怒了伊斯兰世界，使他遭到死亡通缉。朱利安·巴恩斯是一位深受福楼拜影响的小说家。他被有些评论家誉为最具有国际性的年青一代小说家。他1984年发表的《福楼拜的鹦鹉》引起了评论界的广泛赞誉。他把小说主人公对婚姻复杂性的兴趣同对法国作家生平和工作的创造性探究结合起来，对所有历史和知识的哲学性质提出了质疑。他的《十又二分之一章世界史》（1989）中各种文体相互交错，把小说形式推向了另一个极端。他最近一部小说是1993年发表的《剑猪》，讲述了90年代初欧洲对一个前东欧领导人的审判的故事。80年代末90年代初，英国小说呈现出了同19世纪末相类似的异彩纷呈的局面。没有一个统一的或清晰的运动，对小说也没有明确的概念。英国小说正在经历一个国际化的过程。小说风格开始广泛借鉴电影、电视、音乐等手段，更趋多样化。

综上所述，20世纪英国小说在现实主义与现代主义两种倾向之间有三次较大的摆动。在20世纪初、30年代与50年代，现实主义三度为之流，而在 20 年代、40 年代后期与 60~70 年代前期现代主义三次上升时却相对处于低潮。这种三起三落的局面是 20 世纪英国小说发展历史上的一个鲜明特点，它在题材内容和艺术形式上大大丰富了 20 世纪的小说创作。现代主义与现实主义在三次交往的过程中相互渗透，彼此融合，结果两者都吸收了对方的长处、适应了时代的变化而得到了充实、丰富与发展。到 70 年代，英国小说中的现实主义已与 20 世纪末的批判现实主义大相径庭，70 年代的现代主义或后现代主义也已经与 20 年代鼎盛时期的现代主义不尽相同了。

第一节
在孤独与散失尊严中寻找"自由"——《自由国度》的殖民主义解读

一、作品概述

《自由国度》是印度裔英国作家 V. S. 奈保尔第一部有关后殖民时代非洲混乱状况的虚构性作品。文书讲述两个白人——鲍比（原殖民政府的公务员）和琳达（一位殖民官员的妻子）从当时正处于部族战争中的某非洲内陆国家的首都开车返回南方公署安全区的途中所目睹的黑非洲社会状况和所经历的险情。这里的"自由国度"其实指的是殖民者撤退之后或行将撤退之时黑非洲大陆国家的部族屠杀、经济瘫痪、社会混乱无序和土著人自由的失重等情况。故事同时传达出了当时仍然滞留的欧美白人内心深深的不安全感。《自由国度》获得 1971 年英国文学布克奖。

小说主人公鲍比试图通过到曾经的领地旅行来享受自由，不料却身陷图圄。文本一开始描写道：地处非洲的这个国家有一位总统，还有一位国王，他们分属不同的部落。部落之间结怨已久，随着各自的独立，彼此之间的摩擦越来越严重。国王与总统均与各地白人政府的代表们有来往；白人受到两边的讨好，就感情而言，他们更喜欢国王，但是总统实力雄厚，他还有一支来自他的部落的、新式的军队，因此，白人便决定支持总统。于是本周末，总统终于派出军队攻打国王。

小说主要描写鲍比与另一位政府官员的妻子琳达驱车400多英里从首都返回南方公署区一路上的所见所闻。他们刚一上路，就听见一架盘旋在上方的军用直升飞机发出的阵阵轰鸣声："雅克—雅克—雅克—雅克"。最初，他们并没有意识到什么危险，也没有什么恐惧感，两人一边欣赏着非洲的景色，一边海阔天空地谈论着非洲、英国和各自的生活经历等。但是越往前走，他们越发现自己处境的危险与可怕。

奈保尔笔下所呈现的非洲依然是一片原始的丛林和不毛之地；那里的非洲人依然延续着康拉德在一百年前所描绘的原始部族生活。从康拉德到奈保尔的百年间，黑非洲的社会状况几乎没有发生过任何改善。途中，在琳达的要求下，鲍比他们在途经一个由一位退休的英国上校经营的"猎人小屋"旅馆时，在那里顺便住了一夜；那天晚上琳达是与这位上校一起过的夜——他们之间有一种暧昧的关系。第二天他们继续赶路，但碰上了下雨，且路况极差，因此，他们无法在新得势的总统军队规定的下午四点钟的宵禁开始之前抵达南方公署区。之所以实行宵禁，是因为总统控制下的士兵正在抓捕外逃的国王及其属下。事情的起因是这样的："在非洲这个国家，有一个总统，又有一个国王。他们分属不同的部族，而部族的仇恨是古老的；独立后，部族之间的猜忌格外加强了。国王与总统各自与白人政府的地方代表勾结，而白人就个人来讲，比较喜欢国王。但总统却是强者，新式的军队全是他的，属于他的部族；白人决定支持总统。最后，在这个周末，总统得以派遣军队去攻打国王的部族。"

在驶经国王控制的区域时，鲍比他们遭遇了一个长长的、令人看了心里就发毛的军用卡车车队；还看见了正在被追捕的国王为了逃命而遗弃的车辆，这时他已经遭到了杀害；他的很多支持者则被总统的政府军抓为战俘囚禁起来并遭到种种非人的折磨。在行经一个没有设置路障的哨卡，鲍比根据自己对于非洲及非洲土著人想当然的看法，在原本没有必要的情况下（没有人要求他们停下来接受检查，他们本可以对附近的政府军不加理会而继续行进),下车要求政府军允许他们在宵禁开始后继续往前行驶。就像 19 世纪 30 年代好莱坞有关帝国与黑色大陆的影片中常常上演的那样,鲍比下车后对政府军说:"'你们的长官是谁?''你们的上司是谁?'"在这一过程当中,其中的一个黑人士兵看出了他问话时内心的底气不足并试图夺取他腕上的手表;鲍比则试图摆脱他的纠缠。在他调转身试图离开时,那个黑人士兵称呼他"小子"并要他停步;这时,鲍比显然失去了作为一个白人在黑非洲原本拥有的一切优越感和威严。他转身试图离开时的犹豫不决则让那几个非洲人觉察出了他此时内心的恐惧和自信的丧失,因此,他们便撕下鲍比的衣服并对他一阵拳打脚踢,直到他昏迷过去。当他醒过来之后,士兵们却没有阻止他返回自己的汽车。在这整个戏剧化过程当中,琳达还是一个人呆在车子里,对于车外发生的插曲毫不知晓。鲍比不顾自己身上多处受伤,努力驶离了这个是非之地并最终回到了位于南方公署区的安全的政府大院,途中没有遭遇到更多的麻烦。然而,在自己的公寓里,他受伤的样子却受到了他的当地男仆的讥笑。这位男仆猜测自己的主人应该是在途中与政府军发生过冲突,或者只是觉得鲍比缠着绷带的样子有点滑稽。

与康拉德的《黑暗的中心》一样,这个中篇故事的情节也是从相对安全的城市地带向丛林和野蛮地区推进的。同时,与《黑暗的中心》相似,《自由的国度》制造了一种随鲍比和琳达向丛林腹地的推进而逐步增强的恐惧和危险气氛。这种恐怖气氛在鲍比白人优越感丧失并遭到非洲士兵暴打时达到极致。鲍比和琳达途经并停留了一个夜晚的"猎人小屋",作为帝国的残余,它的日益残破衰败标志着欧洲控制和支配这片大陆的时代已成过去。现在,它正日益退回到丛林的一部分、非洲的一部分。那位退休的英国上校在里面等待着,像一个被围困在城堡中的士兵一样,等待着即将发生的最后战斗。

二、三种无效的殖民态度

故事中的三个白人形象鲍比、琳达和一位退休的上校分别代表当时西方殖民宗主国社会中对于黑非洲的三种态度:保守主义或旧式殖民主义、合作主义及隔离主义;然而,在作者奈保尔看来,这三者却都非解决后殖民时代非洲问题的有效途径。

15世纪以来,随着地理大发现和黑奴贸易的开展,西方殖民主义者为维护他们对非洲大陆的统治剥削而炮制过种种殖民主义和种族主义的谬论。他们宣称非洲是一块没有文明史的蒙昧大陆,黑人是一个低劣的民族,说他们没有自己的文化和历史,只配由欧洲白人这样的高等殖民种族来加以教化,通过接受白人文明和文化而成为从属于殖民者的文明人。这些谬论曾广为传播,影响力极大。在这个中篇故事中,上校的言行显然就是与以上这种种族主义理论一脉相承的。上校有一种极端的观点,认为没有欧洲白人的塑造,那些得到教化的非洲黑人是无法保持一种"开化的"文明人身份的。他的嘲讽性的评价——"这就是非洲",道出了他认为黑非洲一直以来充其量就是一片只配被外来势力驯化的野蛮之地的偏见。尽管小说是把上校作为一个不讨人喜爱的种族主义者的身份呈现在读者面前的,但却通过故事中的情节,如部落战争、国王的被杀害及其支持者们受到的虐待,还有鲍比在途中遭到的攻击等,对上校对于非洲及非洲土著人的不屑态度表示认同。

小说中的男主人公鲍比,则代表着西方具有自由主义思想的知识分子的立场。他主张欧洲在处理与非洲及其他第三世界国家的关系时应持一种帮助和合作主义的态度。与上校对于非洲不屑一顾的态度相反,他赞同欧洲同非洲之间保持一种紧密的关系,并且认为,在非洲的欧洲人应该多加倾听和服务非洲而不是动不动就对当地人批评和命令:"我到这里来不是要告诉他们如何去治理他们的国家的。"他说:"非洲人选择拥有什么样的政府与我没有干系。这改变不了他们需要食物、学校和医院的事实。"① 这里,鲍比似乎提出了一个富于人道的论点;但小说却通过将其政治天真、其掩盖欧洲与非洲历史的巨大差异及对于非洲的浪漫化幻想同非洲的严酷现实联系起来而使他的这种有关"只服务"的论调大打折扣。"如果我下次再到

---

① V. S. Nai Paul. In a Free State [M]. New York: Vintage Books, 1984: 118.

这个世界上来，我将选你的肤色。"鲍比这样告诉一个他试图求欢的祖鲁男孩。后来，那个祖鲁人往他脸上吐了口唾沫，而似乎具有象征意味的是，鲍比——这个有着异常性取向（同性恋或双性恋）和受虐心理的白种男人，寻求的就是以这样一种方式被羞辱。他的（对于黑非洲）"只服务"的态度是有缺陷的——同时这样一种态度也意味着让欧洲人对于自己在黑非洲社会进步方面所应承担责任之放弃。英国政治思想家埃德蒙·伯克在论及国家和社会时曾说过："国家是要成长的，其失序是要补救的。高谈人的抽象的饮食权利或用药权利，这又有什么用呢？问题的关键是求得获取创制他们的方法。"鲍比与非洲人之间没有过真正深入的交流；偶尔有之的交谈也总是单方面的。小说把鲍比的态度同当时欧洲社会对于黑非洲大陆模棱两可的态度联系起来，例如，鲍比公开宣称一种为非洲发展服务的立场，但遇到让他光火的出其不意的事例时，他内心潜伏的白人种族优越感还是会暴露无遗。当一个加油站的黑人服务员因无知而用刷子刮擦了他的汽车挡风玻璃之后，鲍比立即上演了欧洲人在黑非洲人面前时常表现出的勃然大怒和不耐烦的一幕："我将让他们把你开除，"他威胁道，"把你送回你的部族里去。"鲍比的优越感主要表现为他坚信自己是了解非洲的，尽管一件件的事实显示出他这种理解的缺陷及他对于非洲人回应他的方式的错误判断：他被非洲男娼拒绝了求欢要求还被吐了口水、遭非洲士兵羞辱，甚至连自己的土著仆人也讥笑他。像有的西方评论者所认为的那样：通过鲍比这一形象，奈保尔批评了那些通常强调非洲的困苦和具体历史但却把这块大陆当作个人冒险和猎奇之背景的西方自由主义者。这些自由主义者们试图把前黑非洲殖民地作为满足其猎奇心理的永恒场所。

　　书中的另一位重要人物和女主角琳达，则坚持在黑非洲的问题上实行严格的隔离主义。作者奈保尔在小说中对于这种基本的种族主义立场也没有表示反对。作为一位殖民官员的妻子，琳达是尽可能避免与非洲人发生正面接触的，因此，非洲人对于她的这种隔离主义持什么态度在小说中没有得到正面验证。她与退休上校之间的暧昧关系和友好相处是有其阶级基础的；与少校相似，琳达的大门对于任何黑非洲人或非洲的事物都是关闭的；她对于黑非洲有一种本能的厌恶心理。小说中显示出琳达的这种强烈而潜伏的种族主义倾向时不时会爆发出来，例如，在对于一个鲍比让其搭车的非洲人的反应中，她极端厌恶那个非洲人的"体味"，并对之表现出鄙夷和不屑。然而，小说却同时通过琳达这一人物批评了像鲍比这样的自由主义者们，显示出他们以非洲人尊严和独立的名义轻视这些极端落后国家发展中的种种弊端，并且对一些虐待战俘之类的非人道行为视而不见。琳达批评了鲍比在非洲发展问题上的肤浅合作态度及对于非洲事件深层意义上的无动于衷。她告诉鲍比欧洲人应该要么远离那些习惯于腐败和暴行的非洲人，要么"手持鞭子到他们中间去"。琳达的这些话是会令人很自然地想到"政治上不正确"这一说法的，然而回想一下在前非洲及其他殖民地因种族权力之争而发生的种种暴行——来自一个部落中的政府军一次性就屠杀了 20 万敌对部族的民众，那么琳达的话听起来可能也就不算太过分了。奈保尔在小说中提出了这些问题，并且暗示没有人可以对此提出一个切实可行的解决方案。因此，小说在英语后殖民文学中较早地揭示了西方殖民宗主国在处理与非洲殖民地关系方面的矛盾性及其无力在后殖民时代的非洲发展中发挥有效的作用等问题。

三、崩溃的"自由状态"

后殖民时代的欧洲在非洲存在的状况被小说中的公署区大院象征性地展示出来，这里曾一度是欧洲殖民者安全的居所和城堡，但同时这里也无异于一座与外界真实非洲隔离的监牢。它把非洲的丛林挡在了外面，但同时却也把鲍比和琳达这样的欧洲人锁在了他们对于非洲的神话之中。总的来看，小说主要展示的依然是非洲大陆的贫穷落后及当地土著人的生活状况，这些构成了鲍比和琳达从首都驶往南方公署区大院旅途中所见、所闻、所感、所谈的主要内容。在奈保尔笔下，非洲土著突然从丛林中冒出来——就像从地下钻出来一样——然后又很快地消失在丛林里；令鲍比和琳达赞叹的是看来神秘而又宽广的非洲土地和天空。非洲似乎广袤无边但又一无所有，它的历史极为漫长但真正富于创造性的值得记录的历史却几乎没有。在另一部关于非洲题材的著名小说《河湾》中，奈保尔曾评论道：

历史是在人类成就的基础上写成的，没有对人类做出过贡献的国家也就没有真正意义上的历史可言。此前，非洲的历史也全都是欧洲人写的，自然带有不少欧洲人的主观成分和偏见，但非洲人本身却没有记录下自己少得可怜的历史。"在这城市的边缘，天与地的开阔让人感到海洋已在近处，栖在高柱上风蚀的巨幅广告牌，画着开怀大笑的非洲人，抽着香烟，喝着汽水，踩着缝纫机。他们的衣服补着长方形的大块补丁，有红有蓝有黄有绿。"① 小说中对于非洲图景的展示包含着相反的意义：古老的亘古不变与现代的动荡不安，永恒的世界与破碎的、后殖民的、普通人的世界。叙述者暗示了"丛林的古老生活"及其对于欧洲开发和殖民的影响。然而，他同时唤起了读者对于这些非洲国家难民的怜悯之心。他们极为无助地生活在沿古老的大路而分布的村落：这些道路是直到第一批开发者——丛林的征服者到来之后，才逐渐被开辟出来的。但现在这些道路都是空荡荡的；鲍比和琳达经过的村庄也不见人迹，或者废弃了，或者被烧毁了。这些原本居住在丛林里的黑非洲土著，因后殖民时代的政治和社会动荡而被迫背井离乡、流离失所、生活乃至生命都毫无保障。《自由国度》是对于西方殖民者匆忙撤退之时和撤退之后发生在原黑非洲殖民地国家内部的部族血腥屠杀的生动写照。它对于发生在东部非洲的暴力事件，像20世纪70年代乌干达政府的倒台有先见之明。因此，一方面，这部中篇小说触及了后殖民非洲的部族冲突和内战问题、压迫和屠杀的政治及前殖民宗主国在非洲未来发展中所起作用的暧昧不明；另一方面，作者在字里行间透露了自己对于黑非洲乱象的恐惧心理和深深的不安全感。《抵达之谜》的叙述者把像在这部中篇小说中所展示的景象形容为"虚构的非洲"。他回忆说："在我想象的那个非洲，是个充满着暴力的地方，有着太多的可怕事情。"而在这部中篇小说里，作家的想象力在残酷的暴力袭击——鲍比的遭暴打及国王与其支持者的被虐杀中达至高峰。

小说描写的崩溃指的是非洲国家和其他发展中国家正在陷入或已经陷

---

① V. S. 奈保尔. 在自由的国度 [M]. 孟祥森译. 台北：台湾天下远见出版股份有限公司，2002：125.

入的一种政治和社会经济混乱无序的"自由状态"。独立后，许多非洲国家不仅没有富裕起来，有的甚至经济形势恶化了。奈保尔 70 年代的小说写出了独立后的非洲这种恶化的状态——独立与经济依赖共存，政治压迫和分裂化同时发生，预见了 70 年代非洲国家的社会动乱。小说是根据作者在非洲和其他发展中国家的旅行见闻写成的。奈保尔在一次访谈中说："我是 69 年开始写这本书的，在任何人能够确切地看出我的预言多么准确之前，在这部书于 1971 年出版后，我受到令人难以置信的指责。我们的非洲'强人'（strong man）那会儿尚未真正摊牌。这本书得罪了许多人，他们就是无法想象在一个像乌干达这样的国家的事态的发展，其中也涉及肯尼亚和其他一两个国家的事。"在对后殖民世界描写与分析的同时，小说聚焦于自由的难以捉摸和荒谬的性质。小说以非洲新近独立的国家为背景，揭示了在充满种族仇恨、蛊惑人心的煽动、暴力和恐惧的气氛里，产生了许多自由的受害者或如奈保尔所称呼的"自由的牺牲品"。

四、结语

这部小说可以说是奈保尔"对自由的'牺牲品'，即那些被卷入在后殖民世界变化的权力网络里的人们，范围最广泛的记述"。小说每一个部分里的人物都在移动中，这是当今后殖民时代的特点。人们总是无法找到他们寻求的自由。作品里所有的人物都可以发现他们自己处于同样的状况：他们都存在于一个心理上的"自由状态"，而这个状态不能给人们带来所期待的个人满足。小说标题的"自由状态"既是小说的结构也是主题，其中包含对他们的困境的强烈反讽。

作│者│介│绍

奈保尔，全名 Vidiadhar Surajprassad Naipaul，1932 年 8 月 17 日出生于加勒比地区特立尼达岛的一个印度婆罗门家庭。在父亲的影响下奈保尔从小立志当作家。于 2001 年获诺贝尔文学奖。在成为诺贝尔奖得主之前，奈保尔已收获无数荣誉,如英国最富声望的布克奖、毛姆小说奖、莱思纪念奖、霍桑登奖等。1993年,获颁第一届大卫·柯恩英国文学奖,该奖旨在表扬"尚在人世的英国作家一生的成就"。1990年,奈保尔被英国女王封为爵士。

奈保尔的祖父1880年作为契约劳工从印度北部漂洋过海移民特立尼达。奈保尔年幼时,父亲凭自学谋到特立尼达英语《卫报》记者之职,于是举家从乡间小镇搬迁到特立尼达首府西班牙港。西班牙港的市井生活才是年轻的奈保尔眼中"真实的世界"。但另一个世界也许更为真实,那就是英国文化与文学的世界。奈保尔的父亲喜爱英国文学几乎到了痴迷的程度,读书读到精彩处就要念给儿子听,让他一同欣赏。奈保尔在《阅读与写作》(1999)一书中回忆道,他12岁之前就已经记得英国文学中很多片段,它们主要来自莎剧《裘力斯·凯撒》,狄更斯的《雾都孤儿》、《尼古拉斯·尼克尔贝》和《大卫·科波菲尔》,乔治·艾略特的《弗洛斯河上的磨坊》,兰姆的《莎士比亚故事集》和查尔斯·金斯利的《英雄》。至于他当时对印度的印象则完全来自英国作家(毛姆、艾克利和奥尔都斯·赫胥黎)笔下的印度。换句话说,他自幼就从英国人的视角来认识与他没有直接关联的印度。

奈保尔是一个具有印度血统的作家,他的文学成就来自他始终是一个"漂泊者"、"外来人",在精神上的无所归依给了他无穷的创作激情。他访问印度时在那里逗留了一年,却对故乡深深地失望了。除了少数几部略呈社会喜剧味道的小说外,他的作品大多带有相当浓厚的悲剧色彩。奈保尔不拘于现有的写作模式,形成了自己的独特的艺术风格:将现实与虚构有机地结合在一起。他的许多作品让人们很难区分是虚构小说还是纪实小说。他的叙述技巧极为卓越,一步步缓慢地揭露了印度与他的内心,读起来具有无比的乐趣。有一种人,远离了家,但是他却比家乡的任何人更了解这个地方,奈保尔先生就是一个杰出的例子。

1957年他发表了第一部小说《神秘的按摩师》。其后发表了多部短篇小说集和长篇小说,主要有《米格尔大街》、《斯通先生和骑士伙伴》、《印度:受伤的文明》、《河湾》、《在一个自由的国家里》、《印度:百万人大反抗》、

《世界上的道路》、《半生》、《魔种》。奈保尔的作品以小说和游记为主,两者均获高度评价。

第二节 通俗与高雅、写实与实验的融合——解读《小世界》的多重话语

一、作品概述

《小世界》是英国著名作家戴维·洛奇的一部重要小说,被许多学者认为是西方的《围城》。《小世界》讲的是一群研究文学的学者,如何从一个国际会议赶到另一个国际会议,一本正经地致力于自我形象提高的同时,还能够尽情享受旅游的一切乐趣和消遣。他们把工作变成玩乐,把职业特点和旅游结合起来,而且全都是别人掏钱。写一篇论文就可以周游世界!为此,这些学者们整日思考的就是如何使自己能跻身高规格的国际学术会议,以便更好地享受人生。正如书名所展示的那样,这是一个"Small World",书中的人物几乎都有千丝万缕的联系,不是互相认识就是同时认识其中某一个人,这些人就在各种不同的学术会议上碰面、交谈、发生故事。由于是群研究文学的学者,小说中出现了许多对文学和语言的精彩论述,如对语言的解码同时也是另一次编码。完完本本地重复另一个人的说话内容并不被人们认为是真正理解了对方的意图。

小说的主线是一位名叫柏斯的青年学者在一次学术会议上遇见安杰莉卡——一个美丽的女研究生,最大的喜好是参加各种学术会议。柏斯对她一见钟情,展开一系列的追求。副线是其他各色学者的会议经历。主线与副线多有交叉,每一个人物的行动都会影响到后来故事的进展。柏斯在一开始遭到戏弄后仍不甘心。为了寻找安杰莉卡,从一个城市跑到另一个城

市的学术会议,可是每次都晚到一步。近在咫尺却又咫尺天涯,期间还误将安杰莉卡从事色情行业的孪生妹妹以为是她本人而灰心绝望,知道真相后又继续跟着安杰莉卡的踪迹满世界跑。最后终于见到了安杰莉卡,倾诉爱意,共赴云雨后,却发现和他上床的是她的孪生妹妹,而她本人则已经与另一位男子订了婚。这时,柏斯发现自己真正爱的是在希思罗机场工作的谢丽尔,当他重又去找时,却被告知谢丽尔已被辞退,做环球旅行去了。柏斯望着离港信息牌前不停滚动的各个城市的名字怅然若失:是继续新一轮的寻找吗?

二、通俗文学话语与高雅文学话语的碰撞

通俗文学又称大众文学、俗文学,与严肃文学、高雅文学相对而言。简单地说,通俗文学是一种娱乐性、消遣性的文学作品。以通俗小说为例,它是大众所喜闻乐见的小说,以娱乐价值和消遣性为创作目的。在创作过程中,为了满足社会上最广泛的读者群需要,适应大众的兴趣爱好、阅读能力和接受心理,作者必须重视情节编排的曲折离奇和引人入胜以及人物的传奇性。通俗文学范畴中有言情小说、哥特体小说、历史小说、侦探小说、科幻小说及恐怖小说等。而高雅文学是一种典雅、正统、经典、精致、纯粹的具有较高思想艺术价值的文学类型。它主要服务于社会上文化修养较高的阶层。高雅文学有时又称"纯文学"、"严肃文学"或"精英文学"。以文艺小说为例,它注重文学理论和叙事技巧,具有较高思想艺术价值。其内容和题材深广;主题或意蕴富于深度;艺术形式上具有探索性和独创性。当然,文学的高雅与通俗是相对的,甚至是可以互相转化的。在《小世界》中,洛奇就并置混合了高雅文学话语和通俗文学话语。

《小世界》中的通俗文学话语和高雅文学话语这两套不同文化层话语编码贯穿于小说始终,既平行又对立,是小说最显著的特征之一。两种文学话语的特征、品格有别,使小说达到了雅俗共赏的效果。

(一)《小世界》的通俗文学话语

《小世界》的通俗文学话语主要体现在四个方面。首先，正如小说的小标题所示，《小世界》是对中世纪传奇故事《圣杯传奇》的戏仿。一群学者在世界各地飞来飞去，追名逐利，冒险猎艳。文本到处都是奇妙的巧合，拖延的悬念以及迷人的情节，通篇弥漫着传奇色彩。事实上，小说中每个人物都经历了自己的传奇故事。男主人公柏斯追寻安杰莉卡的脚步从一个研讨会到另一个研讨会。而安杰莉卡却始终若即若离，处处挑逗。最终柏斯在发现自己追到的只是安杰莉卡的妓女妹妹后，又开始了新的追寻。小说的另外两位主人公史沃娄与乔伊的一夜之欢、扎普与老情人希拉里的厨房调情也是充满了浪漫与巧合。而掌握着联合国教科文组织文评委员会主席职位人选的文学权威金费舍尔却也把自己的研究生变成了性伙伴。这些学者们都有着受人尊敬的头衔和地位，他们都是自己专业领域的佼佼者，都可以和古代的英雄媲美，只是他们追求的"圣杯"世俗化了。其次，小说包含色情与冒险两大主题。小说中洛奇直白地描绘了学者们的性放纵：师生通奸，教授换妻；卖淫嫖娼，杂交群居；甚至是同性恋和性虐待也不稀罕。更不乏吸毒酗酒、绑架敲诈、黑社会暴力等畅销小说难以规避的主题。再次，读者还可以从小说中领略到不断变换的场景。有旅游名胜，也有异国风情。跟随学者们全世界旅行的脚步，读者也领略了爱尔兰的宁静小镇，日内瓦的湖光山色，耶路撒冷的神秘庙宇，土耳其拜占庭式的建筑以及芝加哥的灯红酒绿。如果愿意，读者完全可以把小说当作旅游手册来欣赏。最后，小说机智诙谐的语言抵消了学术理论的艰涩难懂，增强了小说的可读性。

(二)《小世界》也蕴含着丰富的高雅文学话语

首先，《小世界》是教授、学者和作家的世界。小说的大部分场景都是国际学术会议，而文学创作与批评是其唯一的话题。文本通篇都是在讨论各种各样的文学理论，充满了各种专业术语。每位学者都有自己所代言的理论。莫里斯·扎普是后结构主义代言人。他将阅读行为比作"一种永无止境的、撩拨人的引诱，一种永无结果的调情，或者说，如果有结果，那也是一厢情愿的手淫"[①]。德丝丽是莫里斯·扎普的前妻，她为女性主义摇

---

① 戴维·洛奇. 小世界[M]. 罗贻荣译. 重庆：重庆出版社，1992：35.

旗呐喊。她的书将关于女人的著名格言或警句改头换面。读者看到的是：
"脆弱，你的名字是男人"。书中每一位学者都给读者诠释了他们所代表的
某种"主义"。即使是普通读者也能对他们的理论有所理解。其次，洛奇在
自己的文本里设置了许多小说创作技巧，如戏仿、元小说、复调。《小世
界》的整体结构套用《圣杯传奇》。其中学术泰斗亚瑟·金费舍尔就是渔王
的化身，他不仅丧失了性能力，也丧失了学术创新的能力，其联合国教科
文组织主席的地位岌岌可危。同时，他领导下的国际文学批评界也是一片
荒芜。只有柏斯显得单纯，他的一个傻问题拯救了金费舍尔，批评界重新
焕发了活力。所有现当代文学理论都以一种戏仿的方式被设置在文本里。

　　米歇尔·塔迪厄教授用现代叙述学的理论来阐释家务工作："这是一种
追寻，亲爱的，是一个分离与重逢的故事：你出去冒险，然后满载着珍宝
归来。你是个英雄。"《小世界》元小说的一面也是跃然纸上。为了让弗尔
维娅不要相信德丝丽在小说中描写的事情，扎普说道："小说家都是可怕的
撒谎者。他们捏造事实，混淆是非；黑的能变成白的，白的能变成黑的。
他们全不是人。"在此，洛奇揭示了小说的完全虚构性，并强调小说在社会
功能中的道德知道意义。洛奇在此埋置了自己对小说创作的态度。另外，
各种现代批评理论的狂欢化展示也是《小世界》的一种显著特征。巴赫金
在总结他的理论时说："狂欢节是平民按照诙谐原则组织的第二生活。"狂
欢节类型的民间节庆活动是民间诙谐文化的形式和表现。《小世界》的人物
都来自世界各地的大学，这些众多的专家学者通晓多种语言，秉持不同思
想。小说中充满了各种竞争性的声音和对抗性的观点。事实上，在所有的
声音中并没有一个占统治地位的声音。小说中所有的事情都被安排在同一
时间的不同场合，而这些场景之间又相互交错，使整个文本看起来又像是
一个个场景的狂欢节。而在这个狂欢节的会场里，等级和权威消失瓦解，
多种声音形成复调。每个人物都是相对独立的主角，他们是狂欢节上一群
戴着假面具的小丑，彼此独立又相互微妙联系地在各自的位置上表演。洛
奇采用拼贴形式将他们设置于同一文本中，每个人都是狂欢节表演仪式的
一分子，他们代表不同的声音和形式，使整个文本渗透着狂欢节式的戏仿。

　　《小世界》的这两套文化层话语编码在文本中相互呼应。这两种文学话

语相互冲突所产生的张力给文本增添了无限的阅读空间。雅俗文学相互对峙、抗衡的紧张关系在《小世界》中趋于融后与互补。"雅"与"俗"不再是二元对立式的矛盾与冲突，相反，融合与互补才是它更真实的存在。正是这种雅俗的结合使得小说的故事更好看，人物更鲜活，情节更曲折。同时小说也让读者在诗学与思想融合的本真存在方式中更好地理解生活与艺术。

三、写实风格与实验风格的碰撞

文学的现实主义与实验主义指的是 19 世纪 30 年代以后，在欧洲文学中取代浪漫主义而占主导地位的思潮和运动。现实性是其创作的根基，客观性是其本质。

传统的现实主义创作注重故事情节与人物之间的交流，其功能主要表现在对现实的模仿和对历史的记述。现实主义创作者注重故事情节与人物之间的交流，通常关注外在的事物，强调时间安排的顺序性和空间的逻辑性。现实主义小说中的人物塑造多是通过对人物的体格、面部表情、语言方式、衣着、出身、社会地位等外在的描写来实现。而为了赢得读者的信赖，传统现实主义小说家通常采用全知性的叙事视角，故事情节完整，尊崇逻辑思维和因果关系原则。另外，道德教育与娱乐功能也是传统现实主义小说的两大基本功能。实验主义，简单地说就是指在艺术、文学或音乐作品中新技巧的运用。文学创作中的实验主义者们力求解除习俗和陈规，实验、探讨、尝试各种新的体裁、新的表现内容和手法、新的审美趣味。实验主义者强调小说创作的虚构性，注重小说结构形式的创新。实验性小说的内涵多是潜在的、抽象的、象征性的。在试图对小说的形式结构和表现手法做各种探索实验时，往往忽略故事情节、人物塑造和客观描写，而挖掘潜意识和主观感受相比更为重要。他们在创作技巧方面追求形式的标新立异，重视对自我本质和美学意义的探讨。

正如瞿世镜先生所说，英国小说在 20 世纪呈现出现实主义与实验主义交错并行的态势。而戴维·洛奇则是这两种语境的研究者与实践者，其代表作《小世界》中现实主义话语和实验主义话语既平行又对立，形成了小说别具一格的创作特色。

首先，从创作主题看，《小世界》是现实主义的作品，其故事内容是对当代知识界及学者们的社会生活的记述。篇名"小世界"就寓意学者们的名利场。作为这个"小世界"里的一员，洛奇在《小世界》的导言中就承认自己将个人经历中的某些片段或场面用一种统一的主题意义通过虚构的故事表现出来。洛奇借书中人物之口指出，学者们在喷气机、电话和复印机等各种现代技术的帮助下，穿梭往返于各大洲之间，参加各种学术会议，结交各种人物。小说中学术界的各种真实现象被如实记录。而洛奇还真实地临摹了许多真实的环境，如伦敦的街景和建筑、阿姆斯特丹的河流和桥梁、纽约的饭店、土耳其的博物馆、耶路撒冷的名胜等，甚至连书中虚构的鲁米治大学也是洛奇为之工作毕生的伯明翰大学的影射。小说中读者很难看到作者对人物内心世界的挖掘、潜意识及本能的揭露，而更多的是从语言、行为及外表等外部因素对人物进行刻画。其次，《小世界》采用了传统现实主义的叙述方式。从叙事视角看，洛奇有意选择了全知性视角，以此将他的读者隔离于虚构的世界以外。这种距离给读者提供了公正客观地阅读小说的空间。小说中那个全知全能的声音不但是一个讲述者也是一个观察者。所以，即使文本通篇都是专业术语，读者也能通过其容易理解的逻辑语言理解文本。除了叙事的视角，洛奇也基本是按照时间的先后顺序来讲述故事。虽然一些场景是在同一时间内进行不同的切换、不同人物故事被并置，但整体情节还是遵循了时间先后顺序，故事的主线围绕柏斯追寻安杰莉卡的轨迹展开。全知性视角与时间上的线性叙事共同显示了《小世界》的现实主义特征。

《小世界》中也充满了实验主义的风格。小说的实验主义话语突出表现在一些实验性的创作技巧上，如戏仿的结构、复调的主题、拼贴的形式、反英雄的刻画、开放式的结尾等。首先，如小说的副标题"学者的罗曼史"所示，现代学者也如同古代的骑士寻找圣杯一样追寻自己心目中的圣杯。传奇文学作为一种文学样式历经了中世纪的亚瑟王与他的圆桌骑士的故事、古希腊的神话罗曼史、文艺复兴的史诗体罗曼史，在20世纪再次被洛奇复制。所以，读者可以在书中看到如"骑士"般的英雄学者们在一次又一次的冒险经历中永无止境地追寻着自己心中的圣杯。这群现代社会里的"反英雄"在戏仿的文本中被反衬得更加滑稽。其次，《小世界》只有一个复调的主题，没有绝对的中心。小说的人物，无论是扎普、柏斯还是史沃娄都是相对独立的主角，从不同视角诠释各自的故事。他们被洛奇采用拼贴的形式并置在同一文本中，在各自的位置上表达着不同的声音，没有哪个声音占统治地位，只有在对抗和竞争中共存，共同形成了完整的小世界。洛奇在文本中的这种表现手法使《小世界》从形式到内容都像一幅现代派的拼贴画，实验主义的创作技巧显而易见。最后，《小世界》的开放式结尾也显示了洛奇别具匠心的实验主义技巧。故事以柏斯的追求开始，又以柏斯的追求告终。

正如书中扎普所言，每一次解码都是再一次编码。读者可以想象柏斯的追求又一次陷入无限的解码—编码—解码模式之中。洛奇成功地运用了罗曼史的形式，向读者展开了文本。他借书中人物安杰莉卡之口道出："传奇文学也是叙述的'脱衣舞'，它不停地引导读者往下读，不断地推延最后的真相，使其永远不出现，或者说，一旦真相大白，文本的欢悦也就结束了。"洛奇似乎不愿其文本的愉悦终止，采用了这种开放式的结局，让文本在读者面前继续愉悦下去，借此留给读者想象的空间，同时也暗示了追寻无止境的主题。

四、结语

现实主义与实验主义这两种对立的创作风格在《小世界》中交错并行，彼此补充，并趋于融合。而洛奇本人也在其文学理论作品中指出，20世纪英国小说是沿着一条传统现实主义写实技巧、现代主义及后现代主义的实验性技巧一路走来。而他作为跨越小说界与批评界的两栖作家也在其文本中实践着现实主义创作技巧与实验性创作技巧。在《小世界》中，写实与实验相互碰撞，既对抗又互补，使小说的创作技巧形式纷繁，主题自然真实。读者在阅读小说时，既能感觉到洛奇对小说诗学的尊重，又能体察到其创作的自然需求。其中实验性的形式与写实性的主题巧妙融合，给"追寻"这一古老的话题带来了新的生命力。

作│者│介│绍

戴维·洛奇（David Lodge），1935年在伦敦出生，早年就读于伦敦大学，伯明翰大学博士，英国皇家文学院院士，以文学贡献获得不列颠帝国勋章和法国文艺骑士勋章。从1960年起，执教于伯明翰大学英语系，1987年退职从事创作，兼伯明翰大学现代英国文学荣誉教授。洛奇已出版12部长篇小说，包括"卢密奇学院三部曲"《换位》（Changing Places，1975年，获霍桑登奖和约克郡邮报小说大奖）、《小世界》（Small World，1984年，获布克奖提名）和《作者，作者》（Author, Author, 2004）等，其中以"卢密奇学院三部曲"最为著名。他还著有《小说的艺术》（The Artof Fiction，1992年）和《意识与小说》（Consciousness and the Novel，2002年）等多部文学批评理论文集。洛奇的作品已用25种语言翻译出版。文学批评史家安东尼·伯吉斯认为，洛奇是"同代作家中最优秀的小说家之一"。《小世界》在1988年改编为电视连续剧；由洛奇本人担任编剧的《好工作》，获得1989年英国皇家电视学会最佳电视连续剧奖。

| 第 三 节 |
一曲生命的哀歌——《长日留痕》的对话性解析

一、作品概述

《长日留痕》是著名英籍日裔小说家石黑一雄的代表作之一，曾获1989年布克奖。小说主要讲述了达林顿府管家史蒂文斯驱车游览英格兰的旅程。

史蒂文斯作为一名追求完美的男管家，服务于达林顿府30多年。在此期间，他一方面尽力使自己成为男管家中的杰出人物，追求这一阶层所特有的"尊严"，同时，他也为此付出了相当的代价，比如说不得不冷漠地处理父子亲情，盲目忠实于主人达林顿却无视后者一度与纳粹交往甚密甚至帮助纳粹势力的现实。这种盲目使他甚至失去了与心爱的女管家肯顿小姐的情感。作者以最能代表英格兰社会和文化特征的男管家为主角，以现实主义的手法入木三分地表现了英格兰的政治、历史、文化、传统与人的思想意识。全书对政治着墨较多，作者通过史蒂文斯的叙述从侧面展现了以达林顿勋爵为代表的英格兰贵族阶层的基本政治理念。由于史蒂文斯的愚忠，涉及政治事件的叙述被或轻或重地歪曲，积极的一面被夸大，消极的一面被美化，以至于读者不能直接借助史蒂文斯这个不可靠的叙述者来得出关于达林顿勋爵的政治主张的客观认识。在对文本抽丝剥茧，沿着"政治主张"这条线索分析文本后，不难看出史蒂文斯闪烁其词的背后，以达林顿勋爵为代表的英格兰贵族所持的基本政治理念，就是精英政治观念。这种主张以精英阶层主导政治权力的观念不但成为民主政治的绊脚石，还被企图施行集权的纳粹分子加以利用而声名狼藉。《长日留痕》中展现了英国贵族文化的衰落，与之平行的是贵族阶级所笃信的精英政治理念的衰落。

《长日留痕》的故事开始于1956年7月。达林顿府的老管家史蒂文斯借用雇主法拉迪的汽车，前往英格兰西部度假。这样的旅行对史蒂文斯来说可谓非同寻常，因为他将毕生精力投入到工作中，很少外出度假。史蒂文斯此行的目的是会见曾在达林顿府做过女管家的肯顿小姐，两个人已经20多年未曾谋面。前不久，史蒂文斯刚收到肯顿小姐一封来信。随着旅途的展开，史蒂文斯开始对自己的生活进行反思，并试图发现其中的意义。即将与肯顿小姐会面，让他回想起多年前两人共同在达林顿府工作的岁月，当时府上的主人还是达林顿爵士。据史蒂文斯叙述，达林顿爵士是一位心地善良、直率的政治家，可是在两次世界大战期间，他的行为却极不明智。他试图充当英德之间的调停人，这使得人们将他当作纳粹的同情者和通敌分子。这些细节是通过史蒂文斯的回忆逐渐讲述出来的。史蒂文斯对自己原来的主子忠心耿耿，完全接受仆人的一切人生需求都要服务于主人需要这一阶级体系,并不折不扣地恪守这个惯例,结果使他变成了一个教条主义者,连自己的感情都隐而不露。他对待府上的每个人包括自己父亲的态度都十分冷漠,给人的感觉是丝毫不通人情,连父亲去世时他都不在场,因为当时主人需要他照顾客人。史蒂文斯坚信上层阶级的优越性。对他来说,工作就是一切,丝毫容不得个人情感的空间。

二、生存空间的谬论

个人生命价值的实现是在多重领域中完成的,其中主要是在作为社会成员的公共领域和作为家庭成员的私人领域中完成的。史蒂文斯作为传统价值观的持守者,是英国20世纪80年代"工作狂"理念的代表人物。他只认同公共领域的个人价值,为此将私人领域的生活压抑到极致,以此来寻求一种悖谬性生存的确定点。

史蒂文斯将个人生活和工作完全对立起来,甚至以此来定义一个管家"尊严"的核心,即"不背弃其职业角色的能力",尤其指不"因私人角色背弃职业角色"。于是,"完全彻底地生活在工作里成为他的指导原则。这意味着无限地压抑自我甚至完全失去自我",和"为别人扮演的角色完全等同起来"。他的一生都在践行这个原则。从大的方面讲,他规定自己不结婚,因为没有家庭负担才能更彻底地投入工作,所以即使和同事肯顿小姐互有好感,史蒂文斯还是坚决地拒绝了她。其实他拒绝的不是肯顿小姐而是任何女人,或任何工作以外的"干扰"。从小的方面讲,他从来不让自己下班,三十年如一日负责达林顿府的日常运转。不但他的行动,连他的思想也时刻不离工作。为了向主人提供更好的服务,他花大量时间揣摩主人的心思,比如当他发现新主人喜欢开玩笑时,他立即将配合开玩笑当作一项工作能力而努力学习,即便是作为放松的旅行,他也要带着工作任务:期望与肯顿小姐的见面可以解决员工短缺的问题。当个人需要和工作发生冲突,他会毫不犹豫地选择工作。父亲病危之际,虽然在只有几步之遥的楼上,他仍然坚持在楼下为先生女士们添酒,错失与父亲最后见面的机会。他对于工作是个行家,但"对自己的感情和观点完全陌生"。父亲去世的那个夜晚留给他的不是悲伤,不是遗憾,更多的竟是成就感:"但在今天无论何时回忆起那个夜晚,我都会油然产生极大的成就感。"[1] 因为这种牺牲让他感觉接近"伟大"。在史蒂文斯看来,要实现和"伟大"的结合,只有一条途径,那就是服务于大人物,"因为他们手中掌管着文明"。从某种意义上说,他的行为是将一种清教理念用于世俗生活,即在心中为自己划定一个标准,为此而献出一切。石黑一雄谈到这部小说时曾说,这是对自己"做人的权利"的放弃,显然,作者赋予了这种行为以一种悲剧色彩。

小说中对史蒂文斯的评价是由肯顿小姐的内视角叙事来完成的。即表层叙事仍是史蒂文斯的"独白",而其中对肯顿小姐的回忆却构成了对这种"独白"的解构。肯顿小姐所持的是一种超越了传统的刻板工作理念的立场,并不刻意排斥私人领域的生活。她最初也曾倾心于史蒂文斯,但却无法接受他那种"昏暗冰冷"、"刻板而毫无色彩"的生活方式。

但从文本内部来看,这种对话是否是封闭的,或者说,肯顿小姐的存在是否彻底解构了史蒂文斯的价值立场?问题显然没有这么简单。因为小说虽然描写了肯顿小姐最后走入了婚姻家庭,甚至在晚年还拥有丈夫的陪伴和即将抱外孙的天伦之乐,但她曾多次离家出走,说明她的婚姻生活并不尽如人意。而且对于和最爱的姑母"待上一天都会感觉到我的整个年华在被虚耗掉"的她来说,工作同样是实现生命价值的重要维度。要知道,这部小说写于20世纪80年代,此时英国政府鼓励经济自由,有专业知识、疯狂工作和醉心于权力的城市青年已经取代了沃小说中时髦的派对青年和鲍威尔笔下的年轻人。20世纪80年代英国青年中的"工作狂"们即是现实版的史蒂文斯,虽然现实中人们很少像史蒂文斯那样极端地否认私人领域的人生价值,但竞争的压力还是让人不得不将更多的精力投入工作当中,以期获得更可靠的生存空间。因此,如何在社会领域之外为私人领域寻找一个确切的位置,成为这个时代最棘手的难题之一。问题的复杂性在于,肯顿小姐对私人领域生活的追求固然是一种生命意义的体现形式,但在当代语境中,私人领域的生活是否是一种稳定的存在方式也成为一个疑问,

---

[1] 石黑一雄. 长日留痕 [M]. 冒国安译. 南京:译林出版社,2008:90.

因此，史蒂文斯的生活方式就变成相对合理的选择，尽管它仍然是一种悖谬性生存。

三、从唯命是从到正视自我

既然选择了公共领域生存为意义实现方式，就意味着遵从它的规则，以它的代表性意志为自己的个人意志。史蒂文斯于是在某种意义上成了"工具"，唯命是从，在与主人的关系中只做执行者。小说中一个深有意味的情节是达林顿勋爵解雇犹太女仆事件。歧视犹太人问题，是一个自"二战"之后已无任何争议的非正义行为。勋爵解雇女仆是受他人误导，但对史蒂文斯而言，却成为检验他自主意识的一个标准。我们看史蒂文斯在正义和服从二者之中是怎样选择的，当他听到这一消息时不禁反问："您说什么，老爷？"这只是一个简短的问句，却表达了史蒂文斯复杂的心态。显然，他心中有一个基本的道德标准，当他遇到违背这一标准的话语，并且这个话语是他所绝对服从的意志发出的时候，他需要通过这一缓冲来调整自己的选择。当然，他的选择是放弃自己的标准，听命于勋爵的意志。

这一行为引起了肯顿小姐的激烈反应，她以重复常识的方式否定了史蒂文斯的选择："我对此简直无法相信。你在说鲁思和萨拉将被解雇，就因为她们是犹太人吗？"如果在一个最基本的道德准则面前都丧失了判断的能力，显然这个人是有问题的。但实际上，小说告诉我人们，出"问题"的并不仅是个体的人，而是整个社会。当初表示强烈反对的肯顿小姐最终也没有像她声称的那样以辞职来表示抗议，而是与史蒂文斯一样做出了妥协。小说的这一描写同样深有意味，它表明，在所谓社会领域这个高度秩序化的空间之中，任何人都逃脱不了自主意识被消解的命运。正如弗洛姆所说，工业社会中的个人如同"大机器上的一个齿轮"，主体性已经被取消，只剩下功能性。在工业生产的流水线上，大多数人的角色不是决策制定者而是命令执行者。然而人们知道，"人生而自由平等"的观念历经几百年的宣扬，它本应成为每个人心中最高的道德律令，然而却在20世纪的现实面前遭遇挑战。所以，史蒂文斯的选择未必就不是我们每一个人的选择。

实际上，史蒂文斯始终通过他者的内视角来审视自我，通过肯顿小姐的眼光以审视自己的盲从，而通过达林顿勋爵的眼光，他则在探求如何通过自省的方式寻找自我。与史蒂文斯和肯顿小姐的仆从地位相比，达林顿勋爵的优越性显而易见。他为欧洲和平积极奔走，是对国际政坛有着影响力的大人物。从这一点来看，他应当拥有既符合自我意识又符合社会领域整体要求的选择能力。然而，他的生命选择却是失败的，他被纳粹分子利用，最终落得身败名裂的下场。对这一类人，石黑一雄曾评价道："他们怀抱最好的初衷，但是历史却证明他们是愚蠢的，甚至成为邪恶的帮凶。"也如米兰·昆德拉所说："受到乌托邦声音的迷惑，人们拼命挤进天堂的大门，但当大门在身后砰然关上之时，他们却发现自己是在地狱里。"这显然已经不是某个时代的悲剧，而是一种人生的普遍性悖谬。正如石黑一雄接受采访时所说："外面的世界，我们无法了解。史蒂文斯在叙述中一方面描述勋爵所犯过失，甚至向别人隐瞒自己为勋爵工作过的历史；一方面又为他辩护，肯定勋爵为人生之误所做的忏悔。"勋爵承认："过去发生的事是错误的。""既然所发生的事是错误的，那就该对她们做出某种补偿。"与其说这是史蒂文斯在为勋爵辩解，不如说他是在借助勋爵的悔悟来重新审视自己的生命选择：至少在临终时他能说，他做错事了。他是一个勇敢的人。他选择了生活中的某一条路，后来证明这是一条错的路，但他毕竟选择了，他至少能这样说。而史蒂文斯呢？他连这个都不能说。他信任勋爵，信任他的智慧。那些年他为勋爵服务，相信自己做着值得的事。可他自己甚至不能说犯过属于自己的错误。也就是说，史蒂文斯在达林顿勋爵身上看到了在错误选择之后如何实现尊严的方式。反观自身，他终于意识到：放弃自主权的时候，他也已经交出了尊严。而正视过去的自我，包括正确和错误的选择，才能寻找到真正的尊严。但小说并没有让史蒂文斯"独白"中的对话走向封闭。

他对自己的人生选择始终不后悔。有评论认为，史蒂文斯最终"以良心和原则为代价获得了平衡"。其实，对于无法在后工业社会中完全掌握自己的命运的人来说，也许选择离你最近和最便捷的生活方式，或者说逃避选择，就是最正确的。

四、结语

故事的结尾看似平淡,却是整部小说的高潮。在对自己的人生幡然醒悟之后,史蒂文斯却决定用自己一贯的职业态度严肃认真地对待调侃打趣的技巧,以迎合美国新主人的作风。这一结局不免令人失望,但仔细想想,这又是唯一可能的结局。如同小说的题目(The Remains of the Day)的字面意思。"白天剩余的时光",对于史蒂文斯来说,他已进入生命的黄昏期,"白天剩余的时光"已经所剩无几,已经没有可能改变坚持了一生的生活信条和准则,他唯一能做的只能是为原来的信条和准则寻找理由,通过自我欺骗的方式继续"体面"地生活下去。

在一个日益全球化的现代世界中,如何才能突破地域的疆界,写出一本对于生活在任何一个文化背景之下的人们都能够产生意义的小说?在这个多元文化碰撞、交流的现代世界之中,什么东西才足以穿透疆界,激起人们的普遍共鸣?《长日留痕》似乎给出了答案:该小说通过一个看似波澜不惊的故事成功地再现了个体在繁杂纷扰的现实世界中的困惑与无奈,它所包含的悲剧意蕴像一首挽歌,唱出了人性的哀曲,无疑能在"世界上各种不同文化背景的人们"心中引起共鸣。

作 | 者 | 介 | 绍

石黑一雄(Kazuo Ishiguro),1954年11月8日生于日本长崎,著名日裔英国小说家。1960年,石黑一雄随家人移民英国。曾就学于东安格里亚大学(University of East Anglia)和肯特大学(University of Kent)。他的著作以细腻优美的文体著称,与鲁西迪、奈保尔并称为"英国文坛移民三雄",以"国际主义作家"自称。其代表作有《长日留痕》、《上海孤儿》、《远山淡影》等。其中《长日留痕》获得1989年英国布克奖(当代英语小说界的最高奖项)。

1954年11月8日,石黑一雄出生在日本长崎。1960年,石黑一雄的父亲石黑镇男被供职的英国北海石油公司派往英国，父母带着石黑一雄和姐姐富美子移居英国，居住在伦敦附近的小镇吉尔福德。之后在萨里一所男子文理学校接受教育。1973年，石黑一雄从高中毕业，随后出外游历了一年，搭便车观览纽约，还做过巴尔莫勒尔的Queen Mother乐队的打击乐手。1974年，石黑一雄开始在英国肯特大学学习英语和哲学。1978年，大学毕业后，石黑一雄做了几年社会工作者，然后开始在英国东安格利亚大学学习创意写作研究生课程，在这里，石黑一雄结识了给了他很多启发的导师——英国最具独创性的女性主义小说家安吉拉·卡特（Angela Carter）。1982年，石黑一雄获得英国国籍。1983年，石黑一雄的第一部小说《群山淡景》出版，讲述在英格兰生活的日本寡妇悦子的故事，故事影射了日本长崎的灾难和战后恢复。同年，石黑一雄获得温尼弗雷德·霍尔比纪念奖，并被英国文学杂志《格兰塔》（Granta）评选为英国最优秀的20名青年作家之一。1986年，《浮世画家》出版，这部小说通过一位日本画家回忆自己从军的经历，探讨了日本国民对"二战"的态度。同年获得惠特布莱德奖，并第一次获得布克奖提名。1989年，石黑一雄以《长日留痕》（又译作《长日将尽》）获得了在英语文学里享有盛誉的"布克奖"。

第 四 节
历史与文本的碰撞——《占有》的文学性分析

一、作品概述

拜厄特的代表作当属她的布克奖获奖作品《占有》，这本长达500余页的魔书巨著标志着拜厄特艺术成就的巅峰。《占有》以悬念丛生的侦探小说式结构为叙述框架，讲述了一个扣人心弦的学术历险故事。大量的书信、日记、诗歌等历史文本和神话传说巧妙地穿插其中，交错地呈现出混沌之初的人类远古、繁荣兴盛的维多利亚时代和衰亡没落的后现代西方社会。

文学博士罗兰意外发现了维多利亚著名诗人阿什未曾面世的手迹，并查证出是写给当时的女诗人拉默特的情书，于是赶往妇女研究中心，与拉摩特专家莫德联手展开调查。两位年轻学者结伴重走了阿什和拉默特当年相依相伴的秘密旅程，细细温读了两位诗人真挚感人的爱情诗篇，一步步揭示出他们鲜为人知、扑朔迷离的悲剧性恋情。罗兰和莫德为昔日诗人的纯真情怀所动，彼此间生发出由衷的爱恋，情感匮乏的现代西方社会终于有了一丝真情。两位维多利亚诗人改写的神话传说仿佛使时间超越了茫茫历史长空，回到了远古时代那神灵出没、英雄当世、虚无缥缈的神话世界。《水晶棺》里沉睡的美丽公主，白衣仙子美鲁希那以及北欧传说中的人类祖先阿斯克和埃姆布拉等神话人物在虚构的文本中获得了超越时空的非凡生命力，成为栩栩如生的鲜活形象。复苏的过去生机盎然，往昔的文明绚丽灿烂，维多利亚那美丽宁静的原野上，男女诗人间充满诗意的至爱真情缠绵悱恻，可歌可泣。约克郡的湖光山色清新淳朴，至善至美，备受当代人攻击的维多利亚时尚道德成了一曲优美崇高的颂歌。与此形成鲜明对比的是死气沉沉、物欲横流的后现代商业社会，丧失了精神支柱的当代西方人贪婪轻佻，玩世不恭，一味地追新猎奇，游戏人生。校园里的学者教授亦不过是急功近利、沽名钓誉的文化动物，性成为文学创作和批评的中心话题，世界被误读成女人的身体。阿什手稿的潜在商业价值使校园内外和大西洋两岸的众多文人学者闻风而至，文史真相的查证成了一场你争我夺、钩心斗角的史料大战，学术竞争演变成惊心动魄的环欧历险。局促狭小的生存空间，冷淡隔膜的人际关系，阴暗猥琐的人物心态，真情匮乏的放浪情欲，无不反映出西方现代文明的衰亡和没落。区区一本《占有》浓缩了整个人类经验的漫长历史。

从表面上看，《占有》不过是一个古今杂糅的双料爱情故事，实则蕴涵着当代人对人类历史的文明内核的深层次思考。相距遥远的不同历史时期在文本的有限时空里交错并置，循环延绵，历史与现实并行不悖，互为参照。层层递进的历史回溯，赋予作品以时代的纵深感和历史的厚重性。整部小说构思巧妙，情节曲折，文笔优美，语言生动，寓意深刻，雅俗共赏。

叙述既有离奇荒诞的神话色彩，又有生动逼真的实证细节，艺术的想象和历史的真实水乳交融，浑然一体，形成了充实而又空灵的审美意境。在此，拜厄特以第一人称拟写的情书恋歌格外情真意切，篇篇诗文无不令人动容落泪，充分展示了她炉火纯青的叙述技巧。

二、双重故事结构

《占有》中历史与当代、虚构与现实的并行不悖和相得益彰，古今双重叙事结构的交叉并置以及戏仿、拟写和互文的充分运用使小说的叙事空间明显增大，故事情节更加跌宕起伏。然而，《占有》并不是第一部将历史和虚构并置、以过去与现在的交叉和互动为主题的历史小说。它具有诉诸历史，将历史的真实和文学的虚构混杂交汇，将过去和现在并置在一起的叙事特征。

首先，小说的叙事结构由两条叙事线组成，而这两条叙事线又都以最古老的话题——爱情为叙事主线。19世纪叙事线以维多利亚时期的英国诗坛为背景，20世纪叙事线则以20世纪的西方英美文学学术界为背景。这两处背景对读者特别是对知识分子读者具有难以抗拒的吸引力，它们一出现就牵动着读者的好奇心。世纪叙事线讲述虚构的英国维多利亚时代已婚的著名诗人伦道夫·阿什和年轻未婚的女诗人克丽斯塔贝尔·拉默特之间一段不为人知的罗曼史，故事委婉动人，男女主人公从谈吐到仪表无不表现出维多利亚时期的英国文人所特有的博学和优雅，叙事模仿维多利亚时期的文体如散文、诗歌、书信、日记等，给人以深厚的历史感与真实性。叙事线讲述一对年轻学者罗兰和莫德由于一次意外的手稿发现而经历的一场学术考古和由此引发并受其推动的一段后现代式爱情，叙述机智幽默，洋溢着时代气息，读者紧紧跟随当代学者们考据史实的几次旅行，分享其研究和发现的挫折与快乐。这两条互相独立又互相影响的叙事线，时而分离，时而会合，随着叙事线中罗兰和莫德等当代学者一系列关于维多利亚诗人的新的发现，日记、传记、书信（情书）、诗歌、童话等历史文本带着悬念和疑问将叙事线连成一体，并与叙事线一起构成历史感和现实性相互渗透的故事情节和叙事结构,将过去和现在发生的事情一一呈现在读者面前,别具一格、令人回味地演绎出一幅古今交织、亦幻亦真的关于文学、艺术、爱情和人生的多彩画卷。

其次,小说广泛借鉴各种叙事手段和文本,在叙述中一方面巧妙地诉诸真实的历史人物和历史场景,另一方面借用和拟写神话传奇和童话故事,用互文的方式将历史变成一种可供挖掘的文化资源,将传奇化的"故事"配上现代的演绎吸引当下的读者。阿什和拉默特的一见钟情发生在19世纪英国文人克雷布·鲁滨逊当年名声遐迩的每周一次在伦敦罗素广场号家中举行的早餐会上,而科勒律滋、罗萨蒂、罗斯金等维多利亚时期的文人墨客又都是拉默特的父亲或阿什本人的至交或文友。两位诗人之间的几次幽会地点也都是在有名有实的伦敦里斯满公园、伦敦开往约克郡的列车上和位于北约克郡的以盛产黑宝石闻名的海边小镇惠特比。故事场景也不乏具体的真实性:莫德的妇女研究资料中心是英国林肯大学的一座塔楼,布莱克埃德的"阿什工厂"在大英博物馆的一间地下室里,而罗兰有关阿什和拉默特的重大发现则发生在典雅古朴的伦敦图书馆:"这里卡莱尔曾经光临,乔治·艾略特曾穿梭在书架之间。罗兰看见了她的黑丝长裙和天鹅绒的裙摆在宗教经典之间飘过,听见她的脚步声有力地踏踩在德国诗人书架间的金属地板上"。① 在众多文人先贤曾经走过的甬道里,在被他们的手指无数次触摸过的书架之间,读者随着书中的人物一起走进图书馆浓厚的文化历史氛围之中,心中情不自禁地涌动着对历史、对知识、对故事强烈的好奇。当罗兰小心翼翼地打开沉睡了一个半世纪、沾满岁月的尘埃、曾经被阿什无数次翻阅过的《新科学》时,读者和罗兰一起面对着一个神奇的八宝盒,随着罗兰的手指在书页间的翻动,各色各样的纸片从中弹出,上面赫然记录着诗人亲笔写下的阅读维柯的笔记和注解。更为神奇的是,在书的第300页,竟然夹着两页诗人写给一位未名女子的信,准确地说,是一封信的两份有些许改动的手稿!这封措辞含蓄,语气矜持,但感情率直、几易其稿的信,立刻激起了读者与罗兰同样强烈的好奇心和求知欲,随着

---

① A. S. Byatt. Possession [M]. Beijing: Foreign Language Teaching and Research Press, 2000: 2.

罗兰一念之下将手稿偷出图书馆，读者不但想要知道手稿的下落，更想知道隐藏在其后的不为人知的故事。

三、丰富的文学性

小说以罗兰查阅维柯的《新科学》作为故事发生的契机绝非偶然，只要人们稍微思考一下小说关于历史回溯、历史探幽、历史再现的主题，也许就能领会作者的刻意用心。维柯在《新科学》里宣称：人类只能认识人类自己已经建造出来的事物。不言而喻，维柯关于人类如何认识历史的命题与小说里关于怎样触及历史和再现历史的主题相呼应。另外，维柯关于具有转义和比喻特征的语言与事实之间的关系的论述更是鲜明地指向历史书写或历史叙述具有语言建构的种种特征这一既古老又现代或后现代的历史书写观和叙事观，进而为《占有》提供了理论支撑和叙事视野，使其有声有色、别有洞天地从小说叙事的层面和角度探讨了通过文本的踪迹和文学的想象认识过去和再现历史的可能与局限。叙述者在讲到维柯的相关章节时这样写道："维柯曾在神话和传说的诗性隐喻里寻找历史事实，这种汇集史实的方式就是他的'新科学'。维柯的普洛塞耳皮娜是谷物，是交易和社区的起源……布莱克埃德相信，在阿什看来她是早期神话时期的历史的化身。"阿什的长诗《普洛塞耳皮娜的花园》中的普洛塞耳皮娜在希腊神话中是主神宙斯和谷物女神德墨忒耳的女儿，被冥王强娶为妻，后得到宙斯的特许，每年春天离开冥府返回阳界与母亲团聚，因而普洛塞耳皮娜既是春归大地的象征又预示着死亡的冬季，二者共同指向自然和人类生生不息、生死轮回的主题，此主题不仅是阿什的叙事神话长诗《普洛塞耳皮娜》的中心寓意，还传达了《占有》想要表达的关于作为文化记忆的文学所具有的回溯历史、传承历史和复活历史的特殊作用和功能这一中心思想。小说多次提到维多利亚诗人阿什是一位既写历史又懂历史的诗人，而且非常着迷于维柯关于原始族群的历史论述，维柯认为古代诸神和后来的英雄皆是人的命运和抱负的化身，是普通人头脑里的想象。

不言而喻，出现在小说开头的长诗《普洛塞耳皮娜》和维柯在《新科

第四章　70年代以后的英国小说

学》里的相关论述暗合了小说通过语言和神话回溯历史、再现历史的主题。根据维柯《新科学》里所表达的历史观，神话传说和英雄史诗是人类文明的源头，因而是打开科学和知识大门的钥匙。阿什和拉默特与当时很多维多利亚诗人、哲人一样，对人类远古历史充满了好奇和迷惑，在钱包、饭碗和水晶钥匙之间毅然选择了非同寻常、通向神奇险境的水晶钥匙。从阿什和拉默特的通信中我们了解到在创作《梅卢西娜》的过程中，拉默特与阿什正经历着相识—相知—相爱的灵与肉激烈冲撞和欢愉的过程，阿什的诗歌观、历史观、世界观甚至妇女观都无不通过鸿雁传书直接影响拉默特的心智、情感和正在进行的史诗创作。阿什或公开或隐晦地在《梅卢西娜》里"不可原谅地把自己的声音借给她"，使它真正吟唱出女人的双重特征：既是美女又是野兽，既是天使又是魔鬼。这样的作家才将更具创造力和表现力，才能写出伟大不朽的作品。正如拜厄特在转引她极力推崇和效仿的维多利亚诗人布朗宁时所说的那样，"一个优秀的、有魅力的作家应该能够占据任何性别立场，同时让男人和女人说话"。实际上，罗兰和莫德对阿什拉默特的调查不仅搞清了一段罗曼史，而且还在此过程中发现了一个双性同体的诗歌传统和文化记忆范式，从而为阿什和拉默特研究指明了新的方向。

《占有》的充盈饱满正是通过无数个诸如查阅维柯的《新科学》、改写格林的《水晶棺》、重述普洛塞耳皮娜和梅卢西娜的故事这样的细节和互文得以发生和发展。无论是历史现实中的维柯还是神话传说中的女神或仙女，他们既是故事情节的重要环节又是与小说的主题密切相关的哲学、历史和文学的互文性文本，叙述者和读者都尽可以就其大做文章、尽情玩味。了解维柯历史观的读者会很自然地联想到维柯所推崇的通过神话传说来研究和考察历史的观点和方法；熟知西方神话传说的人不由地会在历史和当代的双重层面寻找传说中的镜像，并以此探求互相对话和关照的可能。

《占有》的丰满情节和丰富内涵还得益于小说引人入胜的标题《占有：一部罗曼史》和通篇一而再、再而三挖掘和凸显的有关"占有"的主题。卷首引语的运用，不但深化了主题，还丰富了读者的阅读经历和视野，激发了读者的阅读兴趣和想象力。从故事情节看，"占有"主要有两方面的含义：一是对他人（也包括对自己，特别是对女性而言）情感的、肉体的占有；二是对历史、对知识的占有。情感和肉体的占有不但体现在阿什和拉默特灵与肉的结合之中，还折射在阿什与艾伦残缺的婚姻生活、拉默特与布兰奇小姐的近乎同性恋的特殊关系中。莫德与罗兰、莫德与前男友沃尔夫、莫德与女友利奥莉、罗兰与前女友维尔等都在彼此情感和肉体的占有上存在这样那样的问题和障碍。而对历史、对知识的占有同样贯穿在过去和当代的双重叙事时空当中。

小说丰富的文学性不但表现在大量的文学文本的互文式运用上，还有大量的由语言文字组成的视觉文本穿插其中，使叙述形成特有的一种前拉斐尔画派的油画效果。在维多利亚时期英国兴起的前拉斐尔画派特别强调作品贴近并反映自然的本质，主张大胆使用色彩的渲染和感官刺激功能，以烘托特定情境中令人激动或令人不安的气氛。所有这些文本的、风格的、形式的、视觉的叙述方法的借用、交融和转换无不生动而具体地说明拜厄特所津津乐道的关于创作《占有》的一个理念，那就是"将阅读的愉悦与写作的愉悦结合在一起"。大量互文和拟写的运用既产生意义，也导致意义的转化和再生。读者同时经历罗兰·巴特所说的惬意的愉悦和令人不安的狂喜。在故事的结尾处，当读者跟随罗兰重新阅读《普洛塞耳皮娜的花园》时，我们再次领略了拜厄特关于阅读的洞见："阅读有很多种，一种是责任性的阅读，这种阅读重在解剖和分析，还有一种是个人化的阅读，这种阅读寻找个人意义：我满怀着爱、恨和恐惧，于是我就寻找爱、恨和恐惧，还有一种非个人化的阅读，在这种阅读过程中，心灵之眼追踪着一行行文字奋力前行，心灵之耳听见文字在一遍遍地歌唱。"《占有》提供给作者并要求读者能够体验的正是这样一种阅读，它引领读者在文字的迷宫中自由地穿行，以此充分享受文本的愉悦，并跟随作者的生花妙笔，逐一揭开历史叙述的层层面纱和文化记忆的重重皱褶，进一步了解自始至终一直存在却一直没有被我们充分认识和感受的历史真相和真理。

四、结语

《占有》的成功得益于它的叙事，在这种叙事背后还隐藏着为写作而写作的欢愉和纯净，一种注重叙事的形式美和语言美的自我陶醉，一种具有怀旧和自我倾诉特征的文人的幽雅。它既展示了作者多年来博览群书的丰硕成果，又激发起读者更广泛、更强烈的阅读欲望：能让读者去找出诸如《亚瑟传奇》、《格林童话》和科勒律治、丁尼生、布朗宁、狄更生、罗萨蒂等人的诗集，翻出前拉斐尔画派绚丽夺目的画册，甚至想亲历伦敦的罗素广场、约克郡广阔的原野和法国北部水天一线的布列塔尼。在功利主义盛行，信息传媒铺天盖地的强大攻势面前，虚构性叙事似乎显得不合时宜和可有可无。当代作家们在把玩了"意识流小说"、"新小说"、"纪实性小说"等诸多现代或后现代小说表现形式之后，其创作素材和叙事方法似乎已翻不出什么新花样。然而，《占有》丰富的文学性和它所提供的阅读的愉悦使读者重新考虑和认识在当代语境下小说叙事的新的可能性以及它在参与文化记忆和历史书写时所扮演和发挥的不可替代的角色和作用。

作│者│介│绍

拜厄特，1936年出生于英国约克郡的一个书香世家，她娘家姓德拉布尔，婚后从夫姓，改称A. S. 拜厄特。她的双亲均毕业于剑桥大学。父亲约翰·德拉布尔是一位正直开明的地方法官，母亲凯思琳婚前当过小学教师。德氏家中藏书丰富，文化气氛浓厚，家人均有鲜明的艺术气质。拜厄特的父亲和几位姑母都有作品问世。其胞妹玛格丽特·德拉布尔亦是著名小说家，还有一位后为艺术史家的小妹，最小的弟弟子承父业当了律师。拜厄特姐弟四人的家庭结构和夏洛蒂·勃朗特一家惊人地相似。

拜厄特从小就深受家庭的艺术熏陶，成年后在剑桥大学和牛津大学接受了系统的文学训练，集学者、批评家和小说家于一身。她曾在伦敦大学执教多年，在文学理论上颇有建树，有大量文论专著问世，包括关于默多克、华兹华斯和柯勒律治等名家的多部评论集,是英国文学评论界的当然权威。她在语言、文学、史学诸方面均具有良好的修养和深厚的功底,对艺术、社会和人生有着自己的思考和独到的见解,并力图在文学创作中实施自己的文学创意,表现自己的哲理思想,因而她的小说常被称为理念小说。拜厄特是英国皇家文学协会成员,在社会文化生活中享有很高的知名度。她早年担任过 BBC 电台的文学评论节目主持人,担任过多项文学大奖,包括英国最高文学奖布克奖的评审,曾获英国女王所授 CBE 勋位之殊荣。20 世纪 90 年代她曾来访中国,在北京大学演讲时反响热烈。

拜厄特在 1964 年发表了其处女作《太阳的影子》,迄今为止已出版了近 10 部长篇小说及《天使与昆虫》等若干中短篇小说集,其中《寂寞的生活》获 1985 年银笔奖。拜厄特著有女性小说系列四部曲。第一部《花园中的少女》发表于 1978 年,第二部《寂寞的生活》和第三部《未建成的通天塔》分别于 1985 年和 1986 年问世,最后一部《吹哨女人》最近才出版。她试图通过四部曲这样一个巨大的艺术框架来表现其同代女性长达几十年的生命历程和心理感受。故事中性格迥异的姐妹俩代表着两种截然不同的女性人生。姐姐斯蒂芬妮是温婉柔弱的传统女性,在平淡无奇的凡俗婚姻中默默地承担着持家育儿的烦琐家务,对女性的被动命运逆来顺受,随遇而安,结果英年早逝。世俗婚姻窒息了女性鲜活的生命力,恪守传统的驯良女性并未得到完美的归属。妹妹弗雷德丽卡是一位大胆果敢、特立独行的现代女性,奋力抗争既定的女性命运,积极开创理想的女性人生。她历尽种种身心的磨难,却始终未能获得她所向往的理想人生,心中深感失落。但她挑战社会规范,谋求精神自由的愿望依然顽强执着。身为女性作家的拜厄特理所当然地关注女性人生,在创作中表现出鲜明的女性意识,塑造了一系列性格鲜明的女性人物。她的近作《传记家的故事》则以特殊的视角表现作者对西方"传记工业"的批判性思考。

第五节
印度历史的再书写——《午夜的孩子》的魔幻现实主义解读

一、作品概述

《午夜的孩子》以第一人称叙述。我（萨里姆·希奈），是午夜孩子中神通最大的一个。我的外公阿齐兹是克什米尔人，曾在德国学医。他是印度近现代史的见证人，他又使我的家族既有印度古老的文化背景又有现代西方文明的自由精神。我母亲阿米娜是外公的第二个女儿，她的前夫为逃避军方的逮捕离开了她，行前留下一封休书。阿米娜后来再嫁给德里的商人阿赫迈德·希奈，他们便是我的父母。1947年初，随着"印巴分治"日期的迫近，印度教徒与穆斯林之间的教派冲突日益激化，流血事件不断发生，在希奈家住的穆斯林区里，在一次冲突的关键时刻，已怀孕的阿米娜挺身而出，制止住本区冲动的群众，挽救了一位印度教青年的性命。为报答救命之恩，这个青年让自己的表兄为阿米娜看手相，预言她孩子的未来。预言家说，这孩子将有两个头，并将未老先衰，未死先亡。这些令人费解的谶语使阿米娜惶恐，但多年后竟一一应验。印度教徒的暴力组织"罗波那"向希奈等穆斯林企业家勒索赎金，声称如不交钱就放火烧他们的企业。希奈等人由于阴差阳错没能把钱交到勒索者手里，结果企业被付之一炬。事后，希奈听从老朋友纳尔里卡尔大夫的劝告，趁大量英国人离境、孟买房地产贱如尘土之机，在孟买大买房地产，并移居孟买。阿米娜住进纳尔里卡尔的诊所待产。同时住进去的还有卖唱歌手文基的妻子，她也马上就要临盆了。其实她未来的孩子是她与英国老爷梅斯沃尔德偷情的产物。

1947年8月15日零时，当印度全国欢庆独立时，这个私人诊所中同时降生了两个孩子。在一片忙乱中，仇视富人的护士玛丽，乘人不备偷换了两个新生婴儿的名牌，使穷孩子有了一个阔家庭，富孩子有了一个穷童年。

所以我成为卖唱人的孩子，而卖唱人的儿子湿婆（印度教中破坏之神的名字）才是阿米娜的亲骨肉。这个谜底10年后才被拆穿。我被抱回希奈家。由于我与印度独立同时诞生，我的照片被列登在《印度时报》上，并收到总理尼赫鲁的一封亲笔贺信。信中说我的生活从某种意义上将是新生印度的一面镜子。护士玛丽原是为讨好自己的情人、激进分子菲力普才犯下调包小孩的罪行，事后却发现菲力普已经弃她而去。她对自己的罪过感到后悔，又不敢承认，于是自荐做了我的奶妈，以求赎罪。玛丽住进我家后，发现废弃的钟楼上夜半有人活动，十分害怕，便报告了警察。警察发现那是通缉的要犯菲力普，并将他击毙，而钟楼是他的炸药库，玛丽为此悔恨终生。

我从九岁起开始具备心灵感应能力，进而发展成为能够每天午夜与分布在全国的午夜孩子们通话，并使他们所有人的灵魂集中到我的内心中来开会。出身于不同种姓、宗教、阶级、社会集团的孩子们，在这个会议上谈自己的生活、理想，发表自己对各种问题的看法，于是这个会议真正成了现代印度社会的缩影。这些午夜的孩子们，有的能随意改变自己的大小，有的能在时间的长河中任意旅行，有的能随意出入镜面，有的能随意改变自己的性别，有的能比鸟飞得高，有的能比风跑得快……但神力最大的是我和湿婆，我的灵魂能钻入任何人的大脑，知人心事，而湿婆有一双威力无比的神膝，打仗战无不胜。他在贫寒中长大，生就了只重物质利益的观念和残忍的性格。他父亲为了使他可以终生有一份讨饭收入，曾想打碎他的膝盖，他却以神膝夹碎了父亲的手腕。在讨论如何解决现存的社会问题时，我主张所有午夜孩子团结一心，以善改造社会，湿婆却主张暴力。在我与他之间出现了领导权之争。

父亲由于投资上的失误一下子变得囊空如洗，从此陷入酒色争逐的颓废生活。而性无能则使他与阿米娜的关系更加恶化。我发现母亲与其前夫、红色分子纳迪尔暗中往来，决意警告她，让她从别人的遭遇中汲取教训。我早就发现邻居海军上将萨巴尔玛蒂的妻子丽拉与电影大王卡特拉克偷情，便把这情况以密信方式通知了将军本人。没想到此举竟造成将军杀死电影大王、重伤妻子、他本人被判刑30年的严重后果。我在一次与同学打架的意外事故中，被挤断一节手指。在医院治疗中，发现我与父母血型不对。这件事再加上菲力普的鬼魂的督促，终于使玛丽讲出当年调包的真情。希奈原就怀疑阿米娜不贞，此时更是变本加厉地虐待她。这使外婆忍无可忍，带着阿米娜、我们兄妹和新寡的舅妈皮亚到巴基斯坦，投奔已成为巴基斯坦高级将领的女婿左勒菲卡尔将军。我作为将军的亲戚，参加了军方推翻政府、实行军事政变的策划和行动，并得到后来的巴基斯坦总统阿尤布·汗将军的赏识。

　　1962年中印边界冲突，午夜的孩子们受到自己所属社会集团日益增大的影响，矛盾趋于尖锐化，午夜的会议陷入一片混乱，绝大多数孩子感到失望，退回到自己的生活圈子中去，会议名存实亡。停战后，我被父母骗到一个医院，强行做了治疗鼻子的手术，这个手术使我丧失了与午夜孩子们神交的能力。战后父亲对印度绝望了，我们全家移居巴基斯坦。行前，我将出生时的照片、总理的信等纪念品放在一个破地球仪中，埋在花园里，这标志着我与午夜孩子们神交时期的结束。我在巴基斯坦长大成人，参加了印巴战争，目睹了战争的残酷。后来我作为逃兵与难民碰到了一个午夜的孩子——巫女帕尔瓦蒂，她用魔篮装着我，混过军警盘查，将我带进印度。我还见到了在印巴战争中成为万人崇拜对象的战争英雄、印军军官湿婆。帕尔瓦蒂爱他，他却对她始乱终弃。最后帕瓦蒂肚子里怀着湿婆的儿子嫁给了我。在印度施行《紧急状态法》的岁月里，我和绝大多数午夜的孩子成了甘地夫人的心腹之患，因而备受迫害，只有湿婆飞黄腾达。但甘地夫人下台后，他也成了阶下囚。后来，一个被他抛弃的钢铁大王的妻子闯入监狱，用手枪将他打死。而我未老先衰，一如算命先生所言。但我寄希望于未来一代。

　　拉什迪的《午夜的孩子》就是这样一部关于历史、记忆、书写、身份的小说。全书以萨里姆为叙述者和主人公，以20世纪印度为历史背景，呈现了殖民时期和后殖民时期印度光怪陆离的社会现实。作家通过主人公的个人命运及其家族史来审视印度民族苦难的经历，使作品具有沉重的历史感和深刻的思想性。作家借用魔幻现实主义的艺术手法，戏仿和改写丰富繁杂的前文本，深入探讨生活在后殖民时期印度的个体所面临的身份问题和认同危机。

二、传奇而落魄的英雄主人公

作为主人公,萨里姆身上多少带点"自白"色彩。萨里姆和拉什迪同年生,同样来自穆斯林富商家庭,同样在孟买度过童年时光,后又有在巴基斯坦生活的经历,同样见证或旁观过印度独立后的社会动荡。如此对号入座的解读等于把拉什迪贬为"自白者",把《午夜的孩子》看成生活经验的简单再现和重建。其实,萨里姆并非拉什迪的翻版,而是一个矛盾重重的、亦正亦邪的虚构人物。1947年8月15日零点的钟声敲响,印度首任总理尼赫鲁在德里宣布印度独立。几秒后萨里姆·希奈在纳尔里卡尔诊所呱呱落地,从零点到凌晨一点,印度全境共有1001个婴儿降生,幸存下来的581人就是"午夜的孩子"。特殊的历史时刻为萨里姆的诞生蒙上了一层传奇色彩,一夜之间他成为万人瞩目的公众人物。《印度时报》刊登了新生儿萨里姆的照片和记者对母亲阿米娜的采访,并颁发给希奈家一百卢比幸运奖。尼赫鲁总理寄来亲笔贺信,信中写道:"亲爱的萨里姆宝贝,衷心祝贺你诞生在幸福的时刻!你是印度那亘古不变而又永远年轻的脸的最新继承者……你的生活将成为我们自己生活的一面镜子。"① 神秘的命运从一开始就将萨里姆"与历史铐在一起",两者被捆绑在一起,难解难分。小萨里姆相貌丑陋,长着外祖父阿齐兹式的大鼻子,但母亲和奶妈玛丽亚依然视他为心肝宝贝。玛丽亚对他更是另眼相看,宠爱有加,甚至为他创作了一首"你想成为什么,就能成为什么,一切恰如你愿"的摇篮曲。九岁那年,他意外地发现自己拥有天生的特异功能,意识到其他午夜孩子们的存在,他的人生轨迹从此发生巨变。午夜的孩子们各有绝招,萨里姆和湿婆出生的时间离零点最近,法力也相应最强。萨里姆是"一台收音机,可以调低或调高音量;可以选择单个人的声音;甚至可以随心所欲地关闭自己新发现

---

① Rushdie, Salman. Midnight's Children [M]. London: Piscador, 1983: 143.

的内在耳朵"①。萨里姆深谙通灵术，他的灵魂能够深入他人的大脑，洞悉他人的心思。湿婆拥有战争的禀赋，一双神膝无坚不摧、战无不胜。养父文基曾想打碎湿婆的膝盖骨，好让他终生以乞讨为业，不料反倒被夹碎了手腕。湿婆正是小说中与萨里姆调包的孩子，取印度教中司毁灭、创造、舞蹈、生殖的主神之名。

　　1947年在纳尔里卡尔诊所上演的一出"狸猫换太子"之戏直到10年后才真相大白。护士的调包行为，使穆斯林富商之子湿婆沦落为社会弃儿，而英印混血儿萨里姆却进入穆斯林家庭，造成了混乱的宗教文化身份。在小说中萨里姆为正面人物，湿婆为反面人物，两人互相依存，又互相竞争，是一对矛盾统一体。正面人物萨里姆从小以英雄自居。他依靠通灵的本领把分散在全国各地的午夜孩子召集到自己的心灵中开会，实际上成为午夜孩子大会（MCC）的领袖。MCC既是午夜孩子大会（Midnight's Children Conference）的英文缩写，又是都会新秀俱乐部（Metro Cub Club）的缩写。前者为一个虚拟的政治机构，后者为孟买的电影俱乐部。重名的使用起到了消除现实（如政治）和虚构（如电影）之间界限的作用。午夜孩子大会充斥着选举舞弊与公平投票、背叛与忠诚、物质利益与人道主义、蒙蔽与揭示、争强斗勇与息事宁人，是印度政府的缩影。萨里姆力主团结和民主，希望把午夜孩子大会建设成无宗教争端、无种族冲突、无派系斗争、无阶级矛盾的理想国。午夜孩子大会在短期内确实成为印度的"世外桃源"，可惜好景不长。11岁那年，萨里姆随外婆和母亲投奔巴基斯坦的姨夫姨母。姨夫左勒菲卡尔在军中担任高级将领。军方在姨夫家秘密聚会，策划1958年的军事政变。小萨里姆镇定自若，在大餐桌上摆弄盛放胡椒、食盐、酸辣酱的瓶瓶罐罐，协助姨夫演示排兵布阵，从此获得姨夫的偏爱，并得到后来出任巴基斯坦总统的阿尤布·汗将军的赏识。巴基斯坦内战期间，萨里姆依靠惊人的嗅觉帮助西巴基斯坦军队抓获东巴基斯坦的领导。可以说，萨里姆的介入影响甚至左右了巴基斯坦的历史进程。自古英雄多劫难，萨里姆也不例外。他降生时，守在产房外的父亲不小心被椅子砸断了一根脚

---

① Rushdie, Salman. Midnight's Children [M]. London：Piscador, 1983：193.

趾头，终生为此耿耿于怀。一岁半的萨里姆病入膏肓，医术高明的外祖父阿齐兹铤而走险用蛇毒将他救活。有一次，两个小学同学搞恶作剧，他被门缝压断了一节手指，医护人员发现他的血型与父母的血型不吻合。得知萨里姆身世的真相后，父亲视他为陌路，母亲也将爱转移到亲生骨肉身上。萨里姆本来颇有优越感，这下子信心受挫，没有勇气在意念中面对湿婆，并产生了深刻的认同危机。中印边界冲突熄火后，他被父母骗到医院，被迫接受了鼻子手术，因此丧失了与午夜孩子们神交的能力。他暗恋与自己没有血缘关系的妹妹铜猴（后更名为歌手贾米拉），没想到遭到贾米拉的报复，在失忆的情况下被送到巴基斯坦军队中当军犬，住狗窝，吃狗食，受尽磨难。逃离部队后又沦为另一个法力高强的午夜孩子、随军艺女帕尔瓦蒂的个人战利品，被藏在"隐形篮"里贩运回印度巫女帕尔瓦蒂出生在旧德里的一个贫民窟里。她从小混迹于魔法师、流浪艺人中，自己也天生通魔法和巫术，故得其名。印巴战争期间，帕尔瓦蒂追随湿婆入伍，为军中士兵表演娱乐节目。帕尔瓦蒂取的是湿婆神之妻雪山神女的名字。萨里姆历经坎坷，全仗他人相助才能幸免于难，而朋友、恩人落难或濒死之时，他却爱莫能助。在他的心里魔法师们居住的棚户区是《紧急状态法》期间仅存的一片自由绿洲。可当甘地夫人政府借"市政美化工程"之名拆除棚户区时，他除了袖手旁观，无计可施。萨里姆屡涉险境，与寡妇在"魔法森林里"展开搏斗，自己成为寡妇的手下败将不说，更眼看着午夜的孩子们一个个被迫做了绝育手术，丧失了繁殖后代的能力，对此他痛心疾首。萨里姆怀抱替天行道的救世理想，却有意无意地成为罪恶的制造者或帮凶。他和书中大大小小的罪行脱不了干系。他被邻家小女孩蓬斯连人带车推下山坡，滚进抗议的人群中，由此引发一场恶性暴乱，死伤三百多人。他自称托梦给印巴统治者们，克什米尔这才战火纷飞、永无宁日。他毫无负罪感，反而享受战争带给他的个人荣誉，靠战争摆脱自身的罪孽。萨里姆发现母亲与其前夫、共产党人纳迪尔暗中来往，决意发出"杀鸡给猴看"的警告。他给海军上将萨巴尔玛蒂写了一张匿名便条，暗示其妻红杏出墙。怒火中烧的海军上将持枪杀死电影大王卡特拉克，重伤妻子，制造了一起轰动全国的人命案，惊动了印度最高法院，上将本人最后被判处三十年徒刑。萨里姆的种种行径,让他的"英雄"形象大打折扣。种种文本迹象表明,萨里姆是一个被动的施动者,一个似是而非的英雄,一个道德底线模糊的人。萨里姆幻想成就丰功伟业,但其行为动机往往出于一己之私。他对后殖民时期印度的美好未来充满期待,但又常常迷失在期待的雾霭中。不但建立理想国的梦想落空,还自身难保,未老先衰,最终整个分裂解体,灰飞烟灭,走完了短暂的人生。

三、历史、记忆、书写

《午夜的孩子》的叙述者乃由主人公萨里姆兼任。他自称是一个"生命的吞噬者",摆出一副全知全能叙述者的姿态,书写着关于个人、家族、国家、历史、记忆的"宏大叙事"。然而,萨里姆长着"西方人的头发"、"东方人的耳朵"、"太圆太大的满月脸",是印度街头流浪艺人文基之妻和英国殖民者梅斯沃尔德老爷私通生下的杂种。混血儿萨里姆从出生那一天起就受到穆斯林家庭的熏陶,奶妈是个信仰基督教的印度人。生、养多个父母身份各异、地位不同,他的文化身份因而显得相当混杂。萨里姆对身份问题的思考从他对阿齐兹这个人物的刻画可见一斑。叙述者一开始就用诙谐、神秘、超现实的笔触描写了阿齐兹的生存困境。阿齐兹是个土生土长的克什米尔人,小时候着迷于听老舶公泰讲魔幻故事。青年阿齐兹去德国海德堡大学学医,接受了现代西方文明的洗礼。他于1915年回到克什米尔,"被永远地击入到那中间地带,无法信仰那个他不可能完全不相信其存在的上帝",在绝对信仰与绝对不信仰之间无所适从。阿齐兹的价值观带有西化痕迹,他的文化身份显得模棱两可,因此成为泰和很多当地人的公敌。阿齐兹生活在文化夹缝之中,内心出现了一个永远的、无法填补的黑洞。

萨里姆是个自我中心主义者。他的观点、立场、判断、抱负莫不以"我"为中心。他唯我是用,主观地认为祖先是可以选择的,是"可用的过去,具有必然的选择性和任意性,是人们有意识创造的东西"。他从小喜欢独处,常常藏在脏衣物柜里窥视养父养母的秘密,后又躲进一座破败苍凉的钟楼里偷窥普通孟买人的内心世界,成为隐喻意义上的"隐形人",站在社会的边缘冷眼旁观。隐形人的身份、边缘的姿态，使他获得行动和想象的自由，他可以自由出入现实和幻想两界。他沉醉于想象之中，自诩是被伟大前程牵着鼻子跑的"小木偶"，而"蝙蝠侠、超人、水手辛巴德"则是他孩提时代的玩伴。他不是把现实与虚构混为一谈，就是将事实与幻想加以类比。例如，在他眼里，脚上长疣子的母亲活脱脱是一条美人鱼，因渴慕人间的男欢女爱而变化成人形，她每迈一步都像是"在刀刃上行走"。这样一来，他常常"陷入另类现实的无限性中"，又"在同样无限的虚假、非现实和谎言之中流离漂泊，不知所归"。叙述者耽于幻想的认知模式影响着整个叙事的视角、方式、策略、口吻。

萨里姆的叙事采取的是"散点透视法"。他不拘泥于某个特定的视点，而是借助多个视点，把零星点点的经历和形形色色的人物串成叙事。整个叙事以1978年和1947年为两个重要的时间参照点，时间跨度为60年，从克什米尔到孟买，从卡拉奇到达卡，讲述了三代印度人的生活经历。从某种意义上讲，《午夜的孩子》沿袭了德国成长小说的传统。它又是一部波澜壮阔的史书，以印度次大陆为背景，涉及殖民时期和后殖民时期印度的重大史实和历史人物，从朴连瓦拉园大屠杀到"印巴分治"前后的政治动荡，从中印边界冲突到印巴战争，从克什米尔战乱到巴基斯坦内战，从尼赫鲁总理的"第一个五年计划"到甘地夫人政府的《紧急状态法》，从最后一任英国总督路易斯·蒙巴顿爵士的时钟到阿尤布·汗将军的军事政变，不一而足。一方面，散点透视法能够较充分地表现时空跨度大的景观；另一方面，它容易制造"穷尽性叙事"的幻觉。史诗的承载空间可谓宽阔，可没有任何一部史诗足以容纳所有的故事，再开放的史诗也具有选择性。萨里姆对此有着清醒的认识。他从开始言说的那一刻起就意识到，自己不可能书写一部完整连贯、百科全书式的史诗。历史本身是支离破碎的，任何试图统一和涵盖全部历史的艺术尝试都将以失败告终。作家萨里姆、诗人纳迪尔、歌手贾米拉、艺人利法法、电影导演哈尼夫、耍蛇者皮克切，无人能克服艺术创造的局限和缺憾。拿利法法来说，他把"越来越多的图片放入他的西洋镜，玩命地想兑现自己许下的把一切放进盒子里的诺言"。结果呢，只有无尽的失望和迷茫折磨着他。历史是一面后视镜，映射着过去的岁月。过去不可逆转、不可挽回，只有图像和文字才能重现它。小说中的照片、剪报、痰盂、钟塔、球形缸、铁皮箱子等意象统统成为记忆符号，或启开记忆，或保存记忆，或抹除记忆。叙述者讲述了两次象征性失忆的经历。第一次是主动失忆：希奈全家移居巴基斯坦之前，萨里姆在白金汉别墅的花园里埋葬了一个保存多年的球形缸，里面存放着尼赫鲁总统的亲笔贺信和刊登在《印度时报》上的新生儿萨里姆的照片。第二次发生在印巴战争期间，家人大多被印军的炮弹炸死，他自己也遭遇飞来横祸，被一只痰盂击中头部，丧失记忆。主动也罢，被动也罢，失忆意味着失去过去，失去身份，割断了现在与过去、失忆者与社会历史语境的联系。从某种意义上讲，萨里姆的叙事是一次重新发现之旅，试图找回失去的记忆，重新获得身份，重新恢复对记忆和过去的所有权。记忆具有很大的任意性、主观性、随意性。个体记忆和集体记忆充满了盲点、遗漏、删减、歪曲。《午夜的孩子》中出现了两次蓄意标错日期的叙事行为，可以说是叙述者和记忆玩的一场"猫捉老鼠"游戏。萨里姆坦白说："在我的印度甘地将继续在错误的时间死去。""我的印度"指的是存在于叙述者主观世界里的印度，而不是那个现实意义上的地理实体或文化实体。叙述者明明知道1957年的大选发生在自己的生日之前，却人为地往后拖延大选的日期。对此，可以有两种解释：其一，记忆本身就不准确、不可靠、不充分；其二，甘地死亡和印度大选的准确日期无关痛痒，重要的是其对印度社会所产生的深远影响。萨里姆对记忆的可靠性自始至终持一种怀疑的态度。他叙述道："尽管有这样一幅模糊朦胧的帐幔，我仍必须尽可能详尽地描述实际发生过的事情。"这幅"模糊朦胧的帐幔"其实就是指记忆的屏蔽效应。生活经历被投射在记忆的帐幔上，光阴荏苒，空间变化，记忆痕迹随之变得模糊不清。萨里姆对帕蒂玛说："如果你对我的可靠性有点儿拿不准，嗯，有点拿不准不是坏事。"质疑"我的可靠性"有三层所指：第一，"我"作为叙述者的可靠性；第二，"我"作为主人公的真实性；第三，叙述者和主人公两者赖以存在的记忆的可信度。萨里姆清楚地认识到记忆弄人的把戏。既然记忆失真，那么关于记忆的叙事也就无法保证其真实性。正如萨里姆自己所言："记忆的真相，因为记忆有着自身特殊的真相。记忆筛选、删除、更改、夸大、缩小、歌颂，也毁损；但记忆最终会创造出自身的现实，它那关于事件混杂而又连贯的故事；没有哪个神志清醒的人会更相信别人的故事。"

萨里姆不断偏离历史语境和客观现实，回到过去，回到记忆的家园。他认为，现实的可信度完全取决于主观感受。叙述者对客观现实进行加工、编辑、剪裁，将之转化为记忆图式和主观感受。隐喻和象征是萨里姆建构自足的主观现实的重要手段。"黑夜"的隐喻贯穿始终，起到统一叙事的作用。黑色是夜的主色调，它改变了正常的视觉习惯，造成一种无边无沿的幻觉。黑夜混沌暧昧，富有极大的不确定性和包容性。黑夜使叙述者获得身体和心灵的双重解放，自由地行走在记忆的家园中，言说不可言说的欲望和梦想，放飞在白日阳光炙烤下收拢的想象之翅。有意思的是，黑色也成为《午夜的孩子》中人物的身份标识。阿齐兹的内心存在着一个"黑洞"，这个"黑洞"指的是，丧失信仰之后宗教文化身份的缺失。萨里姆察觉到自己体内有多处裂口，危机感成为他建构自己作家身份的原动力。著名歌手贾米拉在舞台上演唱激情澎湃的爱国歌曲，巴基斯坦人排着长队透过床单上的洞窥视她的身体。如果说"黑夜"蕴含着一个巨大的隐喻空间，那么"洞"这个象征符号为萨里姆的叙事染上了神秘的、超现实的色彩。

"笔"和"腌咸菜"是萨里姆的另外两大隐喻。"笔"一指书写之笔，与英文词"pen"相对应；一指阳具，相当于"penis"。萨里姆是个性无能患者，他的"另一支铅笔"不好使，无法过正常的性生活。生理缺憾导致焦虑，而内心的焦虑引发表达和倾诉的欲望。丧失生育能力的萨里姆受到补偿性心理机制的驱动，产生创造的欲望，萌发了创作的激情。萨里姆的创作就是一个孕育文本——孩子的过程。经历了怀孕和分娩的希望、期待、喜悦、痛苦、焦虑、煎熬之后，他终于生下了"午夜的孩子"，并雇用帕蒂玛作为文本——孩子的接生婆。创造过程变成一个建构身份和主体性的过程，期间伴随着重重焦虑和摆脱焦虑意识的渴望。

萨里姆躲在咸菜工厂里书写家族史，三十个章节被类比成三十坛咸菜，每个坛子里盛放着腌制过的个人经历和国家历史。"腌制历史"至少包含三层寓意：其一，历史是苦难的，浸泡、腌制的化学过程改变了历史，使它变得可以容忍；其二，人为地对历史进行防腐处理，为历史创造某种持久性；其三，历史不可避免地被歪曲、篡改、神化，关于历史的书写是一种主观的想象和建构。萨里姆写道："腌咸菜就是要给予永恒性。毕竟，鱼类、蔬菜、水果被不朽地腌在香料和醋里；某种改变，稍稍加浓味道，无关紧要，不是吗？腌咸菜艺术改变的是味道的浓淡，而不是味道的性状；最重要的是，（在我的三十加一坛咸菜里）给予它形状和形式——也就是说，意义。（我之前提到过对荒诞的恐惧）"

萨里姆偏离线性时间轨道，打破线性叙事的规律，穿梭于过去、现在、未来之间。他的叙述者身份飘忽不定，分裂解体，大多数时候为第一人称叙述，有时采用第三人称叙述。叙述者在小说结尾部分写道："正在崩裂，萨里姆的裂变，我是孟买的一颗炸弹，看着我爆炸，骨头在人群巨大的压力之下裂开，一大堆骨头落下来、来、来……"第一人称叙述者看着"我"萨里姆爆炸，形同一幅超现实的画面。萨里姆游走于意义与荒诞之间，叙述口吻云山雾罩，真真假假，虚虚实实。萨里姆和帕蒂玛拉家常，娓娓讲述着一个个"真实"的故事。但他顾左右而言他，欲盖弥彰，闪烁其词，言不由衷。例如，他声言，"我不应该把我全部的秘密一股脑儿兜出来"；或者"我正试着停止故弄玄虚"。萨里姆频频套用童话故事"从前"的开篇程式，轻描淡写地营造神秘悠远、高深莫测、疑云密布的叙事氛围。等读者刚要走入童话叙事的圈套时，忽又被叙述者拉回到现实当中。童话和历史在语气和旨意上相互矛盾。神话与现实、事实与虚构、想象与记忆纠结在一起，互为印证而又互相消解。萨里姆这样做，一来规避了第一人称叙事所预设的自白陷阱；二来颠覆了历史叙事的权威性，确立了虚构的合法地位；三来有助于建立一种自我解构、自我分裂的叙述模式。萨里姆的叙事是一把"双刃剑"，一面指向意义，另一面指向身份。意义既指生存的意义，又指语言的意义。身份同样具有双重所指：文化身份和作家身份。选择元叙事策略是后殖民主体萨里姆对意义和身份问题的一种解答。所谓元叙事，意思是在创作中对创作行为和创作的意义进行评述，亦即关于叙事的叙事。元叙事具有自我揭示虚构、自我戏仿的特性，把小说艺术操作的痕迹有意暴露在读者面前，自我点穿了叙述世界的虚构性、伪造性。塑造帕蒂玛这一人物就是萨里姆最重要的元叙事手段。帕蒂玛出身贫寒，膀粗腰圆，前臂上长着浓密的体毛，浑身散发出一股难闻的体味。帕蒂玛的名字取"莲花仙子"之意，也就是村民们心目中的"粪土拥有者"。帕蒂玛身兼女仆、情人、听众、读者、批评家等职责。她充当萨里姆"必要的耳朵"，同时又固执己见，不时发表尖锐的评论，依据个人好恶进行价值判断，试图通过自己的介入左右叙事的进程。帕蒂玛批评道："你最好快一点，否则的话，你还没把自己生下来就死了。"看到萨里姆根据自己的反馈意见调整了叙述节奏，她才满意地说，"你终于学会了快言快语"。帕蒂玛从平民立场出发，代表普通老百姓的价值取向和审美趣味，信守"接下来发生什么主义"。帕蒂玛和萨里姆之间冲突连连。有一次，帕蒂玛威吓萨里姆，让他"重返线性叙述世界，那接下来—发生—什么的宇宙"。还有一次，帕蒂玛由于不满萨里姆吞吞吐吐、时序错乱的叙述方式，愤然离家出走。尽管如此，萨里姆的自述还是博得了帕蒂玛的信任和同情。这就意味着，一部带有明显人为操作痕迹的自传性作品通过读者的接受获得了"真实性"和"合法性"。萨里姆的元叙事策略奏效了。

四、互文的表演、语言的魔方

拉什迪在《午夜的孩子》里创造了萨里姆这个边纺线边讲故事的叙述者形象。传说、神话、幻想、历史进入萨里姆的心灵世界后转化为时间织机上有待梳理的记忆线索。众多的文学前文本构成纷繁的记忆线索。《午夜的孩子》不失为一场精彩纷呈的互文表演：《摩诃婆罗多》、《罗摩衍那》、《古兰经》、《一千零一夜》、《圣经》、《安徒生童话集》、《格林童话集》、《小木偶奇遇记》、《百年孤独》、《通往印度之路》等众多文学经典闪亮登场。

宗教母题重复出现在《午夜的孩子》中，作者把断断续续、时序错乱的叙事有机地结合在一起。古老的艄公泰告诉童年阿齐兹，"我看见了那个以赛亚，那个基督，在他来克什米尔的时候"。萨里姆的奶妈与圣母玛丽亚同名，她的旧情人（亦即她的约瑟夫）是个始乱终弃的激进分子，被警察击毙后化作鬼魂纠缠玛丽亚，迫使她道出当年在纳尔里卡尔诊所"偷梁换柱"的秘密。玛丽亚到教堂去忏悔,年轻的牧师对她说:"我们的主耶稣基督是最美的、浅得透明的蔚蓝色。"拉什迪将耶稣基督与印度教大神毗湿奴的化身之一、爱神克利须那叠置起来,基督教和印度教人物合二为一,共同成为爱的象征符号,表达了一种厌弃宗教冲突、渴望宗教宽容的文化态度。拉什迪借牧师的口说:"上帝是爱;而印度爱神克利须那,常常被描绘成蓝色的。告诉他们蓝的;蓝色将是一种沟通不同信仰的桥梁;温和地沟通,你跟随着;此外蓝色是一种中和色,避免了平常的色彩问题,让你远离黑白色。"宗教母题,连同预言、征兆、谶语、占卜、看相等传统因素,营造出不东不西、亦东亦西的神秘氛围。小说中出现了两次关于萨里姆传奇身世的预言。第一次,一位印度教算命先生预言阿米娜腹中的孩子"将有两个头——但是你只能看见一个头——将有一双膝盖和一个鼻子,一个鼻子和一双膝盖"。预言事后得到应验,萨里姆和湿婆互为双重自我,萨里姆的鼻子和湿婆的膝盖决定着他们各自的命运。第二次,一位苦行高僧突访白金汉别墅,预见"得神佑者穆巴拉克"即将降生。六个小时后,印度宣布独立,萨里姆在同一历史时刻来到人间,烟花齐放,人声鼎沸,举国欢庆。叙述者萨里姆描述道:"仿佛历史,抵达了意义和希望的巅峰,在那一刻有选择性地播下了未来的种子……"拉什迪戏仿《圣经》中关于救世主降临的片断,用印度苦行高僧取代东方三智者,将"烟火"和"伯利恒之星"加以类比,烘托出萨里姆诞生的历史性意义。拉什迪借助互文突出了萨里姆的矛盾性,取得强烈的反讽效果。上帝之子是终极价值的信仰者,是终极解释的实践者,对上帝的绝对信仰成就了耶稣的"救赎"行动和"救世"理想。午夜的孩子萨里姆,亦即时间和历史的孩子,走上了叛逆的道路,拿起笔书写一部抗拒时间铁蹄和历史暴力的生命叙事。儿子亚当·希奈的降生为萨里姆的叙事画上了句号。叙事的终结意味着生命的结束。自我救赎的梦想宣告破灭。互文性解读增强了俗世"英雄"萨里姆与宗教英雄耶稣之间的反差:一个迷信虚构,一个迷信上帝;一个绝望地自救,一个无我地救世;一个是幻想型的艺术家,一个是理想型的行动家。自我救赎的过程其实是一个寻找自我身份、建构主体性的过程。

"白雪"和"血"在此过程中发挥了象征性作用。拉什迪描述道,阿齐兹的三滴鼻血掉下来，在阳光中的雪地里闪闪发光，就像红宝石和钻石。很明显，这一幕是对《白雪公主》中"血流出来，滴了三滴在雪地里。血红红的，衬着白雪，格外美丽"的片段的重写。王后的血落在雪地上，新生命不久后来临，白雪公主被命名，获得了身份。而流血对阿齐兹意味着绝对信仰的丧失，他由此获得一种中间人的身份。萨里姆面临着比外祖父更加深刻的认同危机，但他的血液里"流着一种禀赋，那种必要时为自己创造新的父母的禀赋。生育父亲母亲的能力：一种阿梅德想要获得而从未拥有的能力"。萨里姆对养父阿梅德·希奈消极的人生态度一贯持批评态度。纳尔里卡尔大夫被愤怒的群众抛到大海里淹死之后，与之交情深厚的阿梅德颓废消沉，变成了一个"白雪父亲"。"白雪公主"和"白雪父亲"都是被动的接受者：白雪公主作为女儿、小矮人的管家、王子之妻的身份全系他人的施与，而"白雪父亲"无力自救、无力自拔，听任命运的安排。《午夜的孩子》和《白雪公主》之间显性的互文关系，引发读者对身份问题和生存的意义做出思考。

《午夜的孩子》采取大故事套小故事的叙述方式，连环迂回，枝蔓重生，具有与《一千零一夜》相似的形式特征。"一千零一"的数字频频出现在萨里姆的叙事当中，如：一千零一个孩子、一千零一代人、一千零一个午夜、一千零一次不忠、一千零一次求婚等，有的是实指，有的是虚指。萨里姆说："一千零一是夜晚的数字，魔法的数字，另类现实的数字——一个诗人热爱而政客痛恨的数字，一切另类现实对于政客来说都是威胁。""一千零一"这个神秘的数字把萨里姆和山鲁佐德的命运紧紧拴在一起。山鲁佐德是《一千零一夜》的叙述者，为了挽救同胞姐妹的性命，她嫁给每天凌晨滥杀新娘的国王，每晚给他讲故事，和他周旋一千零一夜，终于使他放下屠刀。山鲁佐德靠讲故事阻断时间流程，争取读者听众的共鸣，生命在她的言说过程中不断延续。萨里姆体内不断扩大的裂口预示着不断临近的死亡。死亡具有绝对性。活着就是"不死"，死就是"不活"，所谓"不死不活"不过是一种隐喻表达。生死之间的界限是绝对的。死亡是一道人类无法逾越的屏障。面对死亡的威胁，萨里姆效仿山鲁佐德，选择了叙事，通过不断地述说来延长生命，制造了一种"我言故我在"的不朽假象。

象征性的"不死"冲淡了绝对死亡的恐怖色彩。印度文化杂糅着印度教、锡克教、佛教、伊斯兰教、基督教等多种文化背景,加上长期的殖民历史受到英国文化的渗透性影响,体现出混杂、多样、不确定的特性。印度教为多神教,没有权威中心,没有终极解释,没有严苛的信条,甚至没有异端的概念。印度文化深深植根于印度人的集体记忆中。印度裔英国作家拉什迪与印度文化传统的对话,既是一种寻找文化身份的尝试,又是一次对"何谓印度和印度性"问题的反思。这种对话的方式往往表现为小说中的人物被赋予神话人物的身份,成双成对地出现,如萨里姆与湿婆、湿婆与帕尔瓦蒂、阿齐兹与亚当。萨里姆的原型可追溯到创世神大梵天,本意为宇宙最高本体,代表一种抽象的力量。大梵天神不像保护神毗湿奴和毁灭神湿婆那样富有人性魅力,因此信众寥寥。湿婆神是再生神和毁灭神的合体,别称三眼之神、动物之王、舞蹈之神,他既是禁欲的苦行者,又是欢乐纵欲的舞蹈之神,具有立体的人格和复杂的神性。湿婆作为再生之神,其信徒常以男性生殖器"林伽"作为其神性象征。据说,湿婆在创世的关头进入万年苦修期,被大梵天抢了先机。湿婆着实恼火,两人大打出手。湿婆的火气终于平息,但他自断林伽,把它种在土里,以此象征新生命的孕育。由于玛丽亚的调包行为,"午夜的孩子"湿婆失去本属于他的名字和身份,在社会的底层摸爬滚打。苦难的经历使他养成了逞强斗勇、野心勃勃、自私自利的性格。童年湿婆与萨里姆在午夜孩子大会上展开激烈的权力之争,一心想坐午夜孩子大会的第一把交椅。后来,湿婆成为甘地夫人政府的帮凶,向当权者告发午夜孩子的行踪,成为政府实行集体绝育阴谋的帮凶。湿婆和萨里姆的争斗是一场"名分"之争、话语权之争、人生哲学之争。

小说人物的名字包含着层层叠叠的互文性。叙述者萨里姆热衷于探索人名里包藏的学问和玄机。据他所言,"Sinai"是公元10世纪的阿拉伯哲学家、逻辑学家、"魔法大师"的名字,他医术高明,是笃信神秘主义的苏菲派大师;"Sin"也是掌管潮汐、呼风唤雨的月神的名字;字母"S"又让人联想到具有神秘再生能力的蛇;"Sinai"还指《圣经》中上帝授摩西十诫之处,是先知接受神启的地方。先知穆罕默德的光芒遮蔽了希奈的神秘主义哲学,希奈之名湮灭在历史的尘埃中。先知摩西没能真正抵达希望之乡迦南。有鉴于此，布热纳认为，希奈是一个表示"荒芜、贫瘠、尘埃、终结"的姓氏。萨里姆最终崩裂为"粒粒无声的尘埃"，正应了叙述者之前的谶语——"我们的名字里包含我们的命运"。再来看看萨里姆的儿子亚当·西奈的名字。亚当是西方人的始祖，而希奈含终结之意。亚当实为湿婆和帕尔瓦蒂所生，具有像头神甘内什（湿婆神和帕尔瓦蒂神之子）的某些身份特征。而阿齐兹、萨里姆、亚当全都长着甘内什式的大鼻子，一个象征性符号把三代人的命运拴在一起。结合起来看，亚当·希奈的名字含有周而复始、生生不息的意思。这无疑体现了印度传统的非线性的、轮回式的宇宙观，与西方二元对立的宇宙观形成反差。

《午夜的孩子》丰富的互文性还表现在语言层面上。拉什迪的语言体现了印度史诗和口述传统的影响。凯瑟琳·康迪发现，拉什迪颇受德萨尼（Desani）发表于1948年的小说《H. 哈特尔大全》中"洋泾浜印度语"的影响，吸收了印度多种语言、印度史诗语言、英语文学语言、电影语言、广告、政治言论、街头小贩用语等的语体特色，风格庞杂。拉什迪似乎特别偏好组合词。例如，外祖母"院长嬷嬷"的口头禅"它叫什么名字"（whatsitsname），四个单词被压缩成一个词，之间没有标点，没有间隔，形象地刻画了一个守旧偏执的克什米尔女子。小说中多处省略标点符号，如"他们的脑子里装满了平常的东西，父亲母亲金钱食物土地财产名誉权力上帝"，行文流畅。节奏灵动，表现了鲜活的口语特点。拉什迪频频使用蒙太奇手法，将时空分离的画面和场景拼凑起来，对语体风格迥异的词语和句子进行排列组合，给读者带来丰富有趣的阅读感受。

五、结语

《午夜的孩子》不仅给了读者一个新奇的意象，而且以史诗般广阔的画面，使读者得以从多个视角认识印度社会。作者以自由飞腾的想象力，通过一个人的命运来审视一个民族的历史，使作品具有丰富的社会内容和深刻的思想内容。这部作品除了故事与哲理，还包含印度神话、宗教、历史、风俗民情等方面的丰富知识，在阅读中颇能给人以享受与启发。

第四章 70年代以后的英国小说

作│者│介│绍

　　萨尔曼·拉什迪（1947~ ），英籍印度作家。他出生在印度孟买一个富有的穆斯林商人家庭，在孟买一个英国教会学校读小学，在乌尔都语和英语两种语言环境中长大，1964年举家移居巴基斯坦，对此他是反对的。他在英国中部城市拉格比的市立学校上中学，学校中的种族主义、排外主义使他深恶痛绝，以致他一度中断学习返回巴基斯坦。后在父亲坚持下，他进入剑桥大学国王学院攻读历史，其间热衷于戏剧艺术和西方现代文学。毕业后他当过演员和广告作家。他与英国人克拉丽萨结婚，生有一子扎法尔。他的第一部小说《格里姆斯》（1975）出版后反响平平。此后他以近六年时间两易书稿，写出了第二个长篇、他的代表作之一《午夜的孩子》（1981）。此书以其丰富的想象和独特风格在英国文坛引起轰动，并在印巴次大陆和欧美受到一致赞扬，获得布克奖、布莱克纪念奖和英语国家文学奖三项重要文学奖。短时间内，此书被译成12种文字出版。英国当代文学史界公认这部作品是魔幻现实主义在英国的扛鼎之作。他的第三部长篇《羞耻》（1983）以巴基斯坦为背景，在评论界再获好评。他的第四部长篇小说是20世纪引起最广泛关注的作品——《撒旦的诗篇》（1988）。该书于1988年11月获得英国怀特右莱德书奖。

参考文献

[1] 侯维瑞. 现代英国小说史 [M]. 上海：上海外语教学出版社，1985.

[2] 阮炜. 20世纪英国文学史 [M]. 青岛：青岛出版社，1999.

[3] 王丽丽，鹿艳丽，王小青. 二十世纪英国小说概述 [J]. 山东师范大学外国语学院学报，1999（1）：43-46.

[4] 侯维瑞. 英国文学通史 [M]. 上海：上海外语教育出版社，1999.

[5] 侯维瑞，李维屏. 英国小说史 [M]. 南京：译林出版社，2005.

[6] 朱雯. 20世纪英国小说鸟瞰 [J]. 上海师范大学学报（社会科学版），2002，31（5）：85-89.

[7] 约翰·高尔斯华绥. 有产业的人 [M]. 周煦良，译. 上海：上海译文出版社，1978.

[8] 瞿世镜. 洛奇作品选前言 [J]. 外国文艺，1991（8）：11-16.

[9] 陆建信. 现代主义之后：写实与实验 [M]. 北京：中国社会科学出版社，1997.

[10] 朱立元. 当代西方文艺理论 [M]. 上海：华东师范大学出版社，1996.

[11] 戴维·洛奇. 小世界 [M]. 重庆：重庆出版社，1991.

[12] 戴维·洛奇. 现代派、反现代派和后现代 [J]. 外国文学. 1986（4）：68-73.

[13] 扬太春. 文本的世界——从结构主义到后结构主义 [M]. 北京：中国社会科学出版社，1998.

[14] 毛姆著. 人生的枷锁 [M]. 张柏然，译. 上海：上海译文出版社，1997.

[15] 许娟莉，韩鲁华. 超越感性回归理性——对毛姆《人性的枷锁》

的接受与解读［J］. 西北大学学报，2005（4）：156-160.

［16］檀卉芳. 人性的探索——《人性的枷锁》主题分析［D］. 河北师范大学硕士学位论文，2007.

［17］侯秀杰. 缺失与拯救——试析毛姆对人性的探索［D］. 吉林大学硕士学位论文，2003.

［18］V. S. 奈保尔. 在自由的国度［M］. 孟祥森，译. 台北：台湾天下远见出版股份有限公司，2002.

［19］埃德蒙·伯克. 自由与传统［M］. 蒋庆，王瑞昌，王天成，译. 北京：商务印书馆，2001.

［20］张敏. 论《法国中尉的女人》的现代叙事艺术［J］. 外国文学研究，1999（4）：53-60.

［21］刘象愚，杨恒达，曾艳兵. 从现代主义到后现代主义［M］. 北京：高等教育出版社，2002.

［22］徐崇温，刘放桐，王克千. 萨特及其存在主义［M］. 北京：人民出版社，1982.

［23］约翰·福尔斯. 法国中尉的女人［M］. 刘宪之，蔺延梓，译. 天津：百花文艺出版社，1985.

［24］阮炜. 社会语境中的文本——二战后英国小说研究［M］. 北京：社会科学文献出版社，1998.

［25］李玉花. 泯灭的童心泯灭的人性——读戈尔丁的《蝇王》［J］. 外国文学研究，1999（1）：83-87.

［26］王丽丽，伊迎. 权力下的生存——解读《青草在歌唱》［J］. 山东大学学报，2005（2）：78-82.

［27］刘杰.《动物庄园》的极权主义解读［J］. 文学研究，2015（12）：3-4.

［28］毕素珍. 论《动物农场》中极权主义背景下平民的生存困境［J］. 文学评论外国文学，2014（5）：76-79.

［29］李云川. "天使"与"叛逆者"——小说《到灯塔去》中拉姆齐夫人和莉丽的形象剖析［J］. 江苏社会科学，2008（1）：244-247.

[30] 刘南.《到灯塔去》中雌雄同体的女画家 [J]. 零陵学院学报, 2003, 24 (3): 48-50.

[31] 刘晓萍, 何菲. 浅析小说《阿拉比》中的精神顿悟 [J]. 合肥学院学报（社会科学版）, 2007, 24 (2): 74-75.

[32] 徐中锋. 不彻底的"顿悟"——试析《都柏林人》中的一位女性艺术形象依芙琳 [J]. 西北农林科技大学学报（社会科学版）, 2007, 7 (4): 138-140.

[33] 杨善寓. 那世界不美妙——析《美妙的新世界》中社会与伦理的异化 [J]. 安徽文学月刊, 2013 (7): 96-97.

[34] 李卫华. 伊夫林·沃《一把尘土》的伦理主题 [J]. 世界文学评论, 2008 (2): 59-62.

[35] 骆文琳. 迷惘与隔膜的《印度之行》[J]. 外国文学研究, 1999 (2): 63-67.

[36] 李文良, 韩立娟.《尤利西斯》——现代主义小说的里程碑 [J]. 2004, 26 (4): 31-33.

[37] 施袁喜. 美国文化简史 [M]. 北京：中央编译出版社, 2006.

[38] 陶洁. 美国文学选读第三版 [M]. 北京：高等教育出版社, 2013.

[39] 申丹. 英美小说叙事理论研究 [M]. 北京：北京大学出版社, 2005.

[40] Virginia Wolf. A Room of One's Own [M]. New York & Burlingame: Harcourt, Brace & World, Inc., 1929.

[41] V. S. Naipaul. In a Free State [M]. London: Andre Deutsch, 1971.

后　记

作为一个对英美文学有执着兴趣的人，一直想完成一本这方面的专著，这既是对自己研究兴趣的最好交代也是对自己多年教学工作的总结。在工作了近20年的基础上，这本书即将完成，其打造过程是一个系统工程，非一人之力所能完成，而是需要各方面因素的协同和众人的合力。在此首先应该感谢河南财经政法大学外语学院的领导所给予的大力支持，同时感谢白雅老师为我解答各种疑问和咨询，还有其他同事们为本书的顺利完成所付出的努力和支持。笔者在此一并予以真诚的感谢。

从一个读者转变成一个作者，于我来说，是一种心智的成熟，阅读感知的提高，也是对文字和精神世界的敬畏。的确如此，随着时光的流逝和年龄的增长，所有的记忆都清晰而真切起来。

由于视野、学识和时间的局限性，在写作期间，也曾苦恼、彷徨过。幸得拜读相关著作和论文才使自己视野开阔，并进一步增补和充实了书稿内容。同时，感谢本书所借鉴的相关著作和论文的作者，这些书籍和论文在文内和参考文献中未能一一标出，笔者对这些研究者所能带来的启示性的知识表示深深谢意。

最后，我要感谢经济管理出版社的杨雪编辑和赵喜勤编辑。杨雪编辑一开始了解到我的书稿信息，就亲自安排相关工作人员与我联络。赵喜勤编辑在接到审稿任务后，就从出版专业的角度对本书稿进行了技术性的指导和修改。她以认真负责的态度在本书的具体编辑和出版过程中付出了辛勤的劳动。在此特对杨雪编辑、赵喜勤编辑和经济管理出版社谨表谢意。

赵琳娅
2017年6月25日